挽歌と反語

宮沢賢治の詩と宗教

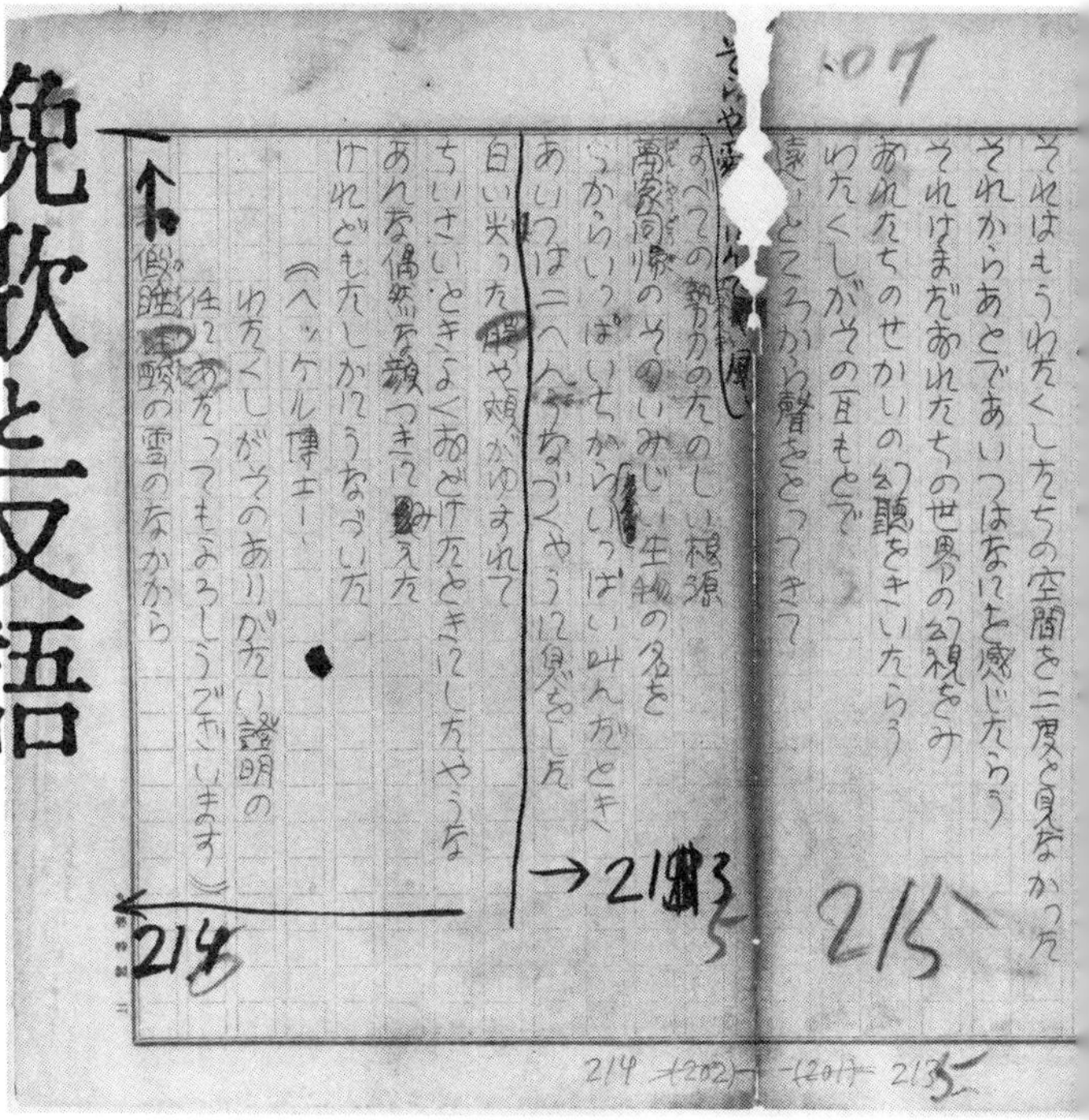

富山英俊
TOMIYAMA Hidetoshi

せりか書房

装幀・掲載図版
ジャケット表：「青森挽歌」詩集印刷用原稿より
ジャケット裏：「〔北上川は熒気をながしィ〕」下書稿（五）より
表紙表・裏：「青森挽歌」詩集印刷用原稿より
（資料提供：宮沢賢治記念館）

挽歌と反語——宮沢賢治の詩と宗教　目次

はじめに

本書は、『挽歌と反語――宮沢賢治の詩と宗教』と題した。第一章「「青森挽歌」を読む、聴く」（初出九六年）は、『春と修羅』中のその長詩を全篇引用して精読するが、作品の音楽的構成を音数律の観点から分析し、伝統の韻律と密接に関連するその口語自由詩の特徴を明らかにする。また、その構成要素の対話性や反語性を焦点とする。作品の思想内容を詩の言語の特性から切り離して語っても、不十分である。

その思想内容には、妹トシ死後の挽歌群の一環として、賢治の宗教思想のいくつかの志向が読みとれる。その詩篇が含む、死後の妹との交信を探りその世界の直視を求める希求は尋常のものでないが、そこには、その現れは世界のあるがままの真実として肯定されなければならない、という発想も窺える。さらにそこには、宗教の次元は人間の常識的分別を超えてそれを相対化する、という直観も働くようだ。そうした発想や直観はまた賢治の文学における反語性や逆説性の源泉にあったのでは、というのが執筆当時からの筆者の感触である。

挽歌群などの諸作品を参照引用しつつ賢治の心の遍歴について、ある一貫した物語を綴る試みはいくつもある。早いものでは、浅野晃の伝記『愛と土の詩人　宮沢賢治』（五四年）などに萌芽があり（一九八一―二〇三）、詩「オホーツク挽歌」が描く樺太の海岸での経験などに決定的な転機を見いだすことや、あるいはその後の緩やかな回復の過程を思い描くことなどが探られてきた。

本書は、もう一つのそうした物語を試みることはせず、詩篇に集中する。それは、かりにそうした筋書きをもう一つ提出しても、これまでとあまり違いがないだろうからだが、また、作家の状況を復元する文脈に組みこまれると、作品世界の特異性への十分な集中が妨げられる惧れもある。これは、賢治の「心象スケッチ」構想の理解にも関わる。賢治の詩では、ことばとなった心の経験は、それぞれが作品世界として自律性をもち変容・分岐・融合する。それらは人生の展開の物語の資料とされると、その個別性が見失われやすい。ただしこれは、そうした心的経過に関する仮説提出の意義を否定するものではない。

第二章「宮沢賢治の詩の実現（音数律と主題構成）」（初出九八年）は、代表的な賢治詩での音数律と作品構成との関係を考察しつつ、詩人の仏教思想の一面、つまりその潜在的な全体主義への傾き、という当時よく言われた問題に応答した。

第三章「賢治仏教学への予備的な覚書（日蓮と親鸞）」（初出〇五年）は、第一章で扱った賢治文学の反語性や逆説性の源泉に、仏教思想のある性向を探るための予備的な覚書だった。政治的な日蓮主義の全体的なものへの傾きとは別に、親鸞主義のうちの一志向が賢治に働いたことを探る、という問題意識だった。だがその後、日本仏教史を素人ながら調べて、天台思想とその「本覚思想」への変容の余波は、そこから発した日蓮にも、親鸞にも、そしてかれらの近代での継続者たちにも及んでいることの学習に至った。——こうした連関で扱う領域について、筆者は専門的な知識を僭称するつもりはまったくない。すぐれた啓蒙書、案内書のおかげで一般読者にも紹介されているが、賢治研究ではさほど考慮されない宗教思想の連関を、参照するだけである。

第四章「宮沢賢治とキリスト教の諸相——「天国」と「神の国」のいくつかの像」(初出一三年)は、賢治作品への「キリスト教一般」の影響として語られるものを、より個別的なキリスト教の諸相への応答として読解する。方法論は、一個人のなかにも自律的に働く複数の言説実践、つまり習慣的な発想や言動という観点であり、主題を思想史や心性史に位置づける。

第五章「宮沢賢治とキリスト教の一面(反律法)と仏教の一面(本覚)」(初出一五年)では、キリスト教における反律法的なものと、仏教における本覚的なものが賢治作品でどう交渉したかを、花鳥童話「めくらぶだうと虹」と初期の小品「「旅人のはなし」から」に探った。それらの作品の主題の解明を目指すが、賢治文学に逆説や反語が現れる源泉としての宗教的心性を視野に入れている。

第六章「ヘッケル博士と倶舎」は、「青森挽歌」中の解釈の難問である両者に関する諸説を検討する。これまで見過ごされてきたと思われる点をいくつか指摘するが、ただし筆者は、その二つの意味や典拠を決めないと詩を読めないとは考えていない。

第七章「心象スケッチ、主観性の文学、仏教思想」は、「心象スケッチ」の特性に関する私見の素描である。もちろん多くの論者が扱ってきた主題だが、「心象」でなく「スケッチ」に着目し、近代文学の基本的構図である主観性の表現（スケッチ）が、賢治の幻視者の資質や仏教思想などの動因と合流したところに、その成立の経緯を探る。

第八章「ゲーリー・スナイダーの宮沢賢治」（初出九四年）は、時系列では最初に書いたものだが、アメリカ詩人ゲーリー・スナイダーによる賢治詩英訳の検討である。焦点は、両詩人の思想や資質の類縁の指摘というより、二人がそれぞれの言語の近現代詩の手法をどう駆使したかの具体的な分析にある。第九章「T・S・エリオットと宮沢賢治」は、同時代人であった両者の詩法がじつは非常に近かったことを論じる。

本書が扱う賢治作品は、それほど多数でない。だが、音数律や宗教思想の解明に加えて、中心的な詩である「青森挽歌」、詩篇「〔北上川は熒気を流しィ〕」や「基督再臨」、散文作品「めくらぶだうと虹」や「「旅人のはなし」から」、さらに「銀河鉄道の夜」などについて、従来とは違う読解を示したつもりである。

＊

既発表の文章には表現・内容とも手を入れたが、基本的論点や構成の変更はほぼない。もとの注のうち、内容に関するものは本文に組みこみ、文献情報は巻末の「参照文献」に任せ、現在の時点での考察や補足を新たに章末ごとに注として付加した。以下、各章に関する初出などの情報を記す。

第一章は、『言語文化』一三号（明治学院大学言語文化研究所、九六年）初出に新注を加えた。ただし、音数律論の検討は、第八章の初出や『宮澤賢治イーハトヴ学事典』（一〇年）の「音律性」項目の内容の一部を加えた。

第二章は、副題は今回付加したが、初出は『宮沢賢治研究 Annual』第八号（宮沢賢治学会イーハトーブセンター、九八年）であり、新注を付加。ただしこれには、第一章の初出は再録論文とするには長すぎたので、代わりの別論として提出した経緯があり、「青森挽歌」をも扱っていた。その部分は、今回は基本的な特徴への言及のみ残した。また詩「春と修羅」の音数律分析は第八章と重複するので、削った。

第三章は、題名を少し変え副題は今回付加だが、佐藤通雅氏の個人雑誌『路上』一〇〇号（路上発行社、〇五年）に寄稿させていただいたもの。注を付加した。

第四章は、『宮沢賢治研究 Annual』二三号（一三年）掲載の初出に、別稿「宮沢賢治とキリスト教の諸相――補論」（『言語文化』三四号、一七年）の一部を組み込んだものである。

第五章は、『賢治研究』一二六号、一二七号（宮沢賢治研究会、一五年）に上・下で掲載された論考「宮沢賢治とキリスト教の一面（反語の教師イエス）と仏教の一面（本覚思想）」の題名を若干変更し、前掲「宮沢賢治とキリスト教の諸相――補論」の一部を加えたもの。

第四、五章の内容は、宮沢賢治学会イーハトーブセンター、宮沢賢治研究会、日本キリスト教文学会、の研究発表会や例会（一二―一六年）で部分的に発表した。

第六章は書下ろし。ただし宮沢賢治研究会の例会（一五年）で一部を発表した。

第七章も書下ろしだが、宮沢賢治学会イーハトーブセンターの夏季特設セミナー（一八年）で一部を発表。

第八章は、初出は『明治学院論叢』五三七号（明治学院大学文学会、九四年）。ただし、日本語の音数律分析は第一章と重複するので最小限にとどめ、新注を加えた。また、別稿「ゲーリー・スナイダーと宮沢賢治についての覚書」（『現代詩手帖』三月号、思潮社、九六年）と、英語論考 "Miyazawa Kenji and Gary Snyder—An Encounter of Similar Poetics?"（『言語文化』三一号、一四年）の内容の一部も加えた。

第九章は書下ろし。ただし日本アメリカ文学会の全国大会（一五年）での発表に基づく。

＊

本書で参照・引用する著書や論文は、長い賢治研究のさまざまな時期から引いたので、初出や参照した版の西暦年号を、いちいち明記する。二〇世紀後半と二一世紀については、上二桁を省略する。引用後の括弧内の数字はページ数。旧字は新字に改め、ルビは必要と思われる箇所だけ残した。巻末に、本全体に関する「参照文献」を置くが、参照・引用した版のみを挙げ、収録・再録などの経緯の情報は省略する。同一著者については、参照した本の出版年の順番に挙げる（必ずしも初出の順でない）。

賢治作品の引用は『新校本全集』（筑摩書房）による。ただし校異記号は省略した。本文篇については、括弧中に巻名とページ数のみを示す。校異篇やその他の補足が必要な巻は、適宜補って指示する。

引用文中の［　］内は、筆者による省略ないし補足である。

第一章　「青森挽歌」を読む、聴く

宮沢賢治の二五二行におよぶ長篇詩「青森挽歌」は、『春と修羅』第一集のうちで「無声慟哭」の章に続く「オホーツク挽歌」の章の最初に置かれる。それは、「無声慟哭」章の「永訣の朝」、「松の針」、「無声慟哭」といった妹トシの死をうたうあまりに高名な詩篇に比べれば、一般に知られていないかもしれない。だが、それを賢治の詩業のなかで、いや近代日本の詩作品のなかでもっとも優れたもの、驚くべきものの一つと考える意見もいくつか存在してきた。たとえば生野幸吉と入沢康夫の対談「賢治――詩の韻律」（七八年）で、入沢は『春と修羅』のなかでは「「青森挽歌」という詩が一番好き」であると言う（三三）。生野はそれに、「明治以降の詩の中で一番好きだ」と応じ（三四）、また、『現代詩読本　宮澤賢治』（七九年）中の賢治の詩からどれを選ぶかというアンケートへの答えでも、その詩をとくに強調している（一七〇―一）。宗左近も同じアンケートで、「宮沢賢治の作品のどんなものにも激しく惹かれている」が、「強いて一篇を、といわれるならば、わたしは「青森挽歌」をあげる」と述べる（一七一）。また龍佳花は、この作品を中核に据えた研究書『宮沢賢治をもとめて――「青森挽歌」論』（八五年）を出した。さらに中村稔は、『宮沢賢治ふたたび』（九四年）中の考察（初出九二年）で「青森挽歌」に触れて、「あるいは［……］「無声慟哭」らにまさる傑作というべきかもしれない、といまの私は考える」と述べ、「波濤のようなトシへの想念、宗教的情念のうねり」を指摘する（四七）。

筆者もまた、ある局面では「天国と地獄の結婚」であり「善悪の彼岸」であるその作品に対する驚きと畏怖の念において、それらの評価に賛同する。（この詩篇がブレークやニーチェのそうしたことばを引き寄せる由縁は、本書の展開につれて明らかになるだろう。）

その多彩な語彙や、文化的・科学的・宗教的などの言及の豊饒さに現れるように、賢治そのひとは複雑な多面性をもち、そのことを反映して、現在の賢治研究は、実証的な索捜と精緻な読解をますます充実させている。賢治仏教学、賢治自然学、賢治天文学などの研究分野を生んできたその多元的な「賢治宇宙」の隅々にまで通暁することは容易でなく、筆者はその一部にのみ通いがちだと認めざるをえない。賢治研究という「両方の空間が二重になつてゐるとこ」は「初心のものに／居られる場処では決してない」（「宗教風の恋」、二巻一九四）、と承知はしている。それでも本稿では「青森挽歌」を、先行の論考をできるかぎり踏まえながら、とくにその韻律と構成の音楽性に注目しつつ――それを軽視して詩人の「思想」の抽出に励むことは空しい――その細部の（しばしば捉えがたい）意味の働きに即して読んでいきたい。この詩篇を展開に従って読解する試みは、龍の著書の第二章（六六―一四一）、吉本隆明『宮沢賢治』（八九年、九六年本で二八三―三二〇）、宗左近『宮沢賢治の謎』（九五年、四四―六四）などいくつかある。問題となる箇所の解釈は様々であるが、ここでの読みも、一部はそれらを繰り返すことになる。だが詩の読解もまた「透明な幽霊の複合体」（「序」、一巻七）による共同作業であるだろうから、そうした反復による確認も、ここでは厭わないことにする。

さて「無声慟哭」の章の三篇が、妹の死と同時に進行する作品という――じつに異様な――設定であったのに対し、「青森挽歌」にはじまる「オホーツク挽歌」章の作品群は、「青森挽歌」の「(一九二三、八、一)」から「噴火湾(ノクターン)」の「(一九二三、八、一一)」にいたる日付けが示すように、一九二二年一一月二七日の妹の死から半年以上あとの時点のものである。その枠組みは、賢治そのひとの現実の、教え子の就職依頼のための樺太旅行だった。だがその旅が内実において死んだ妹との霊的交信を求めるものであったこと、それらの詩篇では仏教徒であった賢治の信仰と死生観がその限界で試されたこと、――以上の基本的な理解については、読者のあいだに大きな見解の相違はないだろう。しかし、それらの作品で妹の死後のありかを探ろうとする種々の思いは、しばしば断片的に暗示され、あるいは激しく混乱し互いに矛盾しあい、それらを一義的な理解に収束させることは難しい。いや――むしろ――その困難にこそ、詩の驚異が含まれている。

*

詩篇(二巻一五六―一六八)は、じつに静かにはじまる。

こんなやみよののはらのなかをゆくときは
客車のまどはみんな水族館の窓になる
　（乾いたでんしんばしらの列が
　　せはしく遷つてゐるらしい
　　きしやは銀河系の玲瓏《れいらう》レンズ
　　巨きな水素のりんごのなかをかけてゐる）
りんごのなかをはしつてゐる
けれどもここはいつたいどこの停車場《ば》だ
枕木を焼いてこさえた柵が立ち
　（八月の　よるのしづまの　寒天凝膠《アガアゼル》）
支手のあるいちれつの柱は
なつかしい陰影だけでできてゐる
黄いろなランプがふたつ点《つ》き
せいたかくあほじろい駅長の
真鍮棒もみえなければ
じつは駅長のかげもないのだ
　（その大学の昆虫学の助手は

こんな車室いつぱいの液体のなかで
油のない赤髪《け》をもぢやもぢやして
かばんにもたれて睡つてゐる）

この「情景」は、題名や詩集末尾の目次での「（一九二三、八、二）」という日付けからして、賢治が乗った「現実の」夜汽車の場面「である」と、ある程度までは考えられる。だが、この窓が水族館の水槽になった列車はすでに「銀河系の玲瓏レンズ」のなかを走っていて、作品は初めから「銀河鉄道の夜」にも通ずる賢治の「幻想的」空間に読者を置いている。そして、この夜汽車の「描写」には視点の定まらないようなところがあり、吉本隆明は「りんごのなかをはしつてゐる」以下について、「客車に座っている人物の視線でも［……］列車の外側にある視線［……］でも、どちらも描写の位置として成り立つ」（九六年本、二九九）と述べる。ただし細部にこだわるなら、吉本は冒頭の二行については、その窓は「外側からみている視線にそって描写している」（二九八）とするが、じつはそれも、どちらにも取れないだろうか。これは「視線」という主観／客観の構図を含意する語に引きずられたためかもしれず、吉本もすぐに「名づけようもない幻想の視線が揺れる感じ」（三〇〇）を語っている。[1]

そう、ここでは汽車も停車場も駅長も、あたりを取り巻く闇のほんの一部が水中でのように照らしだされる空間、主体の視点の位置を言うことがもうあまり意味をもたない空間のなかで、ただゆるやかに眠りを誘う疲労の気分へと溶融されてゆく。だからまた、いまの引用の最後の「昆虫学の助手」

の指すものが、賢治そのひとであるかないかを云々することは、あまり意味のないことに思われる。――その特定は『日本近代文学大系36　高村光太郎・宮澤賢治集』（七一年）での恩田逸夫による注解の意見である（三六三）。恩田の注釈が貴重な労作でありながら、やや強引な合理化や還元的な読みを示すことは、生野幸吉も「春と修羅の「序」について」（八二年）で、賢治の「透明」という表現を恩田が「精神上の高い境位を示す」（二四一）と言い換える事例などを挙げて指摘している（一四）。

＊

なによりもまず、この作品が、ことばの音楽という水準で、いかにみごとに構成されているかに注意を向けるべきだろう。賢治の音楽的な感性の鋭さ、そのリズム感の確かさは、これまでも何度も強調されてきたが、そのリズムの基調と、さらにそもそも日本語の詩の韻律をどう捉えるかについて、その概略をここで示す必要がある。その問題について透徹した論考を残してきた菅谷規矩雄、川本皓嗣、別宮貞徳、荒木亨などが大筋では一致するように、日本語の伝統的ないわゆる「七」や「五」の音数による韻律は、それぞれが一音や三音の休止を含んで一纏まりになる八音の持続の等時性によるリズムである、と考えられる（それは計測される同一時間の機械的な反復ではもちろんない）。つまり、たとえば七五調なら（藤村の「おえふ」を引けば）

＝みず―しず―か○―なる＝えど―がわ―の○―○○＝
＝なが―れの―きし―に○＝うま―れ○―いで―○○＝

と分析されるリズムである（以下分析の際は現代仮名遣いを用いる）。そしてこの分析では、その八音の持続の内部構造として二音の纏まりが、日本語のリズムの根本的な傾向性として把握される。なお「○」で表した空白は、休止でも長音でもありうるし、また八音枠中の位置は個々の読み手によって異なりうる。（この分析は川本の『日本詩歌の伝統』（九一年）中の「七と五の韻律論」（初出八七年）によったが（二八一）、音符や拍子や小節を使う楽譜ふうの表記は省略した。）

そして菅谷が『詩的リズム』（七五年）の九、一〇章（初出七三年）で指摘するように（とくに二一四―七、二二三―五）、賢治に特徴的な「歩行リズム」は、「七・七」の変形である「八・七」、つまり「＝タタ―タタ―タタ―タタ―タタ＝タタ―タタ―タタ―タ○」の型を基本としている。「屈折率」（二巻一三）から例をあげれば

向ふの縮れた亜鉛《あえん》の雲へ
陰気な郵便脚夫《きやくふ》のやうに
＝むこ―うの―ちぢ―れた＝あえ―んの―くも―へ○＝
＝いん―きな―ゆう―びん＝きゃく―ふの―よう―に○＝

というリズムだ（萱谷自身は二音の纏まりを分析に用いないが、ここでは加えた）。そしてこの韻律は、山野を歩き回りながら自然のさまざまな事物とエネルギーに触発され「心象」を書きとめるという賢治の「心象スケッチ」の詩法に根ざしている、というかむしろ、それを可能にする基盤だった。その詩法の代表的な実践である長篇詩「小岩井農場」の冒頭（二巻五八）もだから、萱谷の分析によれば（二三五）

わたくしは‖ずいぶんすばやく‖きしゃからおりた‖
そのために‖くもがぎらっと‖ひかったくらいだ‖

というように、五音の導入部が用いられ（その部分は八音分の持続をもつようにはふつう読まれない——五音や七音の存在はそれだけで「七五」調や「五七」調的なリズム構成の存在を示すわけでない）、そのあと一行目は「八・七」、二行目は「七・八」の型が来る。それらは、萱谷によれば「撥音と促音の交差によって強調され」ていて——印象的な「ぎらっとひかった」は前行の「ずいぶん」と対比的だという感知のようだ——、やはりその「歩行リズム」を基本としている。賢治の音感は、単調な繰り返しを本能的に避ける鋭敏さをもっていた。[2]

そして、賢治の残したいわゆる「詩法メモ1」は、『春と修羅』第一集の時期には遡らないが、かれがこの八音枠を直観していたことを示す。『新校本全集』十三巻（下）ノート・メモ本文篇の二六八

ページを見れば、賢治は

4　4　（8）　7

ワタクシ　アナタノ　メデ　シリマシタ
ア、サウ　アナタハ　ハデ　ワカリマス
サウデス　ワタクシ　ハガ　シルシデス
エ、エ、　ワタシガ　アカメナヤウニ

と「八・七」リズムの戯文を記しているが（やや反っ歯だったという風貌についてだろう）、一行目の右には、行の前半は四プラス四の八音で一纏まり、後半は七音で一纏まりだが一音の休止を含む、という理解が表記されている。（その用紙は「「春と修羅」第二集の黒クロース表紙〔D〕の表見返し2（推定）余白」である（同校異篇八六）。）

　だがさて、賢治の詩の律動はすべて「歩行リズム」に尽きるわけではない。生野と入沢はさきに挙げた対談で、「無声慟哭」や「オホーツク挽歌」の章の詩篇の基底にあるリズムは「歩行リズム」とは違う、と述べていた。生野は、「成立の仕方がほかの詩と違う〔……〕歩きながらのメンタルスケッチ、モディファイドじゃない」、「あの自然な口語のリズムに非常に今でも新鮮な魅力を感じているし、ほかの人にできなかったような気が、——というか、賢治にもまれにしかできなかったんじゃないか」と述べ、またそこに「今でも不思議な、謎みたいなものを、リズム的にも感じている」と語った。対して入沢は、そこに「交響楽的［……］多重旋律的な感じ」を認めると応じた（三二―四）。——確かに、そうした詩句の「自然な口語のリズム」でありながら「多重旋律的」でもある音楽性を記述するのは容易でない。だがここでは、そのリズムの「不思議な、謎みたいなもの」の働きを少しでも分析することを、ともかくも試みたい。いわゆる「口語自由詩」の音楽性の記述は一般に、個人の音読の習癖をもとに空論をたてる危険を孕むことを認識したうえでのことである。

＊

さて、日本語の七音や五音などによる詩句の内部構造としての二音の纏まり、その凝縮性の強さという論点はすでに取り上げたが、それ以外の三音などの単位がどう機能するかについては、論者により意見が分かれる。本論ではのちに「青森挽歌」中に三音の律動を認めるので、ここでその点を簡略に見ておきたい。荒木亨『木魂を失った世界のなかで』（八二年）中の「日本詩の詩学」（初出七七年）は、二音の単位を、七音や五音の定型詩のなかの構造としてだけでなく、より一般的に、いわゆる口語自由詩や散文を読む経験をも必然的に支配する型として想定する。つまり荒木は、ソシュールのラング（言語体系）／パロール（発話行為）の区別に訴えつつ、「二音の環」は「福士幸次郎が一九一九年に発見した日本語のラングの根本的原理であって、散文もリズムに乗る時は必ずこの環で刻まれる」と記す（一〇五）。荒木によれば、詩・散文を問わず三音の纏まりと見えるものは二プラス一に分解される。もちろん二音の単位が機能する場合が多いことは確かだろうが、筆者はこの説には懐疑的である。――ただし散文詩や自由詩に関する荒木の分析には、「二・一音（福士の三音格）パターン」なるものを語って実質的には三音の単位の働きを認めているような箇所もある（一一八）。

それに対して菅谷は前掲書の第一章（初出は七二年）で、「俗謡」的な（日本語の「原型的」な）リズム構成の基盤に三音等の纏まりを認めるし（たとえば「たかい―やまから―たにそこ―みれば―／うりや―なすびの―はなざかり―」）（二〇―三）、その三や四や五音のあいだの等時性を想定する（それゆえ加速／減速という要素を分析に加える）。菅谷は、賢治においてもその現れを見――「青い槍の葉」（二巻九五）の「（ゆれる―ゆれる―やなぎは―ゆれる―）」――、さらに、その三音（原型的なもの）が、詩人が「短歌的音律」（審美的なもの）から離脱するさいに機能した、とも論じている。

具体的には、「青い槍の葉」を「俗謡リズムに調子よくのりきって作られた歌」であり「第一集のなかで最悪のリズム」と評するが（二〇〇）、他方「恋と病熱」の初版本形（二巻二二）の冒頭の「きょうは―ぼくの―たましいはやみ」の「三・三・七」の型については、その「三音＝律」を「さいしょの行の構成力」として捉え、それが「たましひは疾み……とつづく七音を、定型＝規範としての七音律とはことなる次元に創出する」と観察する。――それに対し、「恋と病熱」の改作である「宮沢家本」形（二巻二四五）の「きょうは―わたしの―ひたいも―くらく」については、「三・四・四・三」（「七・七」）

の「俗謡のリズムそのもの」であり、「固有のリズム構成［……］をふたたび定型へと還元する」「改悪」だと評する（二一一―二）。

なお菅谷は、音数律の内部構造としての二音の単位を認めず、それを日本語の体系に属する規則だとする荒木とは論争もしているが、じつはそれを、歴史的所産としては認知している。つまり菅谷の『詩的リズム・続篇』（七八年）「あとがき」での要約によれば、「二音ひとまとまりの単位なるものは［……］日本語の発生＝本質に属するというよりは、中・近世的な時代現象の所産であり［……］その最大の要因は［……］仏教の大衆化過程において、経典の読誦のリズム（漢字四文字を一句として読まれる二音一拍の四拍子［……］）が日本語の在来のリズムに広汎な干渉作用を及ぼしたところに、もとめるほかない」（二八二）。

他方、川本皓嗣の論考は、この主題を扱った明治以来の、荒木や菅谷を含むさまざまな論者の説を慎重に比較検討したうえで、日本の定型詩（とくに七五調）の韻律を、二音からなる「音歩」が四拍ある八音枠に、一から三音の休止が置かれる型として特徴づける。[3] 筆者は、その纏め方を基本的に妥当と考えるが、川本の論には、三音の機能にも触れる箇所がある。つまり、蒲原有明の「茉莉花」の二行、「咽《むせ》び嘆《なげ》かふわが胸《むね》の曇《くも》り物憂《ものう》き／紗《しや》の帳《とばり》しなめきかかげ、かがやかに」について、「‖むせび―なげ―かふ‖わが―むねの‖くもり―もの―うき‖／しゃの―とばり‖しな―めき―かかげ‖かが―やかに‖」と分析し、そこに二音と等時的な三音の纏まりが機能することを認め、「ほぼ音楽の三連音符に相当する」と記している（三一八―九）。

ただし川本がそれを「意外に変化に富むリズム・パターンが音声の上で実現されている」と評価するのに、他方で「事務的な、もはや棒読みという他ないような読み方」だと特徴づけ（三一八）、「紙面上の行分けを無視」して三行に区切る（また余りの一音を休止でなく音引きと想定する）、「＝むせ―びー―なげ―かふ＝わが―むね―のー＝／＝くも―りー―もの―うき＝しゃの―とば―りー＝／＝しな―めき―かか―げー＝かが―やか―にー＝」という読み方を正式なものであるかのように記すのは（三一七―八）、いささか理解しがたい。一般に行分けとは、詩人が読み手の作品経験を聴覚的に（その面にかぎらないが）方向づける重要な手段である。

ともあれ、――こうして互いに重なりつつ異なる前提ゆえにずれあう諸分析を調停するのは容易でないだろうが――、確かに日本語の詩句で三音は、「タタタ―タタタ―タタタ―……」というリズムの単位として機能しうるし、また、そのなかにそれと等時的な持続として二音が「タタタ―タタタ―タタ―タタ―タタタ―タタタ」というように挟まることもある、という理解を以下では前提としたい。

そして「労農詩論三講」と呼ばれる、羅須地人協会で賢治が一九二六年に行った講義の伊藤忠一による筆録には、「奇数音歩…静。平和。余裕。／●●●　●●●」、「偶数音歩…切迫。急ぎ。鋭さ。／●●　●●」という箇所がある（十六巻（上）補遺・資料篇二〇二）。賢治も、二連音、三連音の存在を認知していたようだ。

なお、この二音と三音の等時性は、別宮貞徳が『日本語のリズム』（七七年、引用は〇五年本）第五章で想定する、口語自由詩における「ブロック」（四、五音などでありうる）のあいだの等時性と、基本的には同じものであるだろう。別宮はたとえば、朔太郎の一行に「地面の・底に・顔が・あらはれ」と等時的な四つの「ブロック」(「四・三・三・四」)を見出し、それが詩篇を基本的には主導すると考える(一七四)。いまの一行は「七・七」とも取れるが、句の等時性と、その内部構造の等時性とのどちらに着目するかは分析によって異なるのであり、それは、個々の詩でそのどちらが機能しているか、という判断の問題であるだろう。

日本の近代詩、現代詩には、賢治や中也のように伝統的な韻律の要素を強く残す詩人もいれば、そうでない詩人もいる。後者の場合には、ひと纏まりに一息で読まれる語句のあいだの等時性、それによる速度の緩急、また行分けによるリズムの微妙な変化などが、その音律性を構成する。

賢治の口語自由詩は、伝統的な音数律からの離脱とそれへの回帰とを詩篇中で実演する種類の「自由詩」だった。それは、意味の上で切れる句のあいだの等時性だけが感じられる箇所と、定型的な音数律が現れる箇所とのあいだを自在に行き来する。そこにはまた、括弧や行上げ、行下げの独自な多用がある。——以下の分析では、詩句の内部構成やその音数は中黒で切って示し、二音の纏りや八音枠の持続による定型性が感知される場合は「‖」で囲み、その内部構造は「|」で区切る。その基本は二音だが、ときにそれと等時の三音も現れる。それらが八音枠以外で機能すると感知される場合も「|」を用いる。音符や小節や拍子による表記は行わない。(付言すれば詩歌の音声的経験はとうぜん抑揚、「調べ」の要素も含み、それを律動より前景化する——律動は抑制する——美意識も存するが、本論は賢治詩はそうした美学とは縁遠いと考える。)

＊

「青森挽歌」の冒頭に戻ろう。それは「七・七・五」とも分けられる詩句だが、八音の持続の定型の型としては感知されにくいだろう。むしろそれは、平仮名表記による意味の切れ目の読み取りにくさもあって、二音ないし三音の纏まりにより、語句を区切って読むことを誘う——

こんな―やみ―よの―のは―らの―なかを―ゆく―ときは

ここでは三音の単位が確かに機能し、むしろ主導的でさえある。——ただしこの一行は、右に述べたように、より定型的に意味の切れ目で休止を取って、「〼こん―な〇―やみ―よの〼のは―らの―なか―を〇〼ゆく―とき―は〇〼」などと読めないわけではない（初めの「三・四」については三音のあとに休止を置く読み方を記したが、より韻律の流れに従い休止は八音目に置く「〼こん―なや―みよ―の〇〼」もありうる）。「自由詩」では、これらのうちのどれが「正しい」かを確かに決定できるように、韻律の型が読者に共有されているわけではない。だが、細部について変異がありうることは、個々の読み手は詩句のことばの配置によってある音声的な経験を得るように誘導されること、そこに大筋での一致がありうることを、否定はしない。それぞれの読者は、まずは自分の経験を意識化して記述する——そしてほかの読み手の反応を待つ——よう努力するしかない。

「青森挽歌」の冒頭において、読者はともかくこの平仮名表記によってリズムの型に敏感になるように導かれ、二行目をたとえば（やはり三音と二音の連なりとして）

きゃく―しゃの―まどは―みんな―すい―ぞく―かんの―まどに―なる

と読む。そしてつぎには、もう行を四字下げられた括弧が現れる。

（乾いたでんしんばしらの列が
せはしく遷つてゐるらしい
きしやは銀河系の玲瓏《れいらう》レンズ
巨きな水素のりんごのなかをかけてゐる）

これは語りの水準の転換であると同時に、音楽的な意味での転調でもあり、語調は微妙に変化する。そしてこのような音調のたえまない推移によって、この長篇詩は単調さを免れ、多彩な立体性、構成的な展開を獲得するのだが、いまの箇所などはリズムの基調も変化している。つまりここでは

かわいた―でんしん―ばしらの―れつが

せわしく｜うつって｜いるらしい
きしゃは｜ぎんが｜けいの｜れいろう｜れんず
おおきな｜すいその｜りんごの｜なかを｜かけている

というように——とくに始めの二行で——四音の句（二音の単位を基盤とする）が主導的になる。これは、より定型的に「‖かわ｜いた｜でん｜しん‖ばし｜らの｜れつ｜が○‖」と聴きとることも可能で、次行は「‖せわ｜しく｜うつ｜って‖いる｜らし｜い○｜○○‖」と定型の七・五にも読める。そして、その規則的なリズムこそがまさに、幻想の夜汽車の前進を実現する。[4]（ここの「せはしく遷って」は、『春と修羅』「序」の「風景やみんなといつしよに／せはしくせはしく明滅しながら」（二巻七）と呼応して、刹那ごとに生成しては消滅する宇宙という像を暗示するかのようだ。）それに対し、いまの三行目は、「三・三・三・四・三」で、定型性から外れる。逆に四行目は、「四・四・四・三・五」と五ブロックは継続しつつ、より定型的になり「‖おお｜きな｜すい｜その‖りん｜ごの｜なか｜を○‖かけ｜てい｜る○‖」の「八・七・五」とも読める。そしてその動きを受ける部分、

りんごのなかをはしつてゐる
けれどもここはいつたいどこの停車場《ば》だ
枕木を焼いてこさえた柵が立ち

（八月の　よるのしづまの　寒天凝膠《アガアゼル》）

において最初の一行は、「りんごの―なかを―はしって―いる」と先行部分の四音中心の進行を継続するが、つぎの行では調子が変わる。つまり「けれども・ここは・いったい・どこの・ていしゃばだ」の行は散文的になり速度が増す。つづく「まくらぎを・やいて・こさえた・さくが・たち」は、前行との関係ではより緩やかだが五ブロックが続くと感知され、他方そう意識されなくても「五・七・五」の型にも読める安定性をもつ。そしてそれが、つぎの「〓はち―がつ―の○〓よる―の○―しづ―まの〓あが―あぜ―る○〓」という「五・七・五」の俳句のような一行、括弧に入れられ行を下げられ、語句のあいだに空白が置かれて定型性が示されている一行、詩句の運動をまさしく一度停止させる一行に、みごとに接続する。ここでは、括弧のなかへと語りの転換がありながら、リズムの持続性は維持されていることに注目しよう。（ちなみに「寒天凝膠《アガアゼル》」とは寒天のゼラチン質の状態を言い、夏の夜空の大気をそれに喩えているのだろう。天空を、媒質に微粒子の浮いた「コロイド状態」として捉える観点が賢治の特徴であることについては、大塚常樹『宮沢賢治　心象の宇宙論』（九三年）の序論の第三章「水の宇宙哲学」（初出八六年）が詳しい[5]）。

こうした音数律の分析を、すべての行について続ける必要はないだろう。繰り返すなら、賢治の詩は、生来の抜群の音感によって細部にいたるまで構成され、定型とそこからの離脱との行き来を精妙に演奏し、長篇詩であっても単調に陥らず多彩に展開する。だから筆者には、寺田透の「宮沢賢治論──詩と童話の間で」（六四年、引用は七七年本）での、賢治の詩は童話に比べて芸術作品として未熟であり、「本来詩が身につけているべき用語、韻律、映像の超現実性での統一ということが、著しくそして個性的事実として不足している」（三六）という意見は、およそ理解しにくい。生野は逆に前掲対談で、「青森挽歌」の多重旋律性と比べると「「銀河鉄道の夜」のほうがむしろ単旋律的に読めちゃうんです」と語っていた（三四）。

＊

だがさて、「青森挽歌」の夜汽車は銀河を走り、しかしとある停車場で停まり、そして語りはつぎのように続く。

わたくしの汽車は北へ走つてゐるはづなのに
ここではみなみへかけてゐる
焼杭の柵はあちこち倒れ
はるかに黄いろの地平線
それはビーアの澱《をり》をよどませ
あやしいよるの　陽炎と

さびしい心意の明滅にまぎれ
　水いろ川の水いろ駅
　　（おそろしいあの水いろの空虚なのだ）

北へ走るはずなのに「みなみへかけてゐる列車」を、語り手の「錯覚」の心理として説明する必要さえないだろう。ここでは、この詩篇でこれから何度も反復される、対立し矛盾する志向の併存という事態が、ひとつの像によって示されている。[6] それが、眠気と疲労のなか不吉ななにものか、「水いろ」の「おそろしいもの」の接近の予感を導く。——なおいまの部分でも、後半は韻律が全体として定型的になり、「‖あや｜しい｜よる｜の〇‖かげ｜ろう｜と〇｜〇〇‖」の「七・五」（空白で強調された）があり、「‖みず｜いろ｜がわ｜の〇‖みず｜いろ｜えき｜〇〇‖」の「七・六」があり、それを「（‖おそ｜ろし｜い〇‖あの｜みず｜いろ｜の〇‖くう｜きょな｜のだ‖）」の「五・七・六」が受けるという停止になっている。

その不吉ななにものかは

汽車の逆行は希求《ききう》の同時な相反性
こんなさびしい幻想から
わたくしははやく浮びあがらなければならない

そこらは青い孔雀のはねでいつぱい
真鍮の睡さうな脂肪酸にみち
車室の五つの電燈は
いよいよつめたく液化され
（考へださなければならないことを
わたくしはいたみやつかれから
なるべくおもひださうとしない）
今日のひるすぎなら
けはしく光る雲のしたで
まつたくおれたちはあの重い赤いポムプを
ばかのやうに引つぱつたりついたりした
おれはその黄いろな服を着た隊長だ
だから睡いのはしかたない

というように、しだいに姿を現してくる。だがさて賢治の一般に見慣れない語句については、いくつもの注解があり、たとえば「真鍮の睡さうな脂肪酸」を説明してくれる。——さきに言及した恩田逸夫の注解は、「真鍮の」について「「真鍮色の」で、ぼんやりした黄色であろう」（三六四）とする。原子朗の編著の『宮澤賢治語彙辞典』(八九年)では、「脂肪酸」項目(三二四)は「↓カルボン酸」と指示し、その項目は「カルボキシル基を有する化合物の総称」という定義を与え、「賢治作品で[……]雲の形容に用いられるのは[……]高級脂肪酸特有の白蝋色から雲を連想した、と考える方が自然だろう」と付記する(一五二)[7]。

だが、これは賢治の「科学的」等の特殊な語彙について一般に言えることだが、たとえば「脂肪酸」について賢治は具体的な知見をもっていたし、それを読者が共有することは望ましいだろうが、そのことばが示す対象の表象を心中に思い浮かべることが詩の経験に絶対に必要かと言えば、筆者はそうは考えない。賢治の詩には、科学や仏教の実際の用語も登場するが、また実在するようにも響くが架空の造語であるものも出現し(「青森挽歌」にはのちに「仮睡硅酸」がでてくる)、そのどちらの場合でも、音の響きと漢字の表意の組み合わせ等によって、概念や連想や雰囲気のある複合体が暗示される。そして多くの場合に、その不定形の複合体は、じっさいの化学物質等の表象と同じくらいに重要である(「心象スケッチ」ということばにもかかわらず)。――だからここで「真鍮」でもある「脂肪+酸」は――「真鍮」の色が特性としてその物質に付加されると同時に金属でもある酸という非現実が措定される――、ねばっこさと酸っぱさとを暗示し、それが電灯までもが液化される車中の空間をどろりと満たすのだろう。

それはともかく右の一節で、「汽車の逆行は希求の同時な相反性」というみごとな一行は、この詩篇全体での相克する諸力の交錯をふたたび先取りし圧縮するような表現だ[8]。その「希求」は、七行あとの「考へださなければならないことを」以下ですこし具体的になる。[9] 意識に昇ってくることを語り手が怖れるもの——それがなにかは詩集を読み進んできた読者に想像できないわけでないが——が、徐々に接近する。だが、それが次第にさまざまに変容されつつ姿を現してくるあり方こそが——そこでのことばの流れはそれぞれ音調と速度を微妙に演じ分けられる——、特異で謎に満ちながら、まさに不可解なものとして読者を圧倒する。だから、右の引用の最後で「おれ」はポンプを引っぱった「隊長」であるとされるのだが、このむしろ童話的な設定を、実在の農学校の教師宮沢賢治の実習指導にただちに還元するのは不必要な手順である。（浅野晃は「「青森挽歌」論」（八二年）で、「主人公は昼間、自分の勤める農学校で、防火訓練の指揮をとったりしたこともあって、疲れて寝てしまっている」（一五六）と記している。）——ちなみにここで「ポムプ」は心臓の動きを暗示しないだろうか？

＊

そのつぎには、唐突なドイツ語の一節が導き入れられる。

（おゝおまへ《オーヅウ》　せわしい《アイリーガー》みちづれ《ゲゼルレ》よ
どうかここ《アイレドッホ》から急いで《ニヒトフォンデヤ》去らないでくれ《ステルレ》
《尋常一年生　ドイツの尋常一年生》

いきなりそんな悪い叫びを
投げつけるのはいつたいたれだ
けれども尋常一年生だ
夜中を過ぎたいまごろに
こんなにぱつちり眼をあくのは
ドイツの尋常一年生だ）

研究者の尽力によってこのドイツ語の出典は明らかになっているが、それを知ることが詩の理解に不可欠なわけではない。[10] いずれにせよ別離の主題を提示するその一節をうけて、ドイツの小学生という像が喚起されたが、そのあとには

あいつはこんなさびしい停車場を
たつたひとりで通つていつたらうか
どこへ行くともわからないその方向を
どの種類の世界へはいるともしれないそのみちを
たつたひとりでさびしくあるいて行つたらうか

と、「あいつ」の死後の行方という主題が、ようやくとりあえず明らかな姿を見せる。そして語り手の乗る汽車が死者の世界への通路であることも、また明らかになった。ここで韻律は、台詞からなる先行部分に対してより規則的になる。第一行は「四・三・四・五」で、韻律の解釈は複数可能だろう。「あいつは」を導入部として読めば「あい―つは‖こん―な○―さび―しい‖てい―しゃ―ば―を○―○○‖」と八音枠の「七・五」で読める。だがむしろ、「あい―つは―こんな―さび―しい―ていしゃ―ばを」と等時的な二音と三音の交替として読む方が妥当だろうか。その場合は、二行目は「たった―ひと―りで―とお―って―いった―ろうか」、最後の行は「たった―ひと―りで―さび―しく―ある―いて―いった―ろうか」となる。それらの二音と三音の交錯は、たゆたうような、だが避けがたい葬送の行進のごとき感触を維持する。――しかしそのあと、妹の死という主題は直接的にでなく、もういちど変容されて出現する。

（草や沼やです
一本の木もです）
《ギルちやんまつさをになつてすわつてゐたよ》
《こおんなにして眼は大きくあいてたけど
ぼくたちのことはまるでみえないやうだつたよ》
《ナーガラがね　眼をぢつとこんなに赤くして

だんだん環《わ》をちいさくしたよ　こんなに》
《し、環をお切り　そら　手を出して》
《ギルちやん青くてすきとほるやうだつたよ》
《鳥がね、たくさんたねまきのときのやうに
ばあつと空を通つたの
でもギルちやんだまつてゐたよ》
《お日さまあんまり変に飴いろだつたわねえ》
《ギルちやんちつともぼくたちのことみないんだもの
ぼくほんたうにつらかつた》
《さつきおもだかのとこであんまりはしやいでたねえ》
《どうしてギルちやんぼくたちのことみなかつたらう
忘れたらうかあんなにいつしよにあそんだのに》

妹の死後の行方をいぶかしむ自問に続く、この「(草や沼やです／一本の木もです)」は、ただものを名指すだけでじつに多くを意味しえている表現だが、つまりは、妹の生死と草木たちが無縁でないことを言い、自然の一切の生命の成仏を考える日本仏教に伝統的な世界像との繋がりを顕すのだろう。さて、この一節の異様にひとを捉える力については、龍と宗が説得的に語っていると思われる。ここ

ではもちろん妹の死が「ギルちゃん」の死へと転移され、それを、正体の分からない童話的な存在たちが語っているが、龍が「死んだギルちゃんを、死という観念を抜きにして語ることの不気味さ」（七八）と言うように、この一節の透明な無気味さは、死がそれを理解しない幼児の意識において、ただ不可解で絶対的な事実として語られていることによる。ただし龍が同所で、その対話でだれが順番に喋っているかを——これは「母親」だというように——同定しようとするのは、不必要な作業に思われる。

また、ナーガラを蛇、ギルを蛙と見ることは、ずっと定説化しているようであり、賢治がみずから印刷し知人に配ったといういわゆる「〔手紙四〕」（十二巻三一九—二一）——これもまた妹の死の「童話」的なものへの転移であるが——でチュンセの妹ポーセが蛙へ転生することと、確かに照応するが、それをそう決定することが詩の読みに絶対に必要だとは思われない。宗も同様の意見のようであり、「これがいったい人間なのか人間でないのか、そういうことはすべて、ここで語る必要がない。というより、語れば邪魔になる。だから、そういう差別、区別はここにはないのです」（四七）と述べている。他方大塚は前掲書中の「「青森挽歌」論」第四章（初出八六年）で、ここの「蛇による蛙殺し」（だとしてだが）に、抑圧された性的なものの発現を読み取り、たとえば「「蛇」が「蛙」を絞め殺そうとするこの悪夢には、妹に対する執着心［……］が、トシまでも修羅に引きずり落してしまうのではないか、という不安の現れを読み取ることが可能であろう」（二七五）とする。だが筆者は、それにはどうも違和感をもつ。ギルの死を無理解ゆえの深い静けさのうちに語る「子供たち」の世界は、まだ性以前のもののように感じられないだろうか。
――そして答のありえない問いをたてるなら、そもそもこうした一節は、どこから生じうるのだろうか。

＊

そのあとにはいよいよ、妹の死という思念との対決がはじまる。

かんがへださなければならないことは
どうしてもかんがへださなければならない
とし子はみんなが死ぬとなづける
そのやりかたを通つて行き
それからさきどこへ行つたかわからない
それはおれたちの空間の方向ではかられない
感ぜられない方向を感じやうとするときは
たれだつてみんなぐるぐるする

ここでもリズムは、一連の台詞のあと、ふたたび緩やかな進行に変わる。つまり、「かん—がえ—ださな—ければ—なら—ない—ことは／どう—しても—かん—がえ—ださな—ければ—なら—ない」といった二音と三音との交替である。そして妹の死後を考えることは、方向感覚の喪失、混乱、ほとんど錯乱の経験であることが明らかにされる。

《耳ごうど鳴つてさつぱり聞けなぐなつたんちやい》
さう甘へるやうに言つてから
たしかにあいつはじぶんのまはりの
眼にははつきりみえてゐる
なつかしいひとたちの声をきかなかつた
にはかに呼吸がとまり脈がうたなくなり
それからわたくしがはしつて行つたとき
あのきれいな眼が
なにかを索めるやうにむなしくうごいてゐた
それはもうわたくしたちの空間を二度と見なかつた
それからあとであいつはなにを感じたらう
それはまだおれたちの世界の幻視をみ

おれたちの世界の幻聴をきいたらう
わたくしがその耳もとで
遠いところから声をとつてきて
そらや愛やりんごや風、すべての勢力のたのしい根源
万象同帰のそのいみじい生物の名を
ちからいつぱいちからいつぱい叫んだとき
あいつは二へんうなづくやうに息をした
白い尖つたあごや頬がゆすれて
ちいさいときよくおどけたときにしたやうな
あんな偶然な顔つきにみえた
けれどもたしかにうなづいた

「無声慟哭」章での連作と同様の妹の方言の声の導入。臨終の情景。だがそれは尋常のものではない。ここでの、死後もしばらくはこの世界の感覚がつづく、妹は語り手の最後のことばに反応したはずだ、[11]という思念は、残された人間の諦めきれない不条理な願いの表出であると同時に、異質であるはずの諸世界の区別、（ここでは）生者の世界と死者の世界との区別がはやくも揺らぎかけていることをも示す。妹は死後も、「おれたちの世界の幻視」や「幻聴」としてこの現世を経験しつづけたはずだ

と願われるが、その言い方は、「おれたちの世界」そのものも「幻」であることを暗示しないだろうか。

つぎに、「空や愛やりんごや風、すべての勢力の楽しい根源／万象同帰のそのいみじい生物の名」については（だがこの二行は――信じられないくらい――すばらしい）、賢治が熱心な法華経の信者であり、妹の死の場面で実際にそう叫んだという証言からして、それを「如来」であり「南無妙法蓮華経」であると同定することは、もちろん間違いでない。[12] しかし、その「歴史的」な「事実」にかかわらず、賢治がふつうの仏教の用語をでなく、「そのいみじい生物の名」と書いたことの重みを無視することはできない。万物を包摂する一者、巨大な生命として捉えられた宇宙の全体を、仏教の特定の教義を狭く指示するような通常の語彙を用いずに名指したところに、賢治のある選択を感知することもできるだろう。それに関しては宗も、「大日如来とか［……］法華経であれば御題目［……］と等しいと、まあ、言えなくもない」が「宇宙の基本にいて宇宙を全体化している、その存在、というふうにとった方が、さらに手応えのある受け取り方ではないか」（五〇―一）と述べている。（「生物」をどう解するかの諸説については、本書第六章も扱う。）

ここで「空や愛やりんごや風」という語句は、文法的には、読み手がその行の最後まで読み進むなら、それらは「すべての勢力」またはその一部である、という同格ないし包含の関係だと了解されるだろう。だが、はじめは前行の「遠いところ」を受けるようでもあり、そこに文法的な整合性を読み取る緊張が働く。その緊張のなか「そら」から「愛」と「りんご」を経てふたたび「風」へといたる運動は、まさに瞬時に大宇宙と小宇宙を駆け抜けるかのようだ。（宗が鋭く着目するように、ここでは「愛」

もまた「単なる観念や概念［……］ではなくて［……］この世界の広やかな中に在る独立した生き物、というようにとらえられている」（五〇）。）それはもちろん、ある宗教的な見地だけが可能にする振幅であるが、賢治におけるその代表的な顕れは、『春と修羅』「序」での「人や銀河や修羅や海胆は」（二巻八）という列挙だろう。（だが「青森挽歌」でも、詩の最後に、この箇所と遥かに響き合うような驚くべき範疇の飛躍が出現することになる）。

＊

だが、このふつうの散文のようでいてすっきりと緊張した律動をもつ想起の流れは、ふたたび正体不明の他者の声の侵入によって中断される。

《ヘツケル博士！
　わたくしがそのありがたい証明の
　任にあたつてもよろしうございます》
仮睡硅酸《かすゐけいさん》の雲のなかから
凍らすやうなあんな卑怯な叫び声は……
（宗谷海峡を越える晩は

わたくしは夜どほし甲板に立ち
あたまは具へなく陰湿の霧をかぶり
からだはけがれたねがひにみたし
そしてわたくしはほんたうに挑戦しやう)

この「ヘツケル博士」については、ドイツの進化論を唱えた唯物論的な生物学者であるとの同定がなされているが、その意味合いについては諸説があり、たとえば大塚の前掲書の「宮沢賢治とヘッケル」(初出九一年)は、その学説を説明しつつ諸解釈を検討している。筆者は、その出現の唐突さと不可解さを感じ取ることが肝要であり、異質な声の出現によって脅かされる意識の劇という設定に比べれば、ヘッケルと賢治の思想的な遭遇の解釈は、それほど重要でないと考える。ヘッケルに対して賢治が否定的だったか、いくらかでも肯定的だったかは解釈の余地があるが、この詩では、ヘッケルは未知の学者めいた名前ということで十分であり、そのヘッケルに呼び掛けなんらかの証明を――おもねるように(と読めるが)――申し出る声がだれのものかは、結局は謎のまま残る(もちろん心理の水準に還元するなら――ここのすべてが――賢治の意識ないし無意識のある層ということになる)。ただし、そのあとに「卑怯な叫び声」とあるからには、語り手にとってその声が忌わしいものであることは確かなようであり、それは、おそらくは「宗教」を脅かす「科学的」な世界観を仄めかすのだろう。(この問題については改めて本書第六章で扱う。)

そしてつぎの宗谷海峡での「わたくし」の「けがれたねがひ」とはなにかも、最終的には不確定なままに留まる（『春と修羅』の「補遺」詩篇である「宗谷挽歌」（二巻四六五―七一）を参照するなら、トシへの執着そのものか、通信への切望か、あるいは同行願望ゆえの自殺衝動ということになるが）。そして宗谷海峡での出来事は、ふつうの地理とふつうの歴史的時間の基準では、確かにこの語りの時点以後に起こるはずのことだが、これをとくに未来の予定や決意を述べていると読む必要はないだろう――そもそも「からだはけがれたねがひにみたし」とは予定したり決意したりすべき事柄とは考えにくい。（しかしまさにそう合理化する論者も存在して、大塚は「心的な予定」（一五三）と記している。）

ここには、時間の錯綜を読みとればよいのでないか。賢治の詩作品における日付や、さらに一般に時間の継起関係が、そもそも日常的な観念で割り切れるものでないことについては、天沢退二郎が『《宮沢賢治》注』（九七年）所収の「『春と修羅』第一集から第二集へ――日付と作品番号をめぐって」（初出九四年）などで述べることが参考になるだろう。――「作品が成立した以上は、そこに付された日付は、〈経験〉の日付であったことをやめないまま、〈想像上のもの〉の日付と化している」（五三）。

そして、それらの不可解な声の縺れのなかに最後に、「そしてわたくしはほんたうに挑戦しやう」という飛躍した断言が闖入するが、読者は、情念の混乱を無理にも断ち切ろうとするがごときその意志をこそ感受すればよい。――なお、その断言に先行する「宗谷海峡を越える晩は／わたくしは夜どほし甲板に立ち」の部分は「三・五・三・三／五・四・五・二」と、ある整然とした語調を保ち、そこには「八・六／九・七」の八音枠の定型性も認められる（九音の箇所も「わた―くしは」と三音を三連音として読めば八音枠に収まる)。だからそのあとの音数の多い加速する断言は、そこから逃れようとする身ぶりとして、音調のうえでも妥当性をもつ。

そして詩句の動きは、いまの三つの短い——音調がそれぞれ変化する——楽節のあと、ふたたびその前の妹の臨終を想起する最後の一行、「けれどもたしかにうなづいた」へと回帰する。

たしかにあのときはうなづいたのだ

一度途切れた流れがふたたび開始されるこの一行の繋がり具合は絶妙であり、まさに音楽で中断された主題が再開されたように、ことばのうねりが波のように押し寄せる。そこで始まるのは、開かれるのは、妹の死後の有りようについてのひとつの像である。

たしかにあのときはうなづいたのだ
そしてあんなにつぎのあさまで
胸がほとつてゐたくらゐだから
わたくしたちが死んだといつて泣いたあと
とし子はまだまだこの世かいのからだを感じ
ねつやいたみをはなれたほのかなねむりのなかで

ここでみるやうなゆめをみてゐたかもしれない
そしてわたくしはそれらのしづかな夢幻が
つぎのせかいへつゞくため
明るいいゝ匂のするものだつたことを
どんなにねがふかわからない
ほんたうにその夢の中のひとくさりは
　かん護とかなしみとにつかれて睡つてゐた
おしげ子たちのあけがたのなかに
ぼんやりとしてはいつてきた
《黄いろな花こ　おらもとるべがな》

ここでも、死後もしばらくは生前の感覚が持続するという観念が示されるが、その感じるものは「この世かいのからだ」であり、それが「ここでみるやうなゆめをみてゐた」(だが「ここ」とはどこか?)のだから、やはりこの現世の経験は、さきの「幻聴」や「幻視」の場合と同様に、いわゆる現実と幻との判別を明確にするようには表出されていない。そして、その「ゆめ」がそのままつぎの生へと移行するように願われる。これらの「ゆめ」という語は、賢治における「透明」ということば——賢治の詩の「透明」な有りよう——と同根のものと感じられる。それについて生野は「春と修羅の「序」

について」で、「賢治はたえず鮮明な像の提示者であり、しばしば可視的に正確な異象の定着者だったが、彼が定着するとき、混濁さえもが透明な空間のなかに現出した。その透明は比喩的に言えば真空にもひとしいような普遍であった」（一四）と、なんとか言いあらわそうと試みている。

なお、森荘已池の「『春と修羅』私観」の三章「青森挽歌の一節に関して」（一九三〇年、引用は七五年本）によれば、賢治は森に「ひとが死んだ後でですね、全身が冷たくなつて行くのに、足の方が変にあたたかかつたりするのは、悪い他界へ、まあ地獄の方へ行くといはれてをりましてね。ほうつと胸が最後まであつたかいのがいいんですよ」（九四）と語ったという。この証言をそのまま受け取り、この一節に関連づけるなら（その説明と見なすなら）、賢治はトシの来世を悲観する必要がなかったことになる。——だが、この詩のこれからの展開は、なにを参照するにせよ、そうした一義的な解釈や説明により尽くされるものではない。[13]

リズムの面では、ここでもやはり変移する二音と三音との等時的な交替が、規則性のある進行の感触を与えるが、八音枠も諸所で感知できる。つまり、たとえば音数は「七・七・五／八・六・七」と区切れる、「‖わた|くし|たちが‖しん|だと|いって‖ないた|あと‖／‖とし|こは|まだ|まだ‖この|せか|いの‖から|だを|かんじ‖」の二行である（三音は三連音として記す）。

＊

そしてその律動の進行のうちに示されるのは、まず、死者となった人間が死後もしばらくはその体を感じるという像だったが、ついで、その夢幻のうちに死者が鳥へと転生するという想念が現れる。

たしかにとし子はあのあけがたは
まだこの世かいのゆめのなかにゐて
落葉の風につみかさねられた
野はらをひとりあるきながら
ほかのひとのことのやうにつぶやいてゐたのだ
そしてそのままさびしい林のなかの
いつぴきの鳥になつただらうか
l'estudiantina を風にききながら
水のながれる暗いはやしのなかを
かなしくうたつて飛んで行つたらうか
やがてはそこに小さなプロペラのやうに
音をたてゝ飛んできたあたらしいともだちと
無心のとりの歌をうたひながら
たよりなくさまよつて行つたらうか

この律動では、やはり機能する八音枠のなかで、三音の単位が増えてくる——音数は「七・八／七・六」の二行、「‖おち一ばの一かぜに‖つみ一かさね一られた‖／‖のは一らを一ひとり‖あるき一ながら‖」でのように。そして引用の最後の二行では、八音枠は感知されず、「むし一んの一とりの一うたを一うたい一ながら／たより一なく一さま一よって一いった一ろうか」と、三連音が支配的になる。再確認するなら、たとえば最後の行で「たより一なく」と切るのは、つねにそれが五音の句の凝縮性や二音の纏りより優先するというのでなく、前の行のリズムの型がここではそれを誘う、という感知である。（なお l' estudiantina はワルツ曲だが、大衆的ないし通俗的なもので実物は聴かない方がよいかもしれない。）

だが主題の上で、ここで読者は、賢治のこれらの挽歌群に通底する謎にふれることになる。つまり、それらの詩篇に現れる賢治の死生観にかかわる不可解だが、賢治は、あたかも考えつく可能性をつぎつぎ試すかのように、いくつもの死後の有りようを提出する。「オホーツク挽歌」の章に先立って、「無声慟哭」章の「風林」では、妹は「巨きな木星のうへに居るのか」（二巻一四八）と問われ、また「いつか汽車のなかでわたくしに届いた」「通信」（同）なるものが挙げられる。つづく「白い鳥」では「（それは一応はまちがひだけれども／まつたくまちがひとは言はれない）」（一五一）事柄として、とし子の白い鳥への転生が歌われ、日本武尊の白鳥伝説も言及される。「オホーツク挽歌」セクションの「噴火湾（ノクターン）」では、車室の軋みのなかにとし子の存在が感知され、駒が岳の「暗い金属の雲」のなかに妹が隠されていると感じられ、最後には「わたくしの感じないちがつた空間に／いまでここにあつた現象がうつる」（一八五）ことが死であると呼ばれる。さらに「青森挽歌」の異稿の一部であるらしい「青森挽歌　三」には、町で妹に生き写しの女性の姿を見てじつは彼女は死んでいないと一瞬信じそうになるという場面が描かれる（四五五）。そしてもちろん「銀河鉄道の夜」もまた、妹の死によって刻印された「かけがえのないものとの離別」という主題の展開だった。そうした――合理的に整合させようとするならば――たがいに矛盾する複数の像と、法華経の信者であった賢治が信じていた（にちがいない／はずの／かもしれない）教義――具体的には六道輪廻など――との関係を一義的に説明するのはそう容易ではない。いやむしろ、ひとは自分がなにを信じているか知っているのか、信じるとはそもそもいかなる現象か、こそがそこでは問われるのだろう。ここでは、これらの詩篇では矛盾と動揺の劇こそが作品の真の主眼であることを確認したい。

そしてまさに矛盾と動揺の劇として、いま提示された鳥への転生のヴィジョンには、驚くべき数行が続く。

　わたくしはどうしてもさう思はない
なぜ通信が許されないのか
許されてゐる、そして私のうけとつた通信は
母が夏のかん病のよるにゆめみたとおなじだ

どうしてわたくしはさうなのをさうと思はないのだらう

まず、とつぜんの疑念の侵入を示す「わたくしはどうしてもさう思はない」は、「さう思へない」（少なくとも筆者の語感ではこちらのほうがふつうである）に比べて、わずかの違いしかないようで、奇妙に深刻に捩れた語法に感じられる。[14] ことばのそのすこしの歪みが示すものは、賢治にとって死生観は自明なものとして、あるがままにあると感知されなければならなかった、という事態である。それは、この作品のこのあとの展開と繋がっている。

それに続く「なぜ通信が許されないのか／許されてゐる」ということばは、——前行での疑念に対する精一杯の否定という劇的な要素を無視はできないが——死者との交信の可能性を断言するおそるべき大胆な身ぶりだ。だが、「私のうけとつた通信」とは、「風林」のなかの「此処《こご》あ日《ひ》あ永《な》あがくて／一日《いちにぢ》のうちの何時《いづ》だがもわがらないで」（一四八）という汽車のなかで耳にしたと言われることばであり、それが「母が夏のかん病のよるにゆめみたとおなじ」なのだろうか。（龍は、この「通信については［……］〈風林〉で「ただひとときれのおまへからの通信が／いつか汽車のなかでわたくしにとどいただけだ」とされた通信であろう」（八八）と記す。）それとも、ここの「通信」とは直前の鳥への転生という像であり、それを母がとし子の看病中に夢見たというのだろうか。このあたりも、すべてが謎めいている（そもそもこうした一節の了解に他の作品を参照するかしないかさえ、一つの選択の問題である）。そしてそれに続く、またしても志向が反転する「どうしてわたくしはさうなのをさうと思はないのだらう」は、前行を否定して己れの感ずる能力への不信を表明するが、自明性が、同語反復によってのみ表出されうる事態の感知こそが、希求されているものであることを、ふたたび示す。この五行で劇的緊張が表出される密度は、比類のないものに思われる。

＊

だが、さらなる驚きは、この疑いの表明の直後に、ふたたび死後の世界のべつの像が始まることだ。それが起こるのは、語り手が通信が可能であると断言したから（直後の疑いにもかかわらず？）とは思われず、また、来世の自明性への疑念がどうにかして（行間で？）覆されたからとも思われない。死者の世界は、あたかも留め難い力によってみずからを開くように、明らかになる。

それらひとのせかいのゆめはうすれ
あかつきの薔薇いろをそらにかんじ
あたらしくさはやかな感官をかんじ
日光のなかのけむりのやうな羅《うすもの》をかんじ
かがやいてほのかにわらひながら
はなやかな雲やつめたいにほひのあひだを

交錯するひかりの棒を過ぎり
われらが上方とよぶその不可思議な方角へ
それがそのやうであることにおどろきながら
大循環の風よりもさはやかにのぼつて行つた
わたくしはその跡をさへたづねることができる

詩のことばの動きに従おう。まずこの部分で、地上から上方へと昇ってゆくのはもちろんとし子であろうが、動詞の連用形を繰り返す「それらひとのせかいのゆめはうすれ／あかつきの薔薇いろをそらにかんじ／あたらしくさはやかな感官をかんじ」という書き方は、あえて主語を明かさず、それゆえ、いわば「ひとのせかいのゆめ」そのものの変容と上昇として、ある天上世界が開示される。そしてこの類いなく美しい一節のリズムは、賢治の詩の全体でもあまり例がないほど、三音の単位を持続的に用いている（その効果が成立するのは、その三音が連用形の繰り返しで用いられ強調されているからだ）。つまり

それら―ひとの―せか―いの―ゆめは―うすれ―

の一行がこの一節のリズムの型を決定するのであり、この一行に導かれて以下は「あか―つきの―ば

ら―いろを―そらに―かんじ―／あた―らしく―さわ―やかな―かん―かんを―かんじ― ／にっ―こうの―なかの―けむ―りの―ような―うす―ものを―かんじ―」というように読まれてゆく。この三音が主導の、だが二音が混じり合うたゆたうような律動こそが、この一節の、ゆるやかな波がつぎつぎにうねりよせるような、あるいは、水中に光の棒がひとつふたつと微妙に入射角を変えながら差し込むような動きを支えている。――その効果はまた、主語が明らかにならないまま、ことばが粘着力をもって進行するために、読み手がそれを探ろうとするときの緊張感にもよる。（なお二行目以降の句としての音数は「五・五・三・三／五・五・五・三／五・三・四・三・五・三」で、行末には八音枠の働きも感知できる。）

他方、内容の面では、「それがそのやうであることにおどろきながら」は、自明性の主題を継続させているし、[15] そのあとの「わたくしはその跡をさへたづねることができる」は、先の通信の可能性の断言に劣らず恐るべきものだ。そしてそれにつづく天上世界の描写は

そこに碧い寂かな湖水の面をのぞみ
あまりにもそのたひらかさとかがやきと
未知な全反射の方法と
さめざめとひかりゆすれる樹の列を
ただしくうつすことをあやしみ

やがてはそれがおのづから研かれた
天のる璃の地面と知つてこゝろわななき
紐になつてながれるそらの楽音
また瓔珞やあやしいうすものをつけ
移らずしかもしづかにゆききする
巨きなすあしの生物たち
遠いほのかな記憶のなかの花のかほり
それらのなかにしづかに立つたらうか

と展開する。このあたりの部分については、その出典、さらに賢治の独創性如何についての議論があり、法華経のあちこちなどに起源を求めて、その引き写しにすぎないという批評もある。また、この詩篇ではのちにヴァスバンドゥ（世親、西暦四世紀ころ）の倶舎論が言及されるから、ここの典拠をそこに求める意見もある。恩田は、前掲「注釈」での補注七五では法華経の如来寿量品の「我が此の土は安穏にして、天人常に充満せり」以下を、補注七七では、倶舎論の諸所を挙げる（四六二）。だが龍は、この「表現自体が『倶舎論』によるとは思えない」し、「『法華経』に出てくる程度の天の楽音やふりそそぐ曼荼羅華《まんだらげ》や菩薩の瓔珞など、どの仏典にもありふれたもの」（九二）だと述べる。[16] 他方、中村稔は『日本の詩歌18宮沢賢治』（六八年、引用は七四年本）の欄外註で、これらは「仏教的なイメージではあるが、トシの天上への旅程の描写も、また天上世界の描写も、みずみずしい独自性にあふれている」（九〇）と記した。

この一節がわずかな行数で、もしも天上的と呼べるものが芸術に存在しうるならそれに近接したなにかを実現しているとするなら、それは、きらびやかな道具立ての列挙によるのでなく、構文のある精妙な引き伸ばしによる。ここでも依然として、主語が明示されない連用形の句が並べられてゆくが、そこでの「あまりにもそのたひらかさとかがやきと／未知な全反射の方法と／さめざめとひかりゆすれる樹の列を／ただしくうつすことをあやしみ」という詩行の連なりは、微妙に繫がりを捉えにくい。つまり、「……たひらかさとかがやきと」と「……の方法と」が並ぶが、つぎの行はそれをただちに受けず（したがって始めの「あまりにも……」も宙吊りになり）、構文の整合性が不確かなままに読み手はさらに二行、「さめざめとひかりゆすれる樹の列を／ただしくうつすことをあやしみ」と引きずられてゆく。そしてその行の終わりで、「あやしみ」という動詞がとりあえず先行部分すべてを目的語として引き受けると了解されるにしても、ある種の観点からすれば些細ということになるだろうこの捩れこそが、漢訳仏典の読み下し文といった言語経験とは遥かに隔たったものを可能にしている。統語の歪みに引きまわされるその読解の動きこそがすなわち、「未知な全反射の方法」のなかで眼を眩まされる経験の驚異を感知させる。

だがこの天上世界の像は、ただちにあっけなく、なんの移行段階もなしに、一種の地獄世界の像に場を譲ってしまう。

それともおれたちの声を聴かないのち
暗紅色の深くもわるいがらん洞と
意識ある蛋白質の砕けるときにあげる声
亜硫酸や笑気《せうき》のにほひ
これらをそこに見るならば
あいつはその中にまつ青になつて立ち
立つてゐるともよろめいてゐるともわからず
頬に手をあてゆめそのもののやうに立ち
(わたくしがいまごろこんなものを感ずることが
いつたいほんたうのことだらうか
わたくしといふものがこんなものをみることが
いつたいありうることだらうか
そしてほんたうにみてゐるのだ)と
斯ういつてひとりなげくかもしれない……

これを賢治の心理の水準に還元するなら、妹が天上に転生したことを願いながら、それと違う可能性を否定できず疑念に捉えられた、ことになる。その水準では、すでに触れたように賢治が倶舎論の地獄論や転生論を参照したらしいことが、問題になる。それらについての倶舎論の説明と、「青森挽歌」の記述とが照合されるが、ひとつの生とつぎの生のあいだの「中有」と呼ばれる存在の様態がここで賢治の念頭にあったとする論者もいる。たとえば龍は、「賢治にとって死の問題とは中有の問題になる」、「中有の確証が得られないことが悪いところへ堕ちたかもしれぬ不安を強め、信仰の動揺を招いている」（九五―六）と述べた。それに対して、大塚は前掲書の「死のレトリック」の章（初出九一年）で、倶舎論を引きつつ「「中有」の期間は最大でも四九日とある。「青森挽歌」はトシの死後八ヵ月以上経った日という設定であり、トシは『倶舎論』に従えば既に《転生》していなければならず、従って「中有」が賢治の最大の関心事になろうはずがない」（八七）とする。

＊

だがそうした賢治仏教学からは少し離れるとして（それは本書第六章で扱う）、ここで真に不思議なのはやはり、天上世界がなんの予兆も移行もなしに「それともおれたちの声を聴かないのち」と一種の地獄めいた情景へと変わってしまうことだ。「めいた」と言うのは、そこには確かに「暗紅色の深くもわるいがらん洞」といった肉体の崩壊のイメージが現れるが、それは悪鬼が亡者を苛むというようないわゆる地獄絵図とは遠いからだ。ただし、賢治が詩集の出版前に差し替えた異稿には、食い食われる生き物の輪廻のむごたらしさをずっと強調する描写が存在していた――「暗紅色の深くもわるいがらん洞と／むぢゃむぢゃの四足の巨きな影／馳せまはり拾ひ頬ばり裂きあるひは棄て／あるひはあやしく再生する／亜硫酸や笑気《せうき》のにほひ」（二巻校異篇一一三）。そして、なぜその異稿の露骨さを弱めたかを問うなら、おそらくは妹についてあまりに悲惨な光景を示したくなかったのだというのが（心理主義的な）答えになるだろう。

だが、たとえ異稿の形であっても、それは過剰におぞましい地獄図というわけではなく、まして現行の形――こちらのほうがむろんことばの形姿の完成度は高いが――では、その一種の淡々しさの印象はますます強い。これに関連して宗が、賢治は地獄（や極楽）そのものというより、そこに至る一種の中間的状態を描くとして、そこに独自性を認めるのは卓見である。――「それはむしろ、極楽へ行くあるいは地獄へ行くその、〈この〉世と〈あの〉世との間、いわば〈中有〉の描写なのです。思えば、これはこれまでのどんな文学者も書き得なかったものきわめてすぐれた描写なのではないでしょうか」（五五）。（ただし宗は、これを言うのに「中有」という語の意味を、「倶舎論」とは別に拡張している。）さらに宗は、前掲のアンケートでは、やはり鋭くこの詩篇における諸世界の混じり合いを指摘している。――「重層した多次元がひきさかれ交錯して出現する［……］死者の生きている空間が開かれ、閉じられ、また開かれる。そして、わたしが現に生きている空間と、その空間はつながりあっていることを実感させる」（一七一）。

だがさて、その淡々しさとは、その一節に痛切さが欠けることではない。「意識ある蛋白質の砕けるときにあげる声」という忘れがたい一行が含まれることを考えるだけで、そんな評語は不可能になるはずだ。だが、それでもやはり、天上の光景が真に音調を変えずにそのまま地獄めいた像に変化したという、ことばの音楽の水準での印象を否定することは難しい。そしてその場所で妹は、「頰に手をあててゆめそのもののやうに立」つのであり、ここでも「ゆめ」という表現、この詩篇に描かれる諸世界に通底してその区別を曖昧にする要素が出現することに注目しよう。たしかにここで妹は、生物の肉体が瓦解する悲惨な場所にいるのだが、しかし自身は「ゆめそのもののやう」で、しかもそれを「みてゐる」にすぎず、しかしやはりそれを「ほんたうにみてゐる」のである。そしその「ほんたうにみてゐる」は、現象の不可避の自明性（それが望ましいものであれ望ましくないものであれ）という主題のあらたな出現なのだ。そしてそれらの顕れの帰着するところは、いわゆる地上の生の世界も、鳥への転生も、天上の湖水も、蛋白質の砕ける修羅場も、すべてが「ゆめ」でありまた「それがそのやうであることにおどろく」べきものだという了解になるだろう。（最後の丸括弧に入った目撃するひとのことばは、理屈のうえでは「地獄」の情景に対するものだが、詩のことばの音調のうえでは、「それらひとのせかいのゆめはうすれ」以降の両方の情景すべてに関するように響かないだろうか。）

これらを、賢治の「思想」の問題として論じることもできる。まず一種の唯心論者である賢治にとって、あらゆる現象は心のなかに、「ゆめのやうに」透きとおって生起するものだった。また幻視者、賢治は、じぶんが「あるがままに」見、聴くことを願い、そのように見られたもの、聴かれたものの自明さを疑わなかったが、しかしまた、その経験が仏から来るものか、魔から来るものかを判別しがたいことがあるという認識をもっていた。さらにかれはときに、ある宗教的な「真実」のなかでは、善悪や美醜の常識的な区別や価値づけは無効にされ逆転される、と考えることもあった。そして、ここでの鳥への転生と、天上と、「地獄」という三つの像について、とし子のありかとして鳥への転生が最初に考えられたがすぐに退けられ、ついで天上世界が夢想されたが、「地獄」に堕ちたという疑惑によってそれが揺るがされた、という時間的順序にそれを還元することは、詩のことばのうねりの連続性を裏切る。この詩篇で賢治が、いくつかの死生観を順番に比較検討しているかのように語るのは、作品経験から離れることである。その三者は、賢治の「芸術」によって、むしろ互いに浸透しあい、区別を曖昧にしあい、価値の階層を無化しあうように提示されている。賢治がそのことにどこまで意図的であったかは無益な問いだろうが（ひとが自分のしていることを意識しないことはいくらでもある）、かれがそのように書いたことの背後には、いま述べたような賢治の「思想」の傾向が働いていたと思われる。

そして、作品の音楽的構成にもう一度戻るなら、この詩篇のここまでの展開は、いくつかの主題や要素の暗示と布置から始まって、妹の死という問いが次第にはっきりと想起され、それから死後の世界の三つの像が出現するというものだった。それらは、異なった方向性をもつ諸主題の対話、交渉という意味で「弁証法的」であり（その衝突からより高い「綜合」が生じる、という意味ではそうではないかもしれないが）、それらの主題がいわば交響曲におけるように展開される。それは「大局的」に言えば、日本の伝統的な詩が十分に発達させえなかった展開ということになるだろうが、しかし賢治のこの作品は、思想の「弁証法的」な展開を詩文の音楽的な構成として劇化するという志向を、近代日本のどんな作品よりも卓越して実現している。じっさい、この詩篇での賢治の詩行は、たとえば英詩の伝統でいえばロマン派の長大なオードに匹敵するものだ。（またT・S・エリオットの長篇詩に。それについては本書第九章で論じる。）

東北という地方にいて、英語やドイツ語はかなりできたらしいが、けっしてそれらの言語の長詩を原文で研究する機会が多かったはずはないかれに、なぜそれができたのか？　その答えは、だがとうの昔に詩人の弟の宮沢清六によって与えられている。クラシック音楽のレコードのたいへんな愛好家だった賢治は、ベートーベンなどの交響曲を熟知していた。賢治は蓄音機のラッパに耳を突っ込んで、さまざまな音色とメロディを視覚的な像として感受していたというが、交響曲的な構成、構築もまた、そこから獲得したものだろう。われわれは、「兄とレコード」（五五年、引用は九一年本）での、「此のころ兄の書いた長い詩などは、作曲家が音符でやるように言葉によってそれをやり、奥にひそむものを交響曲的に現わしたいと思ったのであろう」（五四）という宮沢清六の発言を文字通りに受け取る必要がある。また、浅野晃は前掲論で「青森挽歌」を「構築し得たこと」が「驚異である」「壮大なマーラー的交響曲」と呼んでいる（一六〇）。（クラシック音楽の愛好家である詩人などは日本に無数に存在してきたが、ほかに賢治のように長篇詩を構成し、かつ多彩にことばを動かせた詩人がいただろうか？）

＊

だがさて「青森挽歌」は、そのように三つの死後の世界の像を展開したあと、一度調子がおちつく（あるいはすこし気が抜けたようになり、「散文的」になる）。

わたくしのこんなさびしい考は
みんなよるのためにでるのだ
夜があけて海岸へかかるなら
そして波がきらきら光るなら
なにもかもみんないいかもしれない
けれどもとし子の死んだことならば
いまわたくしがそれを夢でないと考へて
あたらしくぎくつとしなければならないほどの
あんまりひどいげんじつなのだ
感ずることのあまり新鮮にすぎるとき
それをがいねん化することは
きちがひにならないための
生物体の一つの自衛作用だけれども

いつでもまもつてばかりゐてはいけない

このあたりの言明を、緊張のあとの弛緩という劇的な文脈から引き離して解釈することは危険である。「こんなさびしい考」が夜のためだけのものだと、だれが信じるだろうか（「夜があけて」以下はつぎの展開を準備しているが）。「感ずることのあまり新鮮にすぎるとき［……］いつでもまもつてばかりゐてはいけない」は印象的な言明だが、ここまでの詩の展開が「がいねん化」、「きちがひにならないための自衛作用」に従うものでなかったことは、だれの眼にも明らかだろう。[17] そしてそのつぎには、語り手の思念の中心、この詩篇の「主題」が

ほんたうにあいつはここの感官をうしなつたのち
あらたにどんなからだを得
どんな感官をかんじただらう
なんべんこれをかんがへたことか
むかしからの多数の実験から
倶舎がさつきのやうに云ふのだ
二度とこれをくり返してはいけない

というように語られる。だが「倶舎論」が言及されていることは確かであるにせよ、「多数の実験から倶舎がさつきのやうに云ふ」こととは、精確に言ってここまで語られたうちの何なのかは、またしても確言しがたい。というよりこれは、なんの解決ももたらさないと知りつつ、自分になにかを言い聞かせようとする意識の虚ろなことばなのだ。[18] だから、つぎの「二度とこれをくり返してはいけない」もむしろ、「これ」がまたしても繰り返されることだけを意味する。そしてそのとおりに、詩句はふたたび緊張し、異質なる存在の接近が予兆されてゆく。

おもては軟玉《なんぎよく》と銀のモナド
半月の噴いた瓦斯でいつぱいだ
巻積雲《けんせきうん》のはらわたまで
月のあかりはしみわたり
それはあやしい蛍光板《けいくわうばん》になつて
いよいよあやしい苹果の匂を発散し
なめらかにつめたい窓硝子さへ越えてくる
青森だからといふのではなく
大てい月がこんなやうな暁ちかく
巻積雲にはいるとき……

最後の予期しがたい劇が、不意打ちのように始まる——そのことばの迫力は、これまでの展開によって集積された諸力の累積を前提としてのみ感知されるものだ。[19] それは三つの声の侵入であり、それに対する決死の応答である。

《おいおい、あの顔いろは少し青かつたよ》

だまつてゐろ
おれのいもうとの死顔が
まつ青だらうが黒からうが
きさまにどう斯う云はれるか
あいつはどこへ堕ちやうと
もう無上道に属してゐる
力にみちてそこを進むものは
どの空間にでも勇んでとびこんで行くのだ
ぢきもう東の鋼もひかる
ほんたうにけふの…きのふのひるまなら
おれたちはあの重い赤いポムプを…

この第一の声が、語り手を嘲る魔のささやきであることは、確かなようだ。はじめの死に際の顔色うんぬんは、背景の説明なしでも、妹の転生の先の不吉さを仄めかしていると理解されるだろうが、賢治は、臨終の様子によって死後の行方を推し量れるという観念をもっていたらしいことについては、森荘已池の証言をすでに紹介した。同じ証言から、賢治が臨終の顔色を語ったという別箇所を引けば、「ひとが死ぬ前には、実にさまざまな表情が、顔やからだ全体に現れるものです。顔が突然ぽかつと明るくなつたり、またすうつと青黒くなつたりしましてね。レンズの精巧な写真機で、臨終までずうつと何十枚も変るたびに写したいと思ひますね。暗くなつたときは、死ぬことがまるで不安だつたり、また何か暗い自分のした悪いことでも思ひだして責められてゐるのですよ」（九三―四）。（この臨終時の顔貌という主題については、さらに本書第六章の注8を見よ。）

だがそうした背景の説明も、その疑念を払いのけようとする語り手の必死の抗弁の迫力ほどは重要でない。ここにも「どこへ堕ちやうと／もう無上道に属してゐる」という、二つの対極のあいだの距離を無化させる背理が出現することに注目しよう。そして「東の鋼」つまり黎明になんらかの救いを（たとえそれが不合理でも）求めようとする語り手の――途切れがちの――願いにもかかわらず、第二の声が入りこむ。

《もひとつきかせてあげやう

ね　じつさいね
あのときの眼は白かつたよ
すぐ瞑りかねてゐたよ》
まだいつてゐるのか
もうぢきよるはあけるのに
すべてあるがごとくにあり
かゞやくごとくにかがやくもの
おまへの武器やあらゆるものは
おまへにくらくおそろしく
まことはたのしくあかるいのだ

第二の声もまた魔の呟きであることに間違いはないが、しかし、「すぐ瞑りかねてゐたよ」とは、なんと痛切な表現なのだろう。眼の白さを言うことは、顔色の青さについてと同じく、嘲笑なのかもしれないが、その瞑目の悲痛なゆるやかさを伝えるこの声を、語り手をただ冷笑する「唯物論的」なものと決めつけるわけにはいかない。ここでも、善と悪とは両義的なのだ。そしてその声と戦い、驚くべき強度で応えることば――「すべてあるがごとくにあり／かゞやくごとくにかがやくもの／おまへの武器やあらゆるものは／おまへにくらくおそろしく／まことはたのしくあかるいのだ」は、その夜明けの光のなかに（だがその情況だけに限定されるのではなく）「あるがごとくにある」ものすべてを、究極的に肯定する。それは、自明性という主題において、この詩のこれまでの展開と呼応しているが、妹の死後の行方に関する疑念や不安や執着と、この万物を肯定する一撃とのあいだには、やはり驚愕すべき飛躍がある。だが、それでいてしかし、その肯定のうちには、この作品でここまでに提示されてきた生者と死者との世界の像のすべてもまた含まれているはずだ。常識的な意味での善悪の区別が廃棄される、ある「反律法的」antinomianな思念の噴出のなかで、「おまへの武器」から「あらゆるもの」へと範疇が眼も眩む瞬時のうちに超出され、宗教的な見地の「まこと」のなか、いわゆる「悪」も「たのしくあかるい」ものとして「然り」を言われる。ともかくこれは、偉大な詩行である。

さて、antinomianとは「道徳律廃棄主義的」、あるいは「信仰至上主義的」と訳されるが、つまりは「反―ノモス［反―律法、反―人為的秩序］」ということである。それゆえ、見田宗介がその『宮沢賢治　存在の祭りの中で』（八四年、引用は〇一年本）の第三章三「〈にんげんのこわれるとき〉」で、社会的人間の秩序／それを取り囲む「存在の地の部分」という構図を詩人に見いだすとき、まず「青森挽歌」のこの一節を引くのはまことに妥当なことである（一八〇）。見田は、人類学者カルロス・カスタネダの、インディオ神話に由来する「トナール／ナワール」という対比を援用する――「〈トナール〉は社会的人間」であるが、それは「もともとわたしたちの守護者《ガーディアン》であるのだけれども［……］わたしたちをじぶんの「世界」の内にとじこめる看守《ガード》になってしまう。〈ナワール〉とは、この〈トナール〉というカプセルをかこむ大海であり、存在の地の部分であり、他者や自然や宇宙と直接に「まじり合う」

わたしたち自身の根源である」(一九一―二)。つまり、この詩自体にすでに現れたことばでいえば、「がいねん化」とその外である。

これに対し宗はこの一節の「おまへ」とはだれかを一義的に決めようと思いあぐねるようだが、語り手がみずからに呼びかけていること――それが第一の意味だろうが――を含めて、世界のありとあらゆる「おまへ」であると読めば十分だろう。宗は結局、「おまへ」を「自然科学の徒、理性の輩」と取り、かれらに「おまへの武器」のある世界も「ほんとうにそれを工夫して使うならば、「たのしくあかるいのだ」と言って」呼びかけている、と解する(六〇)。筆者は、これには説得性を感じない。それに対し龍は、「ここには、あらゆるもの――悪さえもが仏の力用であって徳をもつとする絶対論が語られている」(一〇一)とする。

そして、賢治のほかの作品のうちでこの一節に参照されるべきものは、龍も挙げるが、「幻想的な「マグノリアの木」だろう。『新校本全集』で五ページほどのその一種の散文詩とも呼ぶべき作品で、諒安は険しい谷を越えた末に、みずからの分身とおぼしき存在に出会う。ふたりは互いに「あなたはわたしである」と呼び掛けあい、革命も飢饉も「覚者の善」であるという見地、険しい不毛の谷がそのままマグノリアの咲き誇る楽園であるという見地を確認しあう。――「覚者の善は絶対です。それはマグノリアの木にもあらはれ、けはしい峯のつめたい巌にもあらはれ、谷の暗い密林もこの河がずうっと流れて行って氾濫をするあたりの度々の革命や飢饉や疫病やみんな覚者の善です。けれどもこゝではマグノリアの木が覚者の善で又私どもの善です」(九巻二七二)。

あるいはもうひとつ挙げるなら、（いわゆる）童話「めくらぶだうと虹」（八巻一一一─四）の一節を参照してもよいだろう。うつくしい虹にあこがれるめくらぶだうに答えて、虹はみずからのはかなさを説きながら、そのなかであらゆる存在が肯定される「まことのひかり」を語る。それは、山上の垂訓のイエスが王者の栄華と野の百合とのあいだの価値序列を転倒させたことを引くが、その転倒をさらに逆転させる。——だが、それについて詳しくは、本書第五章で見よう。

もちろん、ひとがなんらかの宗教的な見地のなかで、飢餓で死ぬときや収容所で殺害されるときにも世界を肯定できるかは、簡単に答えられる問いであるはずがない。だが、「青森挽歌」の詩のことばのうちに具現されている善悪の彼岸を窺うがごとき思念は、こうした箇所を参照するなら、賢治の宗教的な思考のある局面とともかく合致している。

＊

そして第三の声。

《みんなむかしからのきやうだいなのだから
けつしてひとりをいのつてはいけない》

ああ　わたくしはけつしてさうしませんでした

あいつがなくなつてからあとのよるひる
わたくしはただの一どたりと
あいつだけがいいとこに行けばいいと
さういのりはしなかつたとおもひます

侵入する最後の声は、ひとりの人間への執着を捨てて万象への愛に向かうべきことを説く正しい教えの声である――ようだ。語り手は、その諭しを受け入れて、けっしてひとりを祈っていたのではないことをみずからに言い聞かせようとする。つまりこれは、輪廻の無限の連鎖のなかでたがいに兄弟であるあらゆる生き物への慈しみを説く仏の教えである、と多くの読者は解するだろう。ただし龍が「一人を祈ることの断念によって解決が図られるとは思えない」（一〇五）と言うように、これを禁止の「倫理」と捉えると、個的な情愛を否定して偏狭な自己犠牲を求める方向に解釈されることもあるだろう――とくに長篇詩「小岩井農場」の「パート九」の、性欲や恋愛を真の宗教情操の「変態」として捉える（かのように読める）部分（二巻八七―九）と関連づけられる場合には。ひとり「だけ」を祈ることを断念する倫理――それはひとりを祈ること自体を禁じるものではないはずだ――を、何か怪しげな「全体」のために自分にとって大切なものを犠牲にしろと要求する「倫理」にすりかえられてはたまらないのは、言うまでもない。

だがそれとはべつに、その後の賢治のなかでこの「ひとりを祈ること」の断念が、ただ仏典の説く万物の究極的な統合融和という構図に（予定調和的に）回収されることで終わったのか、を問うことはできる。たとえば、賢治が消しゴムでその清書原稿の全部を消した（のちに全集編集者が解読した）ことで知られる卓越した詩篇「薤露青」（日付は「一九二四、七、一七、」）――それはまた「銀河鉄道の夜」の構成要素の多くを先取りする作品であるが――では

声のいゝ製糸場の工女たちが
わたくしをあざけるやうに歌って行けば
そのなかにはわたくしの亡くなった妹の声が
たしかに二つも入ってゐる　（三巻一〇六）

と歌われ、また

……あゝ　いとしくおもふものが
そのまゝどこへ行ってしまったかわからないことが
なんといふいゝことだらう……　（一〇七）

と語られる。確かに「みんなむかしからのきやうだい」なのであれば、妹はあらゆる生き物のなかに

いると感じることもできるはずであり、またその全体に融合することが究極の善なのであれば、「農民芸術概要綱論」の「新たな時代は世界が一の意識になり生物となる方向にある」そのなかで、「世界がぜんたい幸福にならないうちは個人の幸福はあり得ない」(十三巻(上)九)といった実践思想が導かれるのだろう。だが詩のことばに耳を澄ますという経験の水準においては、この若い娘たちの声のあいだに妹の声が「確かに二つも入ってゐる」(だがなぜなのだろう)という発想は、分身の理不尽な増殖という無気味なものを孕んでいないだろうか。[20] そして異様なほどじぶんに誠実な人間だけが、「いとしくおもふものが」「どこへ行ってしまったかわからないこと」が「いゝことだ」と書くことができる。これは、全体性への必要な融合という理路として整合的に了解できるのかもしれないが――この詩の異稿には「そのまゝどこへ行ってしまったかわからないことから/ほんたうのさいはひはひとびとにくる」(三巻校異篇二四六)とある――、同時にそれは、悲哀の極みで善悪の判断が反転するときの撞着であり、また、限りない愛の執着が冒涜への衝動へと転じかける瞬間、とも感じられる。

「青森挽歌」に戻ろう。ここでも、この「みんなむかしからのきやうだいなのだから/けつしてひとりをいのつてはいけない」ということばが、ある劇的な文脈のなかに置かれていることを忘れるべきでない。この声が、先行する二つとまるで異なるものか、それとも同じものなのかも決して自明でない。――龍はここに、「善悪不二」から「まだ残る懐疑を、すべて溶かして昇華させるあたたかな光」へと向かう「啓示」(一〇三)を認めるが、別の箇所では「最近まで私は、右の「《みんなむかしからの」以下の」連のまえに行あけがされていると思いこんでいた。冒頭から二四五行までつぎつぎにイメージが重なりつつ展開していくが、それまでとは独立する雰囲気を右の連は持っている」（一二五―六）と言う。だが龍は、「この啓示はそれまでの疑念と同じく二重カッコで同じ高さで書かれ、形式上の特別な扱いは受けておらず、あくまで静かな響きをもつ」（一〇三―四）とも述べる。これらの観察は、詩のことばの働きの特異さを逆に浮きぼりにする。もし賢治がこの「啓示」を詩のことばの運動の総括、思想の止揚として提示したかったなら、そのように詩行を構成することはできたはずだ。だが、ここには善良なるメッセージへと高揚する展開はなく、ちょうど天上世界の像が唐突に「地獄」のそれへと変移したように、だが方向は逆に、悪の声の位置から正しいことばが発せられ、それへの語り手の応答は、直前のエネルギーの噴出のあとで、また放下と弛緩に向かうしかないような語調なのだ。[21] 賢治がこのように最後の声を、不吉な魔の声と同じ扱いで、同じ組み方で、同じ位置に置いたことは、またしても善と悪との際限のない揺らぎ、それらを語る声の深い両義性を示さないだろうか。ここには、おのれの感じるものに「天国であれ地獄であれ」忠実であろうとした、そしてそれを判別できないことをも裏切ろうとしなかった詩人の正直さがある。

注

1　奥山文幸は『宮沢賢治『春と修羅』論』（九七年）中の「賢治vs賢治――括弧付け表現の位相」（初出九〇年）で、この一節では括弧付け表現が語り手二人を設定するために視点の二重化が起こると論じる。そして冒頭二行は「汽車の内部から外を見ようとしている」と読み、外が見えないから窓ガラスに内部の風景が水槽のように写ると説明し（八二）、吉本（また同様の観察をする見田宗介）の「外からの視線」という説は「誤りである」（八五）と判定する。これは一つの読み方、というより映像化であるが、すべての読者がこうした映像的な読書経験をするのではないだろう。

2　『宮澤賢治イーハトヴ学事典』（一〇年）「歩行詩法」項目の天沢退二郎は、無音の一拍を想定する音数律論を採り、たとえば詩「真空溶媒」の第一行「融銅はまだ眩《くら》めかず」（二巻四〇）について、「［5・2・5］で、無音の一拍をどこに置くかによって［5・7］とも［7・5］ともとれる」と記す（「ゆうどうはまだ○一くらめかず○」または「ゆうどうはまだ○一くらめかず○」、という意であろう）。そして、その律動について「歩行独白体として設定されたこの長詩［……］のリズムは、じつに五七・七五と八音との、複雑霊妙な変幻によって成立している」と要約する。また挽歌詩群については、「〈歩行〉は列車による移動へと移るかに見えるが、そもそも〈挽歌〉とは、死者の棺を挽く葬列の、歩行歌であることに注意しよう」と記している（四三六）。

3　川本は、二音の纏まりを「音歩」（英詩の韻律学ならfoot）と捉え、七五調の八音枠はその音歩が四つある「四拍子」と考える。また、五七調の場合の五音は一音の休止を含む六音枠で読まれると分析し、それを二音の音歩が三つある「三拍子」と捉える。すると俳句の「五・七・五」も、ときに「三拍子・四拍子・三拍子」の「混合拍子」で読まれることになる（三一四）。筆者は、その「拍子」という音楽的用語が必要か、疑問をもたないでもない。また川本は、二音の音歩では、その一音目に「韻律的強弱アクセント」の「強」が置かれて弁別を強めるとするが（二八二）、その音声学的な実体や、日本語のアクセントは高低によるという通念との関係について、説明不足の感がある。弁別のための強調には、高低アクセントも機能しているかもしれない。川本自身が注一二七では、詩の朗読では「母音の強さの具合は、やはりその部分の高さに関係している」という観察を紹介している（三五〇）。本書第八章注3も参照。

4　近藤晴彦は『宮沢賢治への接近』（〇一年）で、音数律論には拠らないものの、ここに「音楽的な律動感」、「必ずしも七五調のような軽快で安定したリズムに乗っているわけではないが［……］〝進行のリズム〟」（二六四）を感知している。

5　大塚は、参照した章でこの箇所は引かないが、「「青森挽歌」論」章（初出八六年）で言及する（二五五、二八四）。原子朗編の八九年版『宮澤賢治語彙辞典』の「膠質」項目は、「コロイド溶液」について「例えば、前記の膠、澱粉、寒天（→アガーチナス）［……］の水溶液を指す」と記し、この語句も引用する（二四一）。現行の『定本宮澤賢治語彙辞典』（一三年）は「コロイド」項目で、これを引く（二八〇）。

6　奥山文幸は前掲書中の「とし子の現前」（初出八七年）で、この行の孕む相反的志向に応答して、「北上しようとする語り手が語り続ける欲動を保つのは、究極的には北上し得ない詩を書くことの中でしか可能ではない。［……］《北上》＝《とし子の空間への到達》という当初の予定は、北上し始めるやいなや、知覚と心象が交差する中で矛盾を露呈する」（一八一）と記した。他方これを、現実の鉄道経路の問題として考証する論者もいる。たとえば鈴木健司『宮沢賢治という現象』（〇二年）の「《心象スケッチ》の時と場所」（初出〇〇年）には、線路は「乙供駅を出発してすぐのところ」で「南の方角へ三百メートルほど進む」（一四五）とある。

7　他方、大塚は前掲「「青森挽歌」論」でこの「脂肪酸」を「筋肉疲労の化学的表現」とする（二五七）。

8　この一行の示す「二重の感覚」を重視して、恩田逸夫は、『宮沢賢治論2詩研究』（八一年）所収の「宮沢賢治挽歌の中心課題とその展開」（初出五八年）ですでに、「詩章「オホーツク挽歌」全篇を貫く基底感情は、実にこの同時的相反感情による苦悩であり、この感情をいかに処理してゆくかということが賢治挽歌全般を貫く中心課題である」と指摘した（一四〇）。

9　天沢退二郎は、この「考へださなければならないことを」以下の三行の平仮名表記の伝えるリズムの感触について、

『宮沢賢治の彼方へ』（六八年、引用は九三年本）で、こう記した――「これを見かけ上の散文脈から［……］自分の心理の散文的なぞりととってはなるまい。最初の考という字を除いてすべて平仮名でかかれたこの三行は、汽車のたえまない震動に揺られている夜の意識のぼんやり頭痛に似たものを伴った［……］思考と空虚の境のよろめきを［……］平仮名のひらたく癒着したリズムで表現している」（二〇〇）。

10　大塚が前掲論で引く小柳篤二の情報によれば、ドイツの小学校教科書にあった歌「水の旅行」の一節。「岸辺の花」が「川の波」に呼びかける（二五七）。

11　浜垣誠司は、「「青森挽歌」における二重の葛藤」（一七年）で、これは医学的には「極度の衰弱のために胸郭を動かす通常の呼吸ができなくなった終末期において、無意識のうちに顎を弱々しく動かして空気を呑み込むような動きをする」「下顎呼吸」でなかったか、と推測している（五一）。浜垣のサイト「宮沢賢治の詩の世界」の項目、「一六年二月一四日　あいつは二へんうなづくやうに息をした」も参照。

12　「新校本全集年譜」は、「校本全集年譜」での「呼び立てられて賢治は走ってゆき、なにかを索めるように空しくうごく目を見、耳もとへ口を寄せ、南無妙法蓮華経と力いっぱい叫ぶ」といった、明らかにこの詩篇をも源泉とする記述を、諸資料から「堀尾青史が構成したもの」として紹介している（十六巻（下）年譜篇二四七）。他方、栗原敦監修の賢治の妹シゲの回想録『屋根の上が好きな兄と私』（一七年）では、父政次郎が皆で題目を唱えようと言い、「気がついたら、一生懸命高くお題目を続けていました。そして、とし子姉さんはなくなったのです」（五二）と語られている。

13　ここでは「胸がほとつてゐたくらゐ」と言われ、すこし前には「白い尖つたあごや頬がゆすれて」と言われて、詩篇のこの辺りでのトシの臨終とその後の様子の描き方に、とくに異常で不吉な要素はない。だが、のちに見るように、詩篇の終わり近くには謎の声が侵入して「おいおい、あの顔いろは少し青かつたよ」と呼びかける。それは確かな真実を告げていると確信する理由はないと思われるが、賢治研究ではときに、この詩篇の示す世界で、そして（ほとんど区別されずに）賢治の実人生で、トシの死に顔は不吉な青色だったことが「事実」と想定されて、説が立てられることがある。本書第六章注8を参照。

14　この辺りの屈折に反応して、恩田逸夫は前掲論で、「理性の面で「さう思はない」だけでなく、肉親の情として、妹が鳥に転生して悲しく歌いながら飛んでいったとは、「思いたくない」のである」（一四四）と敷衍する。ただし、ここでの鳥への転生がただ望ましくないものと感受されるかは、読者によって異なるだろう。恩田はここにも「相反感情」のもつれを読みとり、「「妹の死後の世界」を考える際の三つの立場である「肉親の情」と「宗教的感情」と「理性」との三つは［……］他の立場と組み合わせられると矛盾対立を生じて複雑な心象を構成することになる」（一四五―六）と纏めている。

15　見田宗介は、『宮沢賢治　存在の祭りの中で』（八四年、引用は〇一年本）の第三章一「修羅と春」冒頭で、詩「小岩井農場」の「変つたとはいへそれは雪が往き／雲が展《ひら》けてつちが呼吸し」（二巻六二）以下を引用して賢治における「固有の世界感覚のたしかさ」を語るとき、この「それがそのやうであることにおどろきながら」の行を、「賢治の詩のなかのどこかにあったように思うが」と述べつつ引く（一六一―二）。見田は、賢治詩の「感覚の洗滌作用」は天上世界への上昇の描写の際にも（さらに他の世界についても）同じものとして在ると、感知するようだ。

16　たとえば吉本隆明は『悲劇の解読』（七九年、引用は九七年本）所収の「童話的世界」（初出七六年）で、この「死後の世界の構想」は「天親（世親）の『浄土論』の決定的な影響下に創られたとみてよい」と記す（三四二）。だが、賢治が折伏か摂受かという問題を熟考した時期に田中智学『本化摂折論』と日蓮遺文から抜き書きした文書「摂折御文僧俗御判」（一九二〇年頃）は、日蓮遺文の一つ「松野殿御返事」からの引用を含むが、そこには日蓮描く浄土像がある。もちろんそれが典拠だというのでないが、一部引用すれば、「南無妙法蓮華経と唱へ退転なく修行して最後臨終の時を待ッて御覧ぜよ　妙覚の山に走り登ッて四方をきっと見るならばあら面白や法界寂光土にして瑠璃を以て地とし金の縄を以て八つの道を界へり　天より四種の花ふり虚空に音楽聞えて諸仏菩薩は常楽我浄の風にそよめき娯楽快楽し給ッぞや」(十四巻三一六)。

17 この「がいねん化」とその外、という印象的な設定には意外な論者が反応している。竹内康浩は「解放する掟――ハックルベリー・フィンにおける人間を消す三つの方法」(九六年)で、トウェイン小説において「掟に従いつつひたすら演技すること」は「異世界へ人間を放り込むこと」でもあると論じる際に、「青森挽歌」のこの一節に言及する(四七九)。

18 倶舎論をめぐる諸説は本書第六章で扱うが、一点だけここで先取りすれば、「倶舎がさつきのやう云ふ」から「二度とこれをくり返してはいけない」という己への指令は、この近辺の表現でいえば「がいねん化」に従うことである。だがそれは「きちがひにならないための[……]自衛作用だけれども」、「いつでもまもつてばかりゐてはいけない」とも、すでに命じられていた。ここに矛盾する指令の「同時な相反性」を感知するなら、倶舎論の内容がすなわち賢治の来世観だったはずとは即断しないだろう。――吉本隆明は『宮沢賢治』(八九年、引用は九六年本)でこの箇所について「死後の世界の肯定と否定とを、ふたたび倶舎論によって決めてしまい、いわば肯定しようと積極的に意志しないかぎり、死後の世界は存立できない」(三一四)と言うとき、とりあえずの無理な決断という感触に反応していると思われる。

また鈴木貞美は『宮沢賢治 氾濫する生命』(一五年)で、やはりこの二つの方向性の矛盾を感じとり、「行文を素直にとれば、先の段では、「死」という概念に頼ることなく[……]考えてよいではないかといい、この段では『倶舎論』の説くことを信じ、それらの考えを切断したことになる。[……]その[……]切断する決意が守られたかどうかは、また別の問題である」(二〇四)と述べる。

19 「青森だからといふのではなく/大てい月がこんなやうな暁ちかく/巻積雲にはいるとき……」の行は、接近する声の侵入を予兆するように、絶妙に点線によって中断される。だが、詩集印刷用原稿で手入れされるまえは、その点線はなく「巻積雲にはいるとき/あるひは青ぞらで溶け残るとき/かならず起こる現象です」(二巻校異篇一一四)と二行が続き、緊迫感に満ちてはいなかった。これは優れた推敲と思われるが、同校異篇の『春と修羅』編成経過概要に関する説明（一三―七）と、「『春と修羅』詩集印刷用原稿に関する補説」（一六六―八八）によれば、詩集編成の遅い段階で、印刷用原稿上で行われた書き直し、挿入、削除の一齣であったようだ。つまりそれは、「合計二頁分が削られ」た再編過程の一部であり（改稿後の「三枚がもとは二枚だったので、ここで一枚（二頁）ふえた［……］のを調整するためのもの」）（一八三）、その二頁分のうちの二行が、「あるひは青ぞらで溶け残るとき／かならず起こる現象です」だった、と推定される。（全集のこの解説は、入沢康夫『宮沢賢治　プリオシン海岸からの報告』（九一年）所収の「詩集『春と修羅』の成立」（初出七二年）の見解に基づく。）つまりここでは、技術的必要からの削除を、作品効果を増す機会とした詩才を認めればよいだろう。

　ただし、もとはこの詩篇の一部をなし構成中に外されたらしい断章「青森挽歌　三」（二巻四五三―六）は、この一節を含んでいた。その断章は、「仮睡硅酸の溶け残ったもやの中に／つめたい窓の硝子から／あけがた近くの苹果の匂が／透明な紐になって流れて来る。」と始まるが、「それはおもてが軟玉と銀のモナド」以下、多少の異同はありつつ「青森挽歌」と同じ行が「或ひは青ぞらで溶け残るとき／必ず起る現象です」まで十二行つづく。だがそのあとには、「私が夜の車室に立ちあがれば／みんなは大ていねむってゐる。／その右側の中ごろの席／青ざめたあけ方の孔雀のはね／やはらかな草いろの夢をくわらすのは／とし子、おまへのやうに見える。」と、トシの姿が出現する（「銀河鉄道の夜」のカムパネルラと似たやり方で）。これは刺激的な一節だが、ともあれこの詩篇の作成が進むある段階まで、「巻積雲にはいる」「月」は、声の侵入と接続していなかった。これは、経験の記録であるとまずは理解される「心象スケッチ」構想とどう関係するのか。本書第七章項目12は、その問題を扱い、この一節も参照する。（付言すればこの一節の「モナド」は「分子」「粒子」の意味と読みとれ、とくにライプニッツの哲学説等を参照する必要はないと思われる。）

20　この箇所の曖昧さ、両義性に応答して、安藤恭子は、九五年の論考「『薤露青』――〈喪失〉の行方」で、「〈不在〉を埋めるべき「妹の声」は、「わたくし」にとって心地よいものではなく、むしろ関係の距離感から来る〈不快〉をともなって訪れるものであった。しかも、「たしかに二つ」という言葉は、死後の「妹」の行方が示されているようで、その「声」の音源が確定できないという、曖昧さをもはらんでいる」（九六）と記した。これに対し中村三春は『修辞的モダニズム』（〇六年）所収の「死とともにある生」（初出九六年）で、この安藤の一節を引くが、「それは「不快」とまでは言えず、さらに二つの声とは、必ずしも「不確定」ということではないだろう」（二七―八）と評し、また、「グスコーブドリの伝記」結末の「たくさんのブドリとネリ」（十二巻二二九）が「ブドリとネリのような境遇の、たくさんの子どもたち」を指すのと同様に、これは「たくさんの妹」の意の「一種の直喩であると考えられる」（二八）と記した。――私見を述べれば、これは感受の違いであり、どちらが正しいかを決める基準はないだろうが（中村はそれに同意するだろうが）、中村が、特定の「レトリック（修辞学）」が語ることを許す「直喩」等の言説内措定物を、解釈をあらかじめ決着させる客観的実在のように語るのは、奇妙ではある――中村の結論は、「読み取られたテクスト」の「無限性、表意体の独立」（三三）を言うことにあるから、なおさらに。

他方、浜垣誠司は、トシを失ったあとの賢治の心的過程を辿るという別の文脈の論考「宮沢賢治のグリーフワーク」（一六年）で、この二四年の七月一七日の日付の詩では「妹の声を聞くことができている」ことのうちに、「時間の経過」や「心が持つ自己治癒的な力」を認めている（一一四―五）。

21　この一節への感受として、宮澤哲夫は『宮澤賢治――童話と〈挽歌〉〈疾中〉詩群への旅』（一六年）で（その参考文献一覧は諸論考を丹念に集めている）、「いくつもの自我に分裂していたさまざまな「わたくし」が［……］ついに最終部に至って、ようやく一人の「わたくし」に収斂し結晶した気配がここに窺われる」とし、また詩人は「自信をもって「わたくしはけつしてさうしませんでした」と言い切っている」と述べる（二〇八）。これに対し貞廣真紀は論考「意識ある蛋白質の砕けるとき」（一七年）で、作中の「通信」や「相争う声」たちの「混線」を指摘するが、宮澤哲夫を引きつつ、そのことばの「強い否定は、単なる否定文としては少しばかり強すぎるのではないか［……］言い切る強さは、あたかも［……］自らの言葉を否定するかのようではないか。さらに続く最終行は、ここで否定されているのは実は否定そのものであるという印象を強めるばかりだ」と述べる。さらに、「彼が否定すればするほどに、その否定という形式の中で、かつてそこに祈りがあったことを読者は感じとるだろう」とする（八三—四）。

第二章　宮沢賢治の詩の実現（音数律と主題構成）

宮沢賢治の詩人として能力は、尋常ならざるものだった。伝統的な詩歌の韻律と修辞とを体得し、なおかつそれらを創造的に変形し、「口語自由詩」に自在で動的で、しかも完成された形姿を与えた。かれは、近代詩人のうちでもっとも鋭い音感をもつ一人であり、さらに長大な詩篇を展開し、構築できた。

かれは、多くのひとが着目してきたように、外からの力に開かれていた。——たとえば中沢新一と小林康夫の対話「ダルマがあいさつするとき」（九四年、引用は九五年本）は、賢治受容を「心象風景」への主観的な内閉から、仏教という「〈客観〉への教え」へと開こうとするが（六六）、そこで小林は「今回、賢治を読み直してみて一番思ったのは、やはり「この人は開かれている」ということです」（六八）と端的に述べている。賢治詩においてそれは、ある場合には、自然のさまざまの様相との交感が「心象」として、その力線として定着されることであり、べつのときには、前章が扱った「青森挽歌」でのように、愛するものの喪失による方向感覚の失調のなか、異様な姿たち、声たちに接近されることだった。

そしてかれは、それらの諸力の出現、侵入、交錯を、詩のことばの多彩な運動として、複数のリズムの型の交替と相互作用により実現することができた。その能力がすぐれて機能するときには、種々の状況に応じて即座に、本能的に、ことばの多様なかたちをつくりだした。

かれの「詩」にあらわれた「思想」の――それをどう語るべきかについて多くの語彙と語法が提案されてきたが――一部は、ある仏教的な見地、つまり宇宙の森羅万象は如来によって救済されるべく無限の時間のなかで相互に連関しつつ現象している、という見地から成っていた。だがそれは、批判的な立場からすると、現実の社会的諸関係の媒介を十分に考えない統合の理念にありがちな欠陥として、全体主義的なものへの（潜在的な）親和性を含んでいたとされる。賢治は周知のように、熱心な法華経の信者だったが、また、国粋主義的な傾向の信徒団体、国柱会の会員でもあった。

外に開かれてあることと、全体性への志向とは、かれ（の詩）において、どのように関わりあうのだろうか。

だが、賢治の「思想」として、他の諸側面を他の語彙によって強調することもできる。――その一つは、刹那ごとに明滅しつづける現象の不可避な現れを世界の法として感受すること、それらをその生成の流れのなか、通常の社会的人間の善悪の区別を超えてまで肯定すること、である。

そして、この一文の問いは、それらの「思想」的主題を、特定の詩作品でのことばの形や動きと関係づけて語ることができるか、にある。だから、ここで話をただちに、うんと具体的にすることにしよう。

＊

日本語の伝統的な詩歌の音数律をどう理解するかについては、すでに第一章で概略を見た。繰り返せば、リズムとはある等時的な持続の反復であるが、日本語でもっともふつうに成立するその単位は、二音の一纏まりである。そして、七音や五音の配列による韻律では、その二音の反復を基本として、一音だけが来るなら一音分ないし三音分の休止が空白として加えられて、八音分の時間がひとつの持続の単位となる。つまり、たとえば「農学校歌」（七巻三〇六―七）なら

‖ひは一くん一りん一し○‖かが一やき一は○一○○‖
‖はく一きん一のあ一め○‖そそ一ぎた一り○一○○‖

の構造である（分析箇所では現代仮名遣いを用いる）。

ここで、すでに前章でも触れたいくつかの論点を再確認し、若干の補足をしよう。

（一）、日本語の詩で二音の単位がもっとも通例であることは、ほかの単位、たとえば三音の纏まりが機能しないことを意味しない。『詩的リズム』（七五年）第一章の菅谷規矩雄は、「たかい一やまから一たにそこ一みれば一／うりや一なすびの一はなざかり一」などについて、三音の単位を基底的な構造の一部と見なす。つまり、「うりや一なすびの」は、「うり一や○‖なす一びの」と等時拍に従って読むこと（分析すること）も可能だが、「うりや」の三音と「なすびの」の四音とのあいだの等時性によっ

ても読める。その場合は、音数が増える部分での読み方の加速と、少ない部分での減速を考えることになる。

菅谷による表記は、初めに休止を置く「〇うりや―なすびの―はなざか―り〇〇〇」だが、前半での「加速」から終わりの「（減速）休止」に向かう動きを聴きとり、それを示す矢印を記す（一二三）。菅谷は、二音の「音歩」説を取らず、「行の構成力は、加速にたいする反作用のあらわれであるところの休止＝無音の拍にもとめられる」（同）と述べて、説明は難解になる（菅谷の本は、驚くべき観察力と洞察とを示しながら、ひどく晦渋な箇所も含むので、筆者はそのすべてを理解したと称するつもりはない）。それでも右の一節で菅谷は、定型の音数律では、その加速・減速の原理と、等時拍の原理とが緊張関係のもとに機能していると直観している、とは理解できる。[1] 私見では、音数が増えれば加速、減れば減速するのは普遍的な現象であり、また、むしろいわゆる自由詩でこそより顕著に、おおむね等しい持続をもつ句に異なった音数を配することによって、詩人は読み手にことばの加速や減速を経験させている。

（二）、伝統的な詩形式のなかで、七音や五音が休止を含んだ八音の空間として機能することは、それ以外の文脈で、いわゆる口語自由詩でそうした音の纏まりが現れるとき、自動的に八音分の持続が読み手の経験を支配することを意味しない。それらは、前後との関係次第で、伝統的リズムの挿入や引用として機能することもあるが、べつの場合には、休止の空白を生まず、五音や七音の句の等時性によって、または等時的な二音や三音などの交替、組み合わせとして働くだろう。

（三）、いわゆる自由詩のうちには、定型的リズムを基本的な枠組みとして維持し、詩行はそこから離れたりまた収束したりする、という種類がある。逆に、定型的韻律からはっきり離脱する種類もある。この関連で、英米の自由詩の韻律の型を論じたすぐれた本にチャールズ・O・ハートマン（Charles O. Hartman）の八〇年の『フリー・ヴァース』*Free Verse* があるが、その観察は日本近代の口語自由詩にも応用可能であり、筆者は多くの示唆を得た。そして賢治の口語自由詩は、まさしく前者の種類のものであり、多くの論者が注目してきたように、定型的な七音や五音を頻繁に用いた。[2]

　すでに前章で見たが、その一つの基本は、心象スケッチの基盤にある歩行リズム、「屈折率」の「‖むこ｜うの｜ちぢ｜れた‖あえ｜んの｜くも｜へ〇‖」の「八・七」の型だった。だが、賢治の詩法はそれだけに尽きるのでなく、「青森挽歌」の「それら｜ひとの｜せか｜いの｜ゆめは｜うすれ」以下の箇所のように、三音の纏まりを反復しつつ二音との等時性を機能させることもある。個々の詩を分析するなら、音数律の多彩な使用を見いだせる。

（四）、一般的に、定型的なリズムの型はときに、通常の語の切れ目や統語のうえでの分節と齟齬を来し、干渉作用を起こす。つまり意味のうえの切れ目とリズムのうえの切れ目がずれるとき、リズムの惰力が通常とちがう語句の読みかたを強いるが、そこに違和感は残る。その緊張は、異化作用として働き、詩句を通常の散文と違うものとして知覚させる助けになる。――菅谷は、日本語での詩文の異化作用に関連する一つの要因として、韻律を流動化させる言語自体の変化が起こった、という観察もしている。つまり前掲書の賢治を扱う九章で、「歩行リズム」の「八・七」の型（菅谷は「十五音＝律」

と呼ぶ）の発生に関連して、「とくに漢字音の俗語化、それと相関しての長音・促音・撥音の多用による等時的拍音形式のくずれ」、「疑＝強弱アクセントの発生」、「撥音によるテンポの加速」、「促音のもたらすシンコペーション」[3]などを指摘する（二二六）。

*

ここで、さきに例として挙げた「農学校歌」の第一連をもう一度引こう。

日ハ君臨シカガヤキハ
白金ノ雨ソソギタリ
ワレラハ黒キ土ニ俯シ
マコトノ草ノタネマケリ

この七五調の、形式は単純とも思われる作品で、「くんりん」「はくきん」の「ん」の撥音や、後者を「はっきん」と読む場合の「っ」の促音は確かに、詩文が和語だけからなる場合とは異質の強弱の感触を与えている。それに対し、ここでの第三、四行は和語のみを連ねることで、始めの二行とは対照的な緩やかさと翳った音調を得ている。それは、天空（の輝き）から大地（の黒さ）へという主題の移行をみごとに体現する。

このように定型を用い、文語の修辞を操るときも、賢治の語感の鋭さ、耳のよさは卓越している。現在では、賢治の文語詩を自由詩と比べて退嬰的なものと見なすことは稀だが、この文語の詩としては初期の、農学校の生徒たちの意気高揚のために書いた作品は、不思議な種類の傑作であり、賢治の才能がいわゆる近代詩の常識をはみ出したことを示す（それは「〔雨ニモマケズ〕」の評価にも繋がる）。つまりこれは、後に周囲から校歌にしようという話も出たと言われる作品であり、半ばはまさにそうした範疇に属して、精神主義的な美辞麗句からできている。だが、ここが驚くべきだが、ひとは同時に、それが真正の詩であることを疑い得ない。とくに第二連

日ハ君臨シ穹窿ニ
ミナギリ亘ス青ビカリ
光ノ汗ヲ感ズレバ
気圏ノキワミクマモナシ

は、空の丸天井に充満する光のエネルギーを、高揚して張りつめたことばの密度として達成する。「光ノ汗」という表現は、一面に降り注ぐ光を汗のしずくとして感得しつつ、汗の水滴が光となり天空を満たすという像――絵のようには描けないもの――を呼び起こす。（比喩表現はときに二つの異な

るものを結合する謎をかけ、読み手はそれを解こうとして、脳裏に二者の融合体を喚起させられる。）これは、類い稀な才能だけが書きうるものだ。そして第四連の

日ハ君臨シカヾヤキノ
太陽系ハマヒルナリ
ケハシキ旅ノナカニシテ
ワレラヒカリノミチヲフム

は、光の世界（理想の世界？　万象の楽園？）への突入という原型的な直接性に溢れている。その突入の感覚は、詩行のリズムの構成と無縁でなく、それが可能にしている。つまり最後の一行は、その一連全体の勢いを受けるなら、「‖われ―らひ―かり―の○‖みち―をふ―む○―○○‖」と読まれて、純一な、つんのめるような前進の感覚にふさわしい。これは、前の行の「‖けわ―しき―たび―の○‖なか―にし―て○―○○‖」（「なか―に○―して―○○」の読みも可能）では、意味の切れ目とリズムの切れ目が一致していたのと対比的になる。最後の行では、意味上の分節と齟齬を来すからこそ、それを乗り越える律動の力が強まる。（「われ―ら○―ひか―りの」の読みもありうるが、勢いは止まる。）

＊

さて、賢治の代表的な詩の数篇をすこしこのように見ていこう（詩「春と修羅」は、アメリカ詩人ゲーリー・スナイダーによる賢治詩の英訳を検討する第八章で扱う）。『春と修羅』の「序」（二巻七―一〇）は、「わたくしといふ現象は」

わた―くし―という〓げん―しょう―は

と「七・五」で始まるが、八音分の時間の持続による定型性をただちに獲得はしない。それでも詩行は、三音の纏まりと読める箇所もあるが、やはり「わた―くし」や「げん―しょう」と二音の単位が主導的である。そして第二、三行、「仮定された有機交流電灯の／ひとつの青い照明です」は

かてい―された〓ゆうき―こう―りゅう〓でん―とうの〓
ひと―つの―あおい〓しょう―めい―です〓

と「六・七・五／七・六」であり、第二行の六を導入的なものと考えれば、初めからの三行は八音分の持続に主導されていることになる。つづく括弧に入った第四行、「あらゆる透明な幽霊の複合体」は、

（あら―ゆる〓とう―めい―な〇〓ゆう―れい―の〇〓ふく―ごう―たい〓）

と、「四・五・五・六」で定型でないが、二音の纏まりの優勢を続ける。それは、右のように一音の空白を置くか、あるいは三音を三連音のように二音と等時で読むことを誘うだろう（その場合は「あら―ゆる‖とう―めいな‖ゆう―れいの……」となる）。そして、そうした二音の単位による整然とした進行は、以下の「風景やみんなといっしよに／せはしくせはしく明滅しながら／いかにもたしかにともりつづける」へと継続される。

ふう―けい―や‖みん―なと―いっ―しょに
‖せわ―しく―せわ―しく‖めい―めつ―しな―がら‖
‖いか―にも―たし―かに‖とも―り○―つづ―ける‖

これは「五・四・四／八・八／八・七」だが、そのうちの第二、三行は歩行リズムの範例に属し、第一行のうちの「四・四」はそれに先駆けている（その行頭は、休止を置く「ふう―けい―や○」か三連音で読む「ふう―けいや」の読み方となるだろう）。その二音ごとの進行は、この論述的な語りに確信の感触を与えるが、また、瞬時に生成しては消滅する現象の継起という主題を、そのリズムにおいて伝えるかのようだ。

だがさて、賢治における括弧とは偉大な発明であり、かれがつねに外に開かれていたこと、かれの詩の対話性の現れであるが、詩作品でのその機能は多様だ。それについては、生野幸吉が「春と修羅の「序」について」(八二年)ですでに、みごとに語っていた。――「括弧内の表現は、独白、内語、自己との対話、他者の声、会話の再現、先行する表現に対する註釈や留保や反駁、中断、支え、伴奏などの作用を持つが、総じて言えるのは、括弧の内と外につねにずれが生じることである。そのずれは、主観と客観、内面と外界、さらに時間進行においても生まれてくる。詩行によって表現されている事柄についても、また、詩自体のテンポについても、時間の遅滞や重複や逆行が現象する」(一一二)。そう、括弧ひとつがあるだけで、また括弧と限らず、つぎの一行に字下げや字上げがあるだけで、読者はべつの次元、べつの時間に連れていかれる。それは他者との対話や、異次元の浸透を含み、賢治の詩をつねに多層的なものにした。

さらに、詩句の音楽的な構成という観点からそれを見るなら、その括弧の内外での意味のずれや飛躍という現象は、律動の型の(数種の)相互作用によって支えられていた。それらの断絶や転換は、激烈な動揺の表現であるときでさえ、確固とした形姿を与えられ、形式のくずれやだらけに至らなかった。

たとえば先の第四行「(あら―ゆる‖とう―めい―な◯‖ゆう―れい―の◯‖ふく―ごう―たい)」は、内容としては、冒頭から「わたくしといふ現象」の刹那ごとの明滅として提示されつつあったものを、ほんの三行すぎたあとに、あらゆる存在者たちの総体へと飛躍させたが、律動のうえでは、二音の一単位の着実な進行を確立する役割を果たしている。(生野は先に引いた一文で、その詩でのそうした括弧内の一行について、「ふしぎに一行・一句として記憶に残りつづける。あたかも幻視的に見られ感じられた宇宙の総体のように」(一三)と記している。[4]

その「序」詩は、「いかにもたしかにともりつづける」のあとは、「因果交流電灯の／ひとつの青い照明です」と「七・五／七・六」がつづく(八音枠として表記するなら「＝いん一が○一こう一りゅう＝でん一とう一の○一○○＝／＝ひと一つの一あお一い○＝しょう一めい一です一○○＝」)。そしてその流れを、括弧のなかの一行「(ひかりはたもち、その電燈は失はれ)」が受け止めるが、その行は真ん中に読点が置かれ一拍の休止が明示されていて

(ひか一りは一たも一ち○＝その一でん一とう一は○＝うし一なわ一れ○一○○)

と、「七・七・五」の明確な定型として読まれる。その律動上の機能は、詩句の動きの一時的な停止である。

賢治の詩での括弧の使用の際の(より広くは行上げや行下げを合図とする転調のときの)リズムの機能は、多くの場合に、作品の基調となる律動を提示したり強化したりすることか、進行を定型的に安定した詩行で休止させることだった。それらは、先に引いた生野のことばを借りるなら、意味内容の水準での「註釈や留保や反駁、中断、支え、伴奏などの作用」と微妙に呼応しあって、「時間の遅滞や重複や逆行」を現象させるだろう。

＊

「永訣の朝」。ふつうに言えばだれにとっても「感動的」な、信仰を共にする妹の早すぎる死を悼む「無声慟哭」の章の詩篇が、奇妙な、異様な要素をも孕むことは、何人かの論者が語ってきた。一例として、菅谷規矩雄は『宮沢賢治序説』（八〇年）で、詩篇は「作中の現在として進行する時間に［……］一縷ののぞみの介在する余地もあたえていない」ことにより、「「いもうと」の臨終の場面と「いもうと」の発語との同時進行（シンクロニゼイション）という仮構をはたしえた」と述べている（四九）。また「松の針」で、兄が死にゆく妹にいっしょに行くよう頼んでくれと言うことは、過剰ななにかを感じさせるだろう。さらに、生者と死者という非対称的な関係のなかで、兄の側の信仰の物語にあまりにも妹の死が吸収されているのではないか、という疑問は浮かばないでもない。

だがそこには、かなりの数の論者たちが着目してきた、違う要素がある。つまり、妹の死の日の日付をもつ三篇を通じて、兄の側の語りや祈りは確かに作品の流れをほとんど決定するが、それに添いつつも完全には吸収されないもの、異質なものの存在は排除されていない。そう、なによりも妹自身の声が方言のままで、括弧のなかに、導入されている。それについて、たとえば小林康夫の『出来事としての文学』（九五年）の序章は、それらの詩篇の妹の発話の「異質な響き」「作品化を拒むような言葉」（一八）という特性に注目し、それを「記号」概念や「解釈」作業に還元されない文学という「出来事」を考える手がかりとしていた。

他方、菅谷は前掲書『詩的リズム』では、この「無声慟哭」の章の詩篇のリズムについて、「かならずしも宮沢賢治の作品において詩的リズムの極点をしるすものでない［……］そのリズムは葬送の四拍子ともいうべき、それいじょう圧縮にたえないテンポをふくんでなりたっている」（二三五）と語っていた。（菅谷は二音の纏まりを「一音歩」とする説を採らないので、この「四拍子」は「二掛ける四の八音」でなく「四音」を意味する。）筆者は、菅谷の述べたいことをおおよそ理解できるように感じるが、じつのところ「永訣の朝」（二巻一三八―四〇）の冒頭は（あらためて見れば冒頭四行に漢字はないが）、

きょうの―うちに
とお―くへ―いって―しまう―わた―くしの―いも―うとよ
＝みぞ―れが―ふって＝おも―ては―へんに＝あか―るい―のだ＝

と、意味の切れ目でいえば「三・三／四・六・五・五／七・七・六」と始まる（右は二音、三音の切れ目も記した）。第一行は三音の継起であり、第二行は二音と三音とが交替する平明な語りくちである。第一行の「三・三」の型に導かれれば、第二行でも「いって―しまう」等の三音は際立つが、八音枠に沿って息を継ぐ「とお―くへ―いって＝しまう―わた―くしの＝いも―うとよ」の読み方も生じるだろう。これはつまり「七・八・五」の音数となるが、つづく第三行は「七・七・六」で、行末に向け二音の反復が目だち、八音枠の定型性が感知される。

それからただちに、妹の声が、括弧のなかに字下げで、「（あめゆじゆとてちてけんじや）」と聴かれる。これを、括弧の詩法、そのリズムの問題として考えるなら

（あめ―ゆじゅ―とて―ちて―けん―じゃ）

は、明らかに二音の纏まりの六回の反復であって、前行の終りの「あか―るい―のだ」を受けるとともに、そのあとの語りのリズムを規定する。最後の音節表記「じや」は方言音をどう解釈するか（想像するか）に曖昧さが残るが、「じや」と二音に延ばして読むにせよ「じゃ―〇」と休止を置くにせよ、二音と等時となるだろう。そして、この詩行は詩の前半に四度反復されて、たとえそこから逸れるとしても、またそこに帰るべき範例となる。（菅谷が語った「葬送の四拍子」つまり四音とは、「あめゆじゅ―とてちて―けんじゃ」が基底の律動であるという感知だったかもしれない。）具体的には、妹のことばにつづく「うすあかくいつさう陰惨《いんざん》な雲から／みぞれはびちよびちよふつてくる」は「五・四・五・四／四・四・四・五」だが、

うす―あかく―いっ―そう―いん―ざんな―くも―から
みぞ―れは―びちょ―びちょ―ふって―くる

と、二音が主導し、三音がそれに等時になる読み方を誘うだろう。そして二度目に

（あめ―ゆじゅ―とて―ちて―けん―じゃ）

が到来したあとの三行、「青い蓴菜《じゅんさい》のもやうのついた／これらふたつのかけた陶椀《とうわん》に／おまへがたべるあめゆきをとらうとして」は「八・七／七・八／七・五・六」の音数だが、八音枠で一拍の休止を挟むより、やはり二音と三音の等時性による読み、「あおい―じゅん―さいの―もよ―うの―ついた／これら―ふた―つの―かけた―とう―わんに／おま―えが―たべる―あめ―ゆきを―とろ―うと―して」を導くだろう。

それでもこの三行は安定性をもつのに対し、つづく二行、「わたくしはまがつたてつぽうだまのやうに／このくらいみぞれのなかに飛びだした」のうち、はじめの強烈に逆説的な直喩を含む行は、意味の切迫性を反映して、「わた―くしは―まが―った―てっ―ぽう―だまの―ように」と音数が増え（「五・八・六」）加速する。この「まが―った―てっ―ぽう―」には促音によるシンコペーションも聴き取れる。

それに対し次行は、前行の勢いを受けつつ、しかし「この―くらい＝みぞ―れの―なかに＝とび―だした」と、「五・七・五」の定型性をもち、それがつぎの

（あめ—ゆじゅ—とて—ちて—けん—じゃ）

の二音の連鎖へと収束する。——こうした詩行の表すものは、妹が体現し兄が必死に追いつこうとする宗教的な真理としても、あるいは、生者と死者との非対称な関係においてついに接近しがたい死の絶対的な隔絶としても、それぞれの語彙により語れるだろう。後者の一例として小林康夫は前掲論で、「松の針」の「わたくしにいつしよに行けとたのんでくれ」（二巻一四二）に関してだが、「死の孤独」という「この根源的な不明が［……］巨大な不安となって［……］ここでかれに不条理な懇請の叫びをあげさせている」（二四）と指摘する。[5] そうした解釈の当否は措くとして、その二つの異なる（隔絶した）ことばのあいだの関係は、括弧の内と外との緊張は、この作品の律動の場においては、妹の括弧のなかのことばが——何回か繰り返されて——兄の語りを導くかたちで実現されている。

*

「無声慟哭」章に続く「オホーツク挽歌」の章の最初の詩である「青森挽歌」については、すでに語った。そこでは、いくつもの思念と光景の交錯のなかに、現象のおのずからの開示という根底の発想が出現し、それに応えることばは、なによりも「それがそのやうであること」（二巻一六四）という同語反復だった。そしてその詩の終わりに向けて、括弧のなかから、妹の死後の不吉な行く末を暗示するような、「《おいおい、あの顔いろは少し青かつたよ》」（一六七）に始まる声たちが合わせて三回侵入するとき、詩人のそれらに対する力のかぎりの応答の一つは

すべてあるがごとくにあり
かゞやくごとくにかがやくもの

を、善悪の向こう側で、肯定することだった（一六八）。そしてそうした賢治の「思想」は、たとえば一九一八年の手紙（書簡四六）での、「戦争とか病気とか学校も家も山も雪もみな均しき一心の現象に御座候、その戦争に行きて人を殺すと云ふことも殺す者も殺さるゝ者も皆均しく法性に御座候」（十五巻五〇）といった言明に繋がっている。（西谷修は、『世界史の臨界』中の「歴史と内在——宮沢賢治の一〇〇年」（〇〇年、初出九六年）で、いまの書簡も引きつつ、賢治では、生存の内在性における残酷が不可避な法性として認識されていたことを、かれの戦争観、菜食主義などとの関連で論じている。）

それはまた、後期の異様な迫力に溢れる文語詩「〔ながれたり〕」で、無数の屍たちが流れ、生者たちもまたたがいに争い食いあって流れてゆく川の流れが

ながれたりげにながれたり
川水軽くかゞやきて

　たゞ速かにながれたり

と（七巻二〇〇）、あくまで軽快に光るなにかとして描かれることにも、確かに継続している。ここにもまた、現象の不可避な現れの――この言い方自体が同語反復だが――同語反復による肯定がある。

＊

だがさて、本章の始めで述べたように、かれの「思想」のべつの傾向性は、少なくとも潜在的には一定の危険性を孕んでいる、とは論じられる。つまり一般的な問題として、宗教的な全体性・包括性の理念は、現実の社会的・政治的な力関係の媒介を考慮しないとき、あらゆる矛盾・対立を想像的に解消し超克する仕掛けとして機能してしまう、という事態である。吉田司の『宮澤賢治殺人事件』（九七年）や、それをきっかけとする雑誌『批評空間』での関井光男ほかによる「共同討議　宮澤賢治をめぐって」（九七年）の中心的な論点は、つまりそのことだった。

確かに、かれのいくつかの作品に現れる自己犠牲の主題は、天皇制ファシズムへの協力と親和的になりえた、とは言えるだろう。そして、一九三三年に病没しなかった場合の賢治そのひとが、その方向で作品を書いたり旧作を再構成した「可能性」は、「可能性」としてならもちろん存在する。

読者は、賢治が三〇年代を生きつづけたらどのように身を処したかについて、各人のもつ詩人像にしたがって、さまざまに推測し確信できる。だが、「可能世界」での「戦争責任」の追求は、あくまでそうしたものに留まる。そして、賢治の作品の意味は——というよりあらゆる「書かれたもの」の意味は——それらを書いたときの作者の意図（とされるもの）によって支配されないし、ましてや、ある仮想世界のなかで全体主義のイデオローグとなったとされる詩人の思想によって決定されない。[6]

だから、賢治の詩に向かい合うときのひとつの問題は、かれの詩が外からの力に開かれていたことの具体的な現れを、その力とかたちを、個々の作品でどのように感受するか、という問いになる。一人の人間の思想にいくつもの傾向性が矛盾したまま併存していることは多く、賢治にしろ、すべての詩作品で、複数の力のせめぎあう緊張を実現したわけではない。『詩的リズム』の菅谷も、歩行リズムの詩法をただ肯定的に捉えたわけでなく、それが「〈自＝他〉の関係がはじめにひとつのトータルな律動を共有している」と感じることで、その隔絶を乗り越えようとする心性に発していたことを論じ、さらに、その共有の仮構が惰性化する危険を見てとっていた。だが、菅谷はもちろん、「宮沢賢治が受官し表出せんと試みた律動は多様であり屈折にとんでいた」ことを、最大限に評価した（二四一）。

その最良の詩篇群において、詩人は、怪しいかたち、異なる声たちの接近を退けず、その韻律は、定型的なものを基本としながら、微細なずれや歪みに震えていた。すでにあまりに有名なかれのことば、「イデオロギー下に詩をなすは／直観粗雑の理論に／屈したるなり」（十三巻（下）二七〇）を敢えてまた引くなら、かれは、詩人としては、その良質な詩篇では、宗教的な包括性のイデオロギーからも自由だった。

注

1　菅谷は、一音を一拍と数えるので、二音単位の進行は二拍子、三音のそれは三拍子と記す。そして『詩的リズム』では、たとえば「〔三人兄弟の医者と北守将軍〕」の凱旋のマーチ、「ピーピーピピーピ、ピーピーピー」、「タンパララタ、タンパララタ、ペタンペタンペタン」（九巻二九一）のうちの「タンパララタ」について、「これは二拍子とも三拍子ともとれる」と述べる（二四四）。どうやら「タン―パラ―ラタ」とも「タンパ―ララタ」とも分けられるという意味のようだ。これに対して、作曲家・賢治研究家の中村節也は『宮沢賢治の宇宙音感』（一七年）で菅谷を批判して、「このあたりの意味が不明瞭で、ことに『二拍子とも三拍子ともとれる』との見解には納得できない」、「3拍子のマーチなどあるはずがない」と記す（二二二）。中村によるこのリズムの採譜は、「ペタン」や「ララタ」を三連符のように表している（二二一）。「拍子」という用語の不用意な使用は避ける方がよいようだ。

　他方、中村は同書の別箇所では、「俳句の「中7下5」の部分をさらに細分すると、3・4・5または4・3・5の配列になる」として、前者には「しだいに前進性というか、強調される感じが生まれてくる」「漸増リズム」を認め、後者には「音楽の終止直前［……］に似た終末を惜しむ感慨」を感じとる（四五）。これは、菅谷の観察に通じる。また中村は、二音一拍説のもとに芭蕉の「旅に病んで」の朗誦の可能なリズム形を四つ採譜するが、それらは本書での音符を使わない簡略な表記で記せば、「たび―にや―んで―〇〇」、「〇た―びに―やん―で〇」、「たび―に〇―やん―で〇」、そして第四に「たびに―やんで」という「二拍に三音ずつの連符」である（四六―七）。つまり中村も、本書での記述が「三連音」と呼ぶものを認知している（ここでは四音と等時としてだが）。

2　この定型の音数律に付いたり離れたりする手法の源泉のひとつは、短歌の分ち書きの試行だったろう。たとえば「歌稿B」の一五七は、「いかに雲の原のかなしさ／あれ草も微風もなべて猩紅の熱」（一巻一三四）という歌だが、「／」で行分けされた第一行は意味の切れ目は「三・三・三」と進行し、行末まで読み進んで全体が「六・七」と短歌らしくなる。第二行はいちおう「五・七・七」だが、「五・四・三・五・二」の散文的な意味分節も強く働くだろう。

これは平尾隆弘も着目した点であり、『宮沢賢治』（七八年）で、「短歌の多行書きは、その底に賢治の現実回復の希求を秘め［……］表出意識としてみれば短歌形式からの脱出の模索であった」と記した（一〇九）。

3　賢治におけるシンコペーション（アクセントの移動）のもっとも顕著な例はもちろん、「風の又三郎」の「＝どっ一どど一どど一ーど＝どど一ーど一ど一ー○＝」である（十一巻一七二）。また前注の「＝ピー一ピー一ピピ一ーピ＝」も、その一例である。

4　この一行の内容については、論者によって当然、解釈や敷衍のし方は異なる。『地獄の思想』（六七年）の梅原猛のように「現象の背後にある実体」である「宇宙的生命」（一九八）を強調する論者もいれば、丹治昭義の『宗教詩人宮沢賢治』（九六年）のように、「本体と比較しないで現象をあるがままに経験したとき、現象こそが本物として現れてくる」（三五）という「諸法実相」の思想の方向で読む人もいる。だが、それらのあいだの選択や統合を読者に考えさせるものは、詩行のリズムの着実さや飛躍する意味などの効力である。

5　他方、菅谷は前掲『詩的リズム』で、それを「使徒たちによって福音書に記されたイエスのことばにひとしい象徴であるといえる」と特徴づけ、「ユダたるまいとする［……］おそれと不安とが、〈あめゆじゆとてちてけんじや〉を書きしるさせた」（一三六―七）とさえ述べている。

6　その討論では、初期断章「復活の前」（十二巻二三九―四一）中の村人の虐殺の像が現れる一節はただちに田中智学の影響下の「ジェノサイドの高唱」であると言われ、また賢治関係者は賢治と国柱会との関係や第二次大戦中の受容を隠蔽しようとした、とされるが、それらの発言が短絡的であることは、鈴木健司の『宮沢賢治という現象』（〇二年）所収の「「批評空間」における宮沢清六氏批判の言説」（初出〇一年）が指摘している。

第三章　賢治仏教学への予備的な覚書（日蓮と親鸞）

宮沢賢治における仏教思想については、すでに非常に多くが語られてきたが、以下はその一面についての、多少の勉強をした門外漢の素描である。具体的には、賢治における「日蓮的なもの」と「親鸞的なもの」という問題設定について、若干の覚書を記したい。

賢治の法華経信仰は、国粋主義的な日蓮主義団体、田中智学の国柱会の会員という一面をもっていたことは周知であり、本書第二章でも確認した。近代の日蓮主義の政治性はさまざまに論じられてきたが、たとえば丸谷才一と山崎正和の対談本『二十世紀を読む』（初出九五年、引用は九九年本）の一つの章「近代日本と日蓮主義」は、昭和史におけるその政治的影響を扱い、井上日召や石原莞爾といった名前もとうぜん登場するが、賢治もまた言及される。ただ、二人の関心は賢治にはさして集中せず、山崎は、近代日本における「日蓮的なもの」と「親鸞的なもの」とを対比させる。そしてその対比に、「農民武士的なもの」対「商人的なもの」という別の区分を直交させて、近代日本人の四つの類型を提示する。その図式で賢治は、明瞭に日蓮的であるが、農民武士的（「行動派の軍人」タイプ）とも商人的（「ハイカラ気質」）とも決めにくい存在と位置づけられる。ただし、そこでの山崎の賢治理解は「理想主義を掲げて、広い大衆的な支持を得て、庶民の夢と生活感覚を代表するような文学」(一二〇)とのことだから、とても賢治の多面性・複雑性を把握しているとは思えない。

だが、賢治における「日蓮的なもの」と「親鸞的なもの」という設定自体は興味深い。伝記記述では流布したことだが、賢治の父親、政次郎は熱心な浄土真宗の信徒であり、暁烏敏といった近代における親鸞復活に重要な役割を果した宗教家と直接の接触をもち、花巻や近郊の温泉地で仏教講習会を組織した。少年賢治が講習会に参加したこと、中学時の一九一二年には父親への手紙で歎異抄を生涯の指針として定めていると述べたのも(十五巻一六)、よく語られる事実である。他方、中学、高等農林学校時代に浄土真宗の高僧であった島地大等の講話を聞き感化を受けたという点を重視する見方もある。賢治が法華経に開眼したのは、もちろん島地訳の『漢和対照妙法蓮華経』(一九一四年)を通じてだった。

その一例である小野隆祥の『宮沢賢治の思索と信仰』(七九年)は、多くの重要な主題に先駆的に取り組んだ労作だが、不思議な本である。つまり小野は、賢治における複数の思想・志向の交錯として論じうるもの(それを「個人的体験」の「実証」に還元する必要はない)を、高農図書館に当時入った本だから賢治は読んだはずだといった強引な想定によって一連の知的履歴として語り、しかも己の作業が「幻想的独白」(三〇七)であることを認め、誇示さえする。

だが、「賢治仏教学」を試みる論者たちが概して法華経に集中する傾向を示すのに対して、そこを限定しない小野の探索は刺激的な示唆を与える。――そして、「全体性」という理念は近年概ね懐疑的に扱われるが、その視点からは、たとえば「農民芸術概論綱要」の「世界がぜんたい幸福にならないうちは個人の幸福はあり得ない」（十三巻（上）九）といった発言に見られる「全体」への希求には疑うべき要素をも読み取りうる。小野はすでに、田中智学の「宗門乃維新」の反響を、「農民芸術概論綱要」の「高調した精神」（八六）に聴いていた。[1]

だが他方、小野は賢治の法華経経験の内実については、種々の理解がありうることを述べる。それは、とくに智学との接触以前には、如来の時空を超えた無限の救済力への讃嘆であるかぎりで、阿弥陀に向かう「真宗信仰との対立のはっきりしない絶対への帰依心であった」（五七）ことに着目する。賢治の浄土真宗から日蓮宗への改宗について、小野は、賢治は「一度きりに、大等から智学への転換を果したとの見方」を取らず、「模索・動揺・煩悶の長い道程」（一一）を考える。[2]

そして小野は、退学処分をうけた高農の同級生、保阪嘉内を国柱会に折伏しようとした時期については、卒業後の将来が定まらなかった賢治の心理的動揺を強調し、智学の実践力や攻撃性に惹かれたのも、己の鬱屈した状況への補償の要素があったことを見ている。小野が、賢治のうちに大等の感化の痕跡とする「卑小・静観への願望・傾動」と、智学が鼓舞した「壮大・活動への願望」（一〇）の両面性を認めるのは、説得性がある。そして前章で扱ったことを繰り返すなら、大日本帝国の皇室と全臣民とを法華経に折伏し、ひいては全世界を統合するという智学の構想を賢治がどう捉えたかは、確言しがたい。賢治の文学の中心がその思想の表出にあったと主張する人間はあまりいないだろうが、智学のその要素を批判した証拠はない賢治の知的な盲点・限界を指摘することは可能だろう（ただし作品はそれを拒み、超えている、と論じることはできるが)。

なお、同じ国柱会員という点から、賢治と石原莞爾との親縁性をいう説も存在する。ただその場合に、日中戦争以後に失脚した石原と賢治がもし会ったとしたら、石原は、現実の満州国は自分の構想した理想境でないことを説明しただろう。だが他方、石原の『最終戦争論』(一九四〇年、引用は〇一年本)といった本を読むならば、戦争の未来を見通す科学的な洞察力と、宗教的そしてSF的でさえある奇怪な想像力との混合に、強烈な印象を受けざるをえない。石原は、「最終戦争」後には「不老不死の妙法が発見される。なぜ人間が死ぬかと言えば、老廃物がたまって、その中毒によるのである。従ってその老廃物をどしどし排除する方法が採られるならば生命は、ほとんど無限に続く」(八九)などと語りさえする。そして、その知性の働き方と、賢治の一側面(「農民芸術概論綱要」の「自我の意識は個人から集団社会宇宙と次第に進化する」等)とは、その構想力の質において近い部分もある、とは感じられる。もう一つ、かりに満州国を「理念」として考えるなら、その多民族性の統合のためには、あまりに一民族的な神道だけでなく、仏教的なもの、日蓮主義が要請され続けた事態を想像することはできる。

ただし、神道系の国家主義者と日蓮主義者とは、究極的には相容れなかったはずである。上田哲の『宮沢賢治——その理想世界への道程』(八五年)は、賢治と国柱会との関係を批判的に再確認した本だが、そのある箇所では(「五九年改稿了」とある文中)、智学にとって法華経と天皇とどちらが本末であったかをいえば、「究極は国より天皇より法華経が上位にあったのである」(八一)と、その点は肯定的に記していた。[3]

さてここまで「日蓮的」というより「日蓮主義的」なものと賢治との関連を概観したが、「日蓮的なもの」自体や「親鸞的なもの」を正確に語ることは、仏教についての深い知識や信仰経験のない人間にとって、簡単であるはずはない。ただ、小野は賢治の法華経体験はそれ以前の仏教経験と分離していないことを述べたが、それが一例であるように、賢治の種々の経験・志向・思想のうちには、必ずしも本人が意識したとは限らない連続性を、また逆に断層を見いだしうる。そして、筆者がとくに興味をもつのは、賢治における善悪の彼岸、人倫を超える宗教の次元、という問題であり、それと「親鸞的なもの」との連関である。

「善悪の彼岸」とはたとえば「青森挽歌」末尾の、「すべてあるがごとくにあり／かゞやくごとくにかがやくもの／おまへの武器やあらゆるものは／おまへにくらくおそろしく／まことはたのしくあかるいのだ」（二巻一六八）といった部分に現れ、この長篇詩においては価値判断の惑乱と、現象の「あるがごとくにある」肯定とが根源的であることは、すでに本書第一章で見た。また、「よだかの星」の末尾近くの「もうよだかは落ちてゐるのか、のぼってゐるのか、さかさになってゐるのか、上を向いてゐるのかも、わかりませんでした」（八巻八九）にも、同様の方向感覚の喪失という発想を見てとれる。これは、池澤夏樹の『言葉の流星群』（初出九五―七年、引用は一三年本）でも「絶望したよだかはひたすら夜空へ昇ってゆき（なんといっても鳥だから、自力で昇ることができる）力尽きて落ちる［……］実際には上昇が下降に変わって墜死する。そして、その墜落の果てに、彼は天に上げられ、星になる」（一一七）と言及される。――ただしこの箇所は、そのまま星になった、とも読めて（衆生は仏になりうるなら）、池澤が言うように物語に「墜死」が描かれているかは、理解が分かれるだろう。[4]

　そしてこれは突飛に聞こえるかもしれないが、「銀河鉄道の夜」の周知の対話、家庭教師青年の「ほんたうの神さまはもちろんたった一人です」に対してジョバンニが、「あゝ、そんなんでなしにたったひとりのほんたうのほんたうの神さまです」（十巻一七一）と言う箇所も、同様の判断の方向性の宙吊りの事例に思われる。というのも、「ほんたうのほんたうの神さま」ということばは、「ほんたうのほんたうのほんたうの神さま」以下、「ほんたうの」の無限の増殖を示唆するから。[5]

　こうした限界での惑乱と、その外部の肯定とを、見田宗介は『宮沢賢治　存在の祭りの中で』（八四年、参照は〇一年本）で、まさにその副題の「存在の祭り」として語った。つまり、通常の社会内の人倫的秩序の外なる世界、その祝祭空間の開示という図式である。すでに本書第一章で見たように、その説明に見田は、「トナール」（社会的人間の秩序）と「ナワール」（その外部の「存在の地の部分」）という人類学者カルロス・カスタネダの見慣れない用語を使っていた。

　だがさて見田は、賢治世界の見取り図として、あくまで自己製の図式を作ったのだが、これを賢治仏教学において考えることもできる。つまり賢治は、すでに述べたように、父も企画に加わった花巻での仏教講習会で暁烏敏の講演を聞いたようだが、『新校本全集』年譜に反映されている栗原敦の調査によれば（十六巻（下）年譜篇四七―八）、たとえば一九〇六年の講演では、『歎異抄』や暁烏の亡師清沢満之の「精神主義」が語られた。詳しくは本書第五章で扱うが、清沢でも暁烏でも、要するに絶対他力の信仰は、人倫の社会的秩序が有限なものであることを認知させる。その認識と、賢治のいくつかの作品の決定的な箇所に出現する発想とは、つまり同じものだと筆者には思われる。賢治がその場にいたことは確実な大沢温泉の講習会でさえ、講話自体を聞いたかは確実でなく、まして十歳になろうとする少年がなにを理解しえたかは実証の限界の外にある。また、その後の賢治がそれをみずからの思想の一要素として意識したかも、明らかでない。

そもそも思想とは、つねに個人の意図の水準に還元されるものでなく、また影響関係という見地から、その起源を確定すべきものでもない。それでも、賢治における善悪の彼岸という問題の出現は、ひとつの淵源としては、かれが少年時の環境の偶然により、清沢や暁烏の思想圏に近かったことにも由来する、というのが筆者の感触である。そして、みずからを修羅と位置づけた詩人は、感性・気質・体質を含めた一個人の総体を賭して、経験する現象の諸相をスケッチしまた物語にしたが、諸現象をいわゆる「幻想」を含めて「あるがまま」に書きとめたとき、既成概念によってみずからを縛ることはなかった。賢治という人間の総体から生じたその企図を、特定の思想からの影響に還元すべきでは無論ないが、ちなみに今村仁司はその『清沢満之の思想』（〇三年）で「親鸞のいう自然法爾を「現にあるがままである」と同義であると受け止めてみる」（一四五）ことを示唆している。

今村によれば、「あるがまま」は社会生活の「無数の縁起的関連」に「覆われ隠され」（一四六）ているから、そこへの「目覚めには絶対他力との接触が不可欠」（一五五）である。清沢満之は、如来すなわち絶対他力と凡夫との関係を「無限」対「有限」という哲学的語彙により論じたひとだが、今村はその関係性を、「覚醒の状態は有限者のなかに無限が現出する状態である」（一三二）とまとめる。賢治がこうした語彙を知ったか否かとは別に、それらが示す思考の連関は、かれの作中に現れると思われる――本書第五章が扱う「めくらぶだうと虹」といった作品に。

注

1　とはいえ親鸞主義もまた、アジア太平洋戦争に際しては絶対他力等の教義を援用して超国家主義に協力し、暁烏もその中心人物の一人だったことは、中島岳志の『親鸞と日本主義』（一七年）が印象的に明らかにしている。

2　小野はまた、賢治は法華経や田中智学の教説に安住できず、大乗仏教に限らず初期仏教の刹那滅の説や、ヨーロッパ経由の当時の仏教学が説いた霊魂死滅説などに多様に影響された、と調査・推測を展開して、その本を刺激的なものにしている（論述は必ずしも明快でないが）。本書第六章は、その小野の研究の一環である「青森挽歌」の「ヘッケル博士！」解釈をも扱う。ただし、萩原昌好は、『日本文学研究資料叢書宮沢賢治Ⅱ』（八三年）所収の「修羅と宇宙」（初出八二年）で小野説を批判して、智学は政治的日蓮主義を説いただけでなく、その教学書『日蓮主義教学大観』などは、天台智顗に由来する十界互具や一念三千の思想や、八識（阿頼耶）さらに九識（阿摩羅）をいう仏教の無意識説などを論述していたことを指摘した。それらは、種々の宗教論や哲学説への賢治の関心の基盤だったはずだ、という主張である。その議論は、萩原の著書『宮沢賢治「修羅」への旅』（九四年）にも取り入れられている（とくに一五五以降）。――ただし、賢治はそれらの天台思想には島地を通じても触れたはずで、島地からの感化と田中からの影響をどう時系列に位置づけるかは、諸説がありうることになる。

3　末木文美士も、『思想としての近代仏教』（一七年）の「国家・国体と日蓮思想」（初出一五年）で、智学にとって法華経が国体より上位にあったことを確認している（一六二）。なお上田は国柱会の宗教帝国主義を指摘するが、そのカトリック信仰からして予想通りに、キリスト教帝国主義のことは言わない。大室幹雄は『宮沢賢治「風の又三郎」精読』（〇六年）で、「田中の宗教と軍事の結合による「侵略的態度」自体は、すでにそれが書かれた時代にむしろかわいらしいようなものだった。これより半世紀も以前から、先進資本主義諸国はこれを実現して、世界史はすでに帝国主義の時代に入っていた」（八六）と記した。他方、賢治に関してはじつに種々のことが言われる一例として紹介すれば、萩原孝雄は「宮沢賢治における近代の超克（第二回）」（一一年）で、論者の世界観に即して「実は智学にいわせれば侵略（折伏）即慈悲（即非論理）なので彼の言う侵略を慈悲と切り離されたたんなる侵略と短絡してはならない」（三四）等と述べる。

4　興味深いので確認するなら、池澤はさらに、「キリスト教では自力で上がる昇天（ascension）と天の力で上げられる被昇天（assumption）を区別する。キリストは神格があるから昇天したのだし、マリアは人なので被昇天した。この論法でいうと、よだかは昇天できなくて被昇天したことになる」（一一七）と続ける。だがこの区別による読解は、特定の世界観をもつ読者（の共同体）に起こることだろう。

興味深いので別の読解を引けば、鈴木健司も「よだかからジョバンニへ」（初出九九年、引用は〇二年本）でこの点に着目するが、「転生という宗教的システムに支えられているとするなら、遺骸［……］がどこかの草むらに転がっていなければならない」（一一三）と、一つの想定とその帰結を記す。そしてさらに「作品を真に受容するとは、賢治が描かなかった［……］よだかの遺骸を幻視しつつ［……］星となって燃えるよだかを見つめることでないか」（一一五）と要請するに至る。物語は、さまざまな読者にその各人ごとの空白を補わせるが、ここでは空白を補う特定のやり方が「真の受容」と価値づけられる。

5　吉本隆明は、『宮沢賢治』（八九年、引用は九六年本）で、この「同義語を解明するために同義語をつかうという循環」

に関して、「その理由のひとつは「ほんたう」や「いちばん」が可能になる必須の前提が「ほんたう」や「いちばん」が「ほんたう」でないもの「いちばん」でないものよりも、下位にあることを認識していること」にあると記し、賢治は「そんな背理を［……］知りつくしていた」と言う（一九五）。これは、宗教的な信は人間的・社会的な価値序列を無効にする、という「背理」の直観を語る一つの別のやり方なのだろう。ただし続く「それが賢治の信をほかのすべての宗教者からわけた」（一九六）はおよそ本当と思えないが。本書の第四、五章を参照。

第四章　宮沢賢治とキリスト教の諸相――「天国」と「神の国」のいくつかの像

はじめに

　賢治とキリスト教との関係については、すでにかなりの論考があり、宣教師や神父たちとの接触や、内村鑑三の高弟・斎藤宗次郎との交流などはよく知られている。また妹トシは日本女子大学在学中にその創立者・成瀬仁蔵の宗教教育の圏内にあり、その影響が賢治にも及んだという想定も提示されている。賢治によるキリスト教理解や、「銀河鉄道の夜」を始めとする作品でのキリスト教「的」と見える主題は、さまざまに論じられてきた。だが、キリスト教と一語で呼ぶにはあまりに多面的な諸現象のどの局面が個々の文脈で関与しているのか、さらなる明確化が必要とも思われる。この主題が扱われる場合には――とくにキリスト教信仰をもつと思われる論者の場合に――概してその論者自身のキリスト教理解や実践と同じものが賢治作品にもある、と想定されがちである。もちろんどんな読者も自分の常識と習慣に導かれて作品を経験するのであり、その経験について「作品自体」と「理解の文脈」とを、客観的なもの／主観的なものとして画然と分離はできない。しかし、だからこそ賢治とキリスト教との関係を考える場合にも、その諸相の検討が、つまり長大な歴史のなかで多様な変化を経てきたその思想・教義・信仰形態のうちのどれが種々に賢治に接触し、また読者たちのなかで作用しているかを考えることが必要になる。

たとえば「銀河鉄道の夜」では死後の行き先としての「天上」が主題化されるが、多くの読者がキリスト教的「天国」と同定するそれを、ジョバンニは「もっとい、とこをこさえ」るべき「こ、」に及ばないものと位置づける。だが賢治は、「天上」ならぬ「こ、」への「神の国」の終末論的到来を意味するはずのことば、「基督再臨」を題とする詩も書いている。その詩自体は断片的で解釈も問題を含むが、賢治は、キリスト教における個人の終末／世界の終末での二段階の神の介在をどう理解していたのだろうか。また妹との知的ないし宗教的交流に由来すると想定できる詩「〔北上川は熒気を流しィ〕」には「あたらしいクリスト」への言及があるが、これはいかなる宗教思想の連関に属するものか。

これらは、キリスト教への賢治の理解／応答に多面性ないし緊張があることを示唆するが、それはまた、キリスト教自体の緊張を孕む多面性の反映としても理解できる。また、それらの検討の際には、賢治が理解し考えたであろう事柄の資料からの歴史的再構成と、作品中でそれらの要素が読者たちに作用する様相とを、区別すべきである。そして違った世界観・価値観をもつ読者たちはそれらに異なった反応をして意味を読みとることは、それ自体としては認めるしかない事実・出来事である（ただしそれは、あらゆる読みが等価であることを導きはしない）。

天上と地上

「銀河鉄道の夜」でジョバンニは、車中で知り合った少女、少年、家庭教師青年たちが下車し十字架に向かうのを引き留めようとする。周知の場面だが、念のために「初期形三」の段階から引くなら（十巻一七二）、

「天上へなんか行かなくたっていゝぢゃないか。ぼくたちこゝで天上よりももっといゝとこをこさえなけぁいけないって僕の先生が云ったよ。」「だっておっ母さんも行ってらっしゃるしそれに神さまが仰っしゃるんだわ。」「そんな神さまうその神さまだい。」

キリスト教徒らしい一行とのこの対話で——「らしい」というのは、周知のように草稿で「ハレルヤ」が「ハルレヤ」に意図的に直されたように宗教の名は明示されないからだ（十巻校異篇一〇五）——、ジョバンニは「先生」から「天上」でなく「こゝ」でよいところをつくれと教えられたと述べている。「僕の先生」とはだれか、銀河鉄道車中で言われる「こゝ」とはどこか、曖昧さは存在するが、主人公たちが十字架のある天上に行かない理由が、それが死者たちのみに関わる点にあることは了解できる（ただし「初期形二」まではその理由は「もっといゝとこへ行く切符を僕ら持ってるんだ。天上なら行きっきりでないって誰か云ったよ」（十巻一二七）であった）。これを、賢治本人の宗教思想に関係づける多くの読みがすでに提案されている。

作中人物間の対話の一部を作者の思想といきなり同一視するのは問題含みであり、ましてこの作品は少年小説の設定のもとにあることを忘れるべきでないが（ただし少年小説に神学論争が登場して作品の種類に関する読者の了解を揺るがすこと自体がその特徴であるが）、ともあれ、これを作者自身の思想と関係づけることは避けがたい。すると、浄土真宗から日蓮宗に移った賢治の経歴からして、法華経信仰、日蓮宗、あるいは田中智学の国柱会の運動だけが現世に楽土をもたらす宗教であり、浄土教もキリスト教も死後の世界に幸せを求める逃避にすぎない、という思想をそこに読み取ることはできる。

たとえば大塚常樹は、『宮沢賢治　心象の記号論』（九九年）の「『銀河鉄道の夜』の基本構造」第七章で、「ジョバンニの天上観は、語り手の背後にあって『銀河鉄道の夜』の戦略をつかさどる意識的な主体としての賢治が、信奉した日蓮宗の思想の柱である《娑婆即寂光土》［……］の思想に他ならない」と理解したうえで、「ジョバンニは、苦しみに満ちた地上にこそ天上（天国）を作り出さなければいけないと、主張しているのであり、その根拠として、あらゆる生物こそは如来の胎児である［……］と暗示的に主張している」と述べる。さらに大塚は、「このときキリスト教徒の青年たちの言う神との決定的な違いは、キリスト教では人間と神とが明確に区別されていること、また最後の審判によって、天国に入れる者に制限があるということだ」とも指摘する（一二七―八）。この大塚の読みは、地上の楽土建設か死後の天国かという対比は仏教とキリスト教の根本的な違いに基づくと見なす。ただし論点を一つ先取りするなら、家庭教師青年たちの信仰の特徴はじつは「最後の審判」の観念がほぼ見られない点にある。

鈴木健司も、『宮沢賢治という現象』(〇二年)中の「《ジョバンニ》の行方」(初出〇二年)で、「ジョバンニの〔……〕台詞が法華経の「娑婆即寂光土」の思想に合致する」と指摘するが、田中智学の影響を重視して、「この台詞も〔智学の〕『日蓮聖人之教義』の次の言葉と重なるものである」と続ける。鈴木は、智学が浄土教やキリスト教を批判する「極楽や天国のような無責任な理想郷は、一顧の価値もないものとおもふ」という文言を引用して、「ジョバンニの言う「先生」とは誰を指すのか。作品においての先生とは担任の先生を指すことになるが、その背後に日蓮そして智学の影のあることは確かなことだろう」(七三―四)と述べる。

この指摘はもちろん、智学の宗教的帝国主義・全体主義と見えるものと賢治との関係という、これまた周知の問題に直結する。そして鈴木は前掲書中で、作品内外の賢治の思想において、智学の排他的に全体を統合しようとする権力意志と合致しないものを見ようと努めて、たとえば「少年小説」という設定ゆえにジョバンニは知と権力を行使する以前の段階にとどまり、おのれの無知を認め他者の存在を容認することが可能になっている、と論じる(一一〇―一)。――だがまた、ジョバンニの発言のうちに賢治の思想を直ちに読みとるこうした解釈に対して、中村三春の『係争中の主体』(〇六年)中の「賢治的テクストとパラドックス」(初出〇五年)は、「余りにもテクスト外的な宮沢賢治の宗教思想を持ち込み、クリアに解釈し過ぎてはいないだろうか」(二〇〇)と批判する。(中村の直接の対象は大澤真幸の『思想のケミストリー』(〇五年)中の「ブルカニロ博士の消滅」(初出九六年)だが、論旨は当てはまる。)中村は「ほんたうの神さま」論争での対立する主張の関係について、「結局、論争は収束せず、共約不可能な概念枠の対立そのものがクローズアップされている」（同）ことをむしろ強調する。

筆者は、賢治作品の孕む逆説性・未決性への中村の着眼に妥当性を認めるが、大塚や鈴木が行うような作家と作品との常識的な結びつけを、簡単に止められるとは思わない。ただし本論は、その連関を論じるよりむしろ、作品に実際に描かれる家庭教師青年たちの信仰内容ゆえに、多くの読者はジョバンニが十字架の天上に行かないことに一定の正当性を感じとるのでは、という論点を示したい。――だがそのまえに、かりに賢治は智学のようにキリスト教とは天国を願うだけの逃避だと考えていたとして、そもそもそれはキリスト教の理解として妥当か、また妥当だとすればどんな局面で、という疑問を扱う必要がある。そうした問いをたてる際に、歴史を貫通して唯一のキリスト教なるものが存在したと想定するなら、混乱を生じさせやすい。

二つの「神の国」

その問いに関して、たとえばすでに言及した内村鑑三や成瀬仁蔵について言うなら、二人にとってキリスト教はむろん死後の世界だけでなく、「神の国」の地上での実現に関わるものだった（ただし二人の「神の国」の理解は同じでなかった）。

議論を明確にするため、キリスト教の基本の一部を念のために確認しよう。まず大方の見るところナザレのイエス自身も、パウロほかの初期キリスト教徒も、ローマ帝国の支配を覆す救世主メシアを待望するユダヤ思想の流れに属し、現世の秩序が神の力によって覆される終末と「神の国」の到来を待望し信じていた。[2] イエスの刑死の後にはその復活への信仰が、またいちど天に昇ったがまもなく再来しこの世に終末をもたらす、という信仰が生じた。新約聖書中の「黙示録」のヨハネも同様だが、ヨハネは迫害の不確実性のなかで書いたので、終末の筋書きは謎めいて複雑になり、再臨後にキリストと聖徒たちが地上を支配する「千年王国」や、その後の短期間のサタンの再来とその最終的打倒といった像が登場した。

だがキリスト再臨による歴史の終末はすぐ訪れなかった（いまに至るまで）ので、また、コンスタンティヌス帝以降にローマ帝国の国教となり地上を支配した教会に終末待望は薄れたので、世界の終末は徐々に個々人の終末、死のときの神による審きの問題に置き換えられた。しかし世界の終末／個人の終末の二重性は、消えていない。

だから、キリスト再臨といまあるこの世界の終末は、近現代のふつうのキリスト教会が熱心に説く信仰教義ではない。そのなかで、内村鑑三は一九一八年ころ「再臨運動」を起こして、世間の耳目をひいたのだが、その時期の一文、「余がキリストの再臨に就て信ぜざる事共」を『全集』二四巻から引こう。

キリストの再臨とはキリスト御自身の再臨である、是は聖霊の臨在と称する事とは全然別の事である、又之と同時に死せる信者の復活があり、生ける信者の携挙があり（テサロニケ前書四章一七節)、天国の事実的建設が行はる、即ち再臨がありて天国が現はる、のであつて、人類の自然的進化、又は社会の改良、又は政治家の運動に由て神の国は地上に現はる、のではない、余は今は此等の事を疑はずして信ずるを得て神に感謝する、即ち余は今は所謂 Pre-millennialists (先ず再臨ありて然る後に神の国の出現ありと信ずる者) の一人であって Post-millennialists (再臨は神の国の完成の後にありと信ずる者) の一人ではない (四九)。

内村は、再臨とは霊的・精神的な経験でなく文字通りの物理的現実であることを明言するが、要するに、絶対者としての神中心のキリスト教をあらためて確立し布教したいと考えたようだ。かれは、再臨の正確な日付を予言したのでなく、ヨハネ黙示録の新たな解釈を示したのでもない。右の引用から、内村は、近代社会の進歩発展がそのまま「神の国」の実現の一部となるといった発想を批判したことがわかる。それを言うのに、黙示録の「千年王国」説の二種類の解釈を指すのに用いられた語によって、自分は「前千年王国説」を採り「後千年王国説」を斥けると述べた。キリスト再臨は人間がそれにふさわしい「神の国」を実現した「後」に起こる、とする発想を拒否して、「神の国」の「前」には人間の予測や予知を超えた神の介入があることを断言した。

だがさて、この内村が批判した種類の宗教観を採っていた当時の人物の一人として、じつは成瀬仁蔵を挙げることができる。成瀬は一八九〇年のアメリカ留学まではふつうのキリスト教牧師だったが、留学を契機として変貌した。中嶌邦による評伝『成瀬仁蔵』(〇二年) の以下の記述は、その事情を的確に要約している。

〔成瀬の留学した〕アンドーバー神学校は、当時のアメリカ宗教界での先端的な神学の拠点であった。一八三〇年代から従来のキリスト教信仰の内容が変わりはじめていた。〔……〕一つは神への信仰を激しく求める〔……〕信仰ではなく、むしろキリスト教を基本とする神の愛をどのように現実社会にもたらすか、社会的福音の主張に変わってきている。つまり、神に向かうよりも神の国を地上に実現しようとする動向である。第二には神学的にも宗教の非科学性を批判することが始まっている〔……〕第三には、ヨーロッパにおこった比較宗教学の流れがアメリカにも入ってきつつあった〔……〕アンドーバー神学校も〔……〕神は人々の心の中にある、という神の内在化、人間の教育の可能性、社会の進歩との融合性などを主張する人々が集まっていた（七二―三）。

アメリカでこうした神学を受容した成瀬は、やがて狭義のキリスト教を離れ、特定の宗教がその一部であるような普遍的宗教意識を主張するようになり、一九〇一年の日本女子大学の創設に向かった。そこに学んだトシを通じてその影響が賢治にも及んだ、というのが、山根知子が『宮沢賢治　妹トシの拓いた道』（〇三年）で主張するところである。

ここでの論点は、だが、内村と成瀬の思想が方向を異にしていた点にある。いま引いた内村の発言と、成瀬の評伝の一節とを比べれば明瞭だが、内村の再臨運動の眼目――むろん第一には強固な再臨信仰そのものだが――の一つは、成瀬が属した自由主義的な宗教思想、先の用語でいえば「後千年王国説」の批判にあった。――ただし「神の国」自体について言えば、内村的な「前千年王国主義」でのキリスト自身の再臨でも、成瀬的な「後千年王国主義」でのそれに先駆ける地上の理想社会の達成でも、それが死後の来世だけに関わるのでないことは同じである。

――山根は前掲書の第三部第五章（初出〇二年）で、成瀬が地上での「神の国」の実現を説いていたことに触れている。そして成瀬の著作から「自己の意識が宇宙大に拡大してゆくことで「宇宙の意志」と一致したとき「自我実現」し宇宙意志の目的に適った真の愛と使命を遂行することができる」といった内容を要約する（三三二）。ただし、山根の論点は、したがってジョバンニの「僕の先生」はトシ経由で伝わった成瀬仁蔵でもあったという示唆にある――「このジョバンニの言葉が、トシが成瀬校長の講話から学びつつ自らの信仰を形成してゆこうとするなかで抱いていた思いを映し出していると解釈することも可能であろう」（同）。だが（かりにこの立論の前提は問わず、作家は自分の思想をつまり主人公に投影するのだとして）、もし賢治が「宗教の理想は地上に実現すべし」という教えを主に成瀬から得て、かつ成瀬の宗教の根幹はキリスト教であると理解していたとして、その場合いまわれわれが読むようにジョバンニの物語を構成するだろうか？

家族の「天国」

だがさて、「基督再臨」を題とする詩はともかく、二種類の「千年王国」に関する議論は「銀河鉄道の夜」の通常の読書経験とはあまり関係がないのでは、と感じる読者も多いだろう。筆者は、概ねそれに同意する。ただし、この作品にはもちろん十字架の華麗な描出や祈りの場面があり、賛美歌「主のみもとにちかづかん」の導入（「初期形二」では直接に）があり、作品のいわゆる「幻想的」な設定もあって、その全体にキリスト教的な神秘の雰囲気が充満すると感じとる受容は存在してきた。その圏内にある批評はときに、佐藤泰正の論考「宮沢賢治とキリスト教」（八四年、引用は九六年本）のように、「黙示録」の描く終末のあとの新しい天地と、賢治の描く銀河世界との相似を主張する——「この『黙示録』の語るところもまたひとつの「ユートピアの極限的な設定」として、賢治の心をゆさぶり、深く共感するところがあったはずである。恐らくその共感なくして、銀河世界を彩るあのキリスト教的イメージは生まれえなかったであろう」（二一一）。その前提として佐藤はまた「十字架の前の天のなぎさ」や「神々しい白いきものの人」の描出に「我々はあの『黙示録』のイメージを容易にかさねることができよう」（二一〇）と述べていた。

だが、「イメージ」の幻想性の漠然とした類似の感知は別として、死者たちの乗る銀河の列車が通過する十字架の天上と、黙示録のいう地上の現世に置き換わるべき「新しき天と新しき地」とを結びつけるように、物語の展開は読者を誘うだろうか。筆者には、疑問である。ただし、先述したように種々の読者はそれぞれの常識と習慣に導かれるのだから、キリスト教の信仰やそれへの親近をもつ読者の一部に、佐藤のような読みが生じうるであろうことは、一つの出来事としては了解できる。ただし佐藤の論点は、その「イメージ」の類縁にもかかわらず、創作メモ中の「青年白衣のひととポウロについてかたる」や「開拓功成らない義人に新しい世界現はれる」（十三巻（下）二八八）が示唆する――と佐藤が想定する――「賢治のキリスト教の核心」（二一一）をついに賢治が作品化しなかった理由を、自問することにある。

だがさて「銀河鉄道の夜」の読書経験において、「ほんたうの神さま」論争に至る家庭教師青年たちの描写において、その信仰内容について読者はなにを読みとるだろうか。ここで言うのは、解読されるべきなにか隠された意味でなく、そのとおりに書いてあることである。その天上の特徴は、まさに死者の世界として、とくに家族の再会の場所として思い描かれていることだ。青年は、姉弟の死んだ母が天上にいることを知っている／疑わないし、父もやがて来て一家が再会することを知っている。

「お父さんやきくよねえさんはまだいろいろお仕事があるのです。けれどももうすぐあとからいらっしゃいます。それよりも、おっかさんはどんなに永く待ってゐらっしゃったでせう。わたしの大事なタダシはいまどんな歌をうたってゐるだらう［……］早く行っておっかさんにお目にかゝりませうね。」（十巻一五八）

また青年は、沈没の際にボートの席を争うか否か迷うが、神はそれを悪とすることを知っていて、子どもたちを「無垢」のまま死なせることの方がよいと知っている（一五九）。（ただし改作過程での若干の複雑化はあり、「初期形二」での青年の最初の台詞は「もうなんにもこわいことありません。ぢきおかあさんの居らっしゃるとこへ行けますから」（一一三）だったが、「初期形三」では「わたくしたちは神さまに召されてゐるのです」（一五七）に変わる。だが、基本の構図は変わらない。）

多くの読者の常識的感覚は、信仰篤い家族のみなの天国での再会に悪いことがあるはずはなく、それを疑わない信仰は立派なものだ、というものだろう。だがその発想は人間中心の価値・判断を神のそれに優先させており、たとえば人間の目にはどんなに立派に見えるひとも神の裁きにおいてどう扱われるかはわからない、という怖れを欠いている、と批判する立場はありうる。さてすると議論は、そうした思想が「真のキリスト教」であって「賢治はキリスト教を正しく理解しなかった」という方向に進むかというと、そうではない。

むしろ賢治は（そして近代の日本人一般は）欧米のある時期の宗教的観念・心性を正確に感じとり、その一部を受け入れた（少なくとも影響を受けた）というのが実情と思われる。次の引用は、フランスの歴史家フィリップ・アリエスによる西欧の「死の歴史」、死をめぐる観念・心性・実践の長期間の変遷を描く大著『死を前にした人間』（原著七七年）からのものだが、一九世紀に天国は家族の確かな再会の場所になり、最後の審判や地獄の観念が薄れていった過程を描いている。

信心家であれ、還俗者であれ、これらのキリスト教徒と半無神論者たちは、事実、ともに新しい天国［……］を創り出してしまう。それはもはや父の家といったものではなく、むしろ時間の脅威から解放された現世の家であり、そこでは終末の予測と思い出の現実性とがまぜ合わされている。一九世紀には、あたかも皆が死後も現世における愛情関係が続くものと信じているかのように、物事が推移した。［……］来世または思い出の中での生に対するさまざまな信仰は、実際は、親しい人の死をとうてい受け入れられないことへの対応策なのだ。それは感情革命という現代の大現象の数あるしるしの中の一つである。［……］私たちの古い伝統的社会の中では、愛情は、家族（一般に夫婦のそれ）の成員に限られない。［……］一八世紀以降、愛情は逆に完全に、その幼年期から、特別で、かけがえのない、分かち難い何人かの存在に集中する。［……］ここで死の歴史は悪の歴史と出会う。死はキリスト教の教義と日常生活の中で、悪、すなわち生活の中で遠まわしに言われ、生活から切り離せない悪の現れと見なされていた。キリスト教徒にとって、死は、天国と、それ自体最も普通な悪の表現である地獄の、そのどちらかにふりわけられる深刻な方位決定の瞬間であった。ところが、一九世紀に入ると、人は地獄の存在をほとんど信じなくなっている（四二〇―一）。

紆余転変する「死の歴史」のこの一局面において、ひとびとは天国をブルジョア家庭の愛情生活の継続の場所として考え、裁きにおいて地獄に落とされる心配をしない。これは、だれかが意図的に教義を変え多くのひとがそれを選択した、のでなく、時代と社会の変化、たとえば経済状況や家族形態の変化などによって心のあり方が自ずと変わったという事態である。そして明治以来の日本人はこの

「天国」像に接触し部分的に受け入れてきたのであり、これが賢治に辿りついた過程について、特定の出典を挙げる必要はないだろう。

筆者はその経緯の専門的な研究者でないが常識的に理解できることを述べるなら、近代の日本人、とくに都市の中産階級にとって、夫婦と子どもの愛情にもとづき、その基盤に信仰があり、来世での再会が約束されているらしい西欧の近代家族の像は一定の魅力をもった。その理想化されときに感傷化されるイメージは、啓蒙的論説や翻訳小説や映画の場面など、そして日本人キリスト教徒の言動などを通じて徐々に流布したはずだ。それは、より伝統的とされる祖霊崇拝などに基づく死生観と並びあって、曖昧なかたちで――事の性質からして自然なことだが――存続している。(近代日本においてさまざまな「死生観」が、「日本人の固有の伝統」の解明とされるものも含めて、まさに近代社会の要求に応じて種々に形成された過程の概観としては、たとえば島薗進の『日本人の死生観を読む』(一二年)がある。)

その「天国」はたとえば、事故や犯罪などで幼い子どもを亡くした親が葬儀において、僧侶などとは独立に思いを述べる場合に語られる来世像である。そして、多くのひとびとがそれに対応する一定範囲の常識と習慣があり、それは、その天国の存在を文字通りに信じることを含まない。その常識と習慣は、それをもつ読者たちの「銀河鉄道の夜」の経験に、意識されようと否と影響するだろう。読者は、作品で実際に語られる青年たちの信仰内容ゆえに、「十字架の天上」へのジョバンニの評価に、ある妥当性を感じるだろう。

ただし、もちろん作品には十字架の華麗な像や賛美歌や祈りの場面の共感あふれる描写が存在して、その信仰内容が中産階級の愛情生活の来世での継続に尽きる、といえば不正確になる。また、燈台守が青年に言う「なにがしあはせかわからないです。ほんたうにどんなつらいことでもそれがたゞしいみちを進む中でのできごとなら峠の上りも下りもみんなほんたうの幸福に近づく一あしづつですから」（十巻一六〇）ということばは（初期形三）、人間の善悪の判断を超えた神の「摂理」を示唆するようだ。だが、青年が天上での家族の再会を「知っている」事態は変わらない。（ただしまたある種の読者においては、「十字架」や「白いきものの人」の像はほかの要素をすべてただちに圧倒し消し去り「贖う」のだろう。）

そして物語において十字架の天上はすぐに霧に隠され、そのあとは石炭袋の出現、カムパネルラが母のいる天上を見ること（初期形三から）、かれの消滅などが矢継ぎ早に展開する。それらは、読者たちによってさまざまに読まれてきた。カムパネルラは石炭袋に呑まれたのか、母のいる天上に着いたのか、作品が書いていないことを読者たちは種々に読みとるようだ（作品がそれぞれの読者の心を読むのだろう）[3]。ここでの議論は、その過程の一要素を心性の歴史に位置づけたにすぎない。

その局面での作品の意味とイメージの不確定な揺らぎを、天沢退二郎は「「銀河鉄道の夜」論」（初出八三―五年、引用は九七年本）で詳細に追跡して、「旅の終りちかくを全面的におそった、一種の動揺」（四一三）を語っていた。天沢は、カムパネルラが「ぼんやり」現れ語り行うさまが、他の人物たちに転移してゆくさまを跡づけるが、十字架の天上とカムパネルラの母の天上についても、こう述べた。――「カムパネルラが《ぼんやり》するにつれて、ジョバンニの言動もまた［……］《ぼんやり》へと移行するのみならず、あの南十字で下車した人々の行くての《方角もわからない天上》も、カムパネルラの指さす《ほんたうの天上》も、すべて《ぼんやり》けむるばかりなのである」(同)。その「ぼんやり」の増殖する揺らぎに反応して、それぞれの読者のなかの常識と習慣が種々の意味を産みだす。

家族の「天国」(補論)

こうして、タイタニック号事件に似た水難に遭い、銀河鉄道車中に至った子どもたちと家庭教師青年のキリスト教信仰は、ある明確な内容を示し、それは作品経験の一部をなすはずだが、論者たちは概してキリスト教「一般」を語るのに熱心で、その個別性を歴史的に位置づけない。その内容とは、繰り返すなら、近代の中産階級家族の理想の投影としての「天国」像であり、親密な家族の皆は、とりわけ「家庭の天使」である「女子供」は必ず天国に行き、だれも地獄に堕ちる心配はないようだ。もちろん、これは大人が子どもに語る場面だから、作中人物はより複雑な真相を敢えて告げていない、と読者がその常識により推測する場合もあるだろう。だが、銀河鉄道がその前で停車し次に通過する十字架の天上は、そこで地獄行きの選別を受ける惧れのある場所のように感じられるだろうか(そう思う読者もいるかもしれないが)。

近代的家族は歴史のある時点で出現し、その「家族」がなければ「家族の天国」は思い描かれない。前節ではその変遷の過程を描く心性の歴史家、フィリップ・アリエスを引いたが、たとえばアメリカ宗教史において、ピューリタンは基本的にカルヴァン主義の予定説を奉じ個々人の救済の可否は「神のみぞ知る」と信じ、原罪の帰結を免れる「無垢な子供」などいない、と考えたが、その厳格な神中心の信仰がずっと維持されたわけでない、とは概説が説明する所である。アリエスはまた『〈子供〉の誕生』（原著六〇年）の著者でもあるが、「児童文学」の誕生には「児童」をめぐる観念・心性・実践が前提となり、それは近代家族の産物であることは見やすい。筆者はまったく詳しくない領域だが、日本近代の児童文学の成立には、キリスト教的な「家族」や「児童」の移植や土着化が関与したはずである。

賢治は、意識したかはともかく、それらを作品の構成要素として組み入れている。これも種々に論じられる家庭教師青年とジョバンニとの「ほんたうの神さま」論争で、青年はジョバンニに「ほんたうの神さまはもちろんたった一人です」（一七一）と語る（「初期形三」）。かれは、自分たちの神こそ唯一の真の神であると排他的に信じる、ごく通常の信者である（成瀬的な帰一思想とは対照的に）[4]。つまり賢治は、天国観と、唯一無二の神観念についてキリスト教の特定の形態から要素を物語に導入している。だが、それらは物語中で他の諸要素と併存して、これを読者が無視しないなら、全体の意味を単線的に統合はしない。その物語には、キリスト教徒の名前のジョバンニとカムパネルラは十字架の天上に行かない、等々のずれが仕掛けられている。

だが繰り返せば、それらの諸要素にどう反応するかは読者次第であり、信仰を持つ読者の一部には、この作品をキリスト教文学化する強い傾向が見られる。例えば、作中の列車は十字架の先に進むが、それはアルファでありオメガであるという信条は、物語を北と南の二つの十字架のあいだの出来事として読ませる。また作品読解だけでなく、絵本化、映像化、種々の翻案などにおいてその傾向は、とくに信仰と無関係と思える場合にも広く見られる（一例としてKAGAYA作『画集　銀河鉄道の夜』（〇九年）を挙げよう）。それらも、賢治という文化現象の重要な一部であることは否定できないが。

そして同一作品に多様な読解は一般に原理的に生じうるが、賢治作品の一部ではその度合いが強く、それは、構成上のある特異性の結果でないだろうか。つまり、方法的自意識の存否は別として、異質な、距離のある諸要素が貼り合わされ併存し、多元性や多声性が結果する。それら複数の、象徴のような像や寓意のような挿話は、互いを不安定化させ、固定した焦点を結ばせない。

その一例として、水難した一行のひとりの語る蠍の寓話を挙げられる。南十字の天上に着くすこし前、「ほんたうの神さま」論争の直前に、銀河鉄道の空には赤く燃える蠍座が現れ、その描写は強烈だが、キリスト教家庭の娘は蠍の物語をする――「むかしのバルドラの野原に一ぴきの蝎がゐて小さな虫やなんか殺してたべて生きてゐたんですって」（一六九）。蠍はいたちに追われ井戸に落ちる水難に遭い、こう祈る。

どうか神さま。私の心をごらん下さい。こんなにむなしく命をすてずどうかこの次にはまことのみんなの幸のために私のからだをおつかひ下さい。って云ったといふの。そしたらいつか蝎はじぶんのからだがまっ赤なうつくしい火になって燃えてよるのやみを照らしてゐるのを見たって。（同）

この蠍は、「よだかの星」のよだかに似て、弱肉強食の食物連鎖の因果の世界から、自己滅却と犠牲によって自他が脱することを祈るが、この様々に評しうる宗教的発想をここでは論じないとして、これはとくにキリスト教的だろうか（読者の一部はそれを原罪の寓話と読み、さらに蠍をキリストの象徴と取るかもしれないが）。蠍の苦の世界と、家庭教師青年の「天国」との繋がりについて物語はなにも言わないが、読者は暗黙の連関を訝らないだろうか――タダシのお父さんも、食物連鎖や競争社会の勝ち組として、どこかから餌を取ってくるのだろう。蠍は、よだかに似て単独者のようだが、残酷童話「蜘蛛となめくぢと狸」の蜘蛛のように妻子を得るならば、蠍の家族の天国を思い描くかもしれない。物語は、それが語らないことを読者が補うように促し続ける。

「〔北上川は熒気をながしィ〕」

ここで詩「〔北上川は熒気をながしィ〕」中の「あたらしいクリスト」と、詩「基督再臨」に議論を移そう。結論を簡略に言えば、前者は成瀬の思想の文脈に属し、後者は内村の文脈に属すると理解できる。

「春と修羅　第二集」中の「一九二四、七、一五、」の日付をもつ「〔北上川は熒気をながしィ〕」は、複雑な改稿過程を異稿や手入れに辿れる作品の一つであるが、賢治の実生活と関係づけるなら明らかに妹トシとの交流に起源をもつ。冒頭は

（北上川は熒気をながしィ
山はまひるの思睡を翳す）
　南の松の林から
なにかかすかな黄いろのけむり
（こっちのみちがいゝぢゃあないの）
（をかしな鳥があすこに居る！）
（どれだい）

であり（三巻一〇〇―四）、以下、北上川べりを散策する兄妹が機知にあふれた会話を行う。兄、妹、弟の関係をよだか、かわせみ、はちすずめに喩える部分などには、世間的には無能者であるみずからへの自嘲を読みとれるが、[5]全体の語調は諧謔にみちて深刻ではなく、死んだ妹へのある種の官能性をふくむ追慕が感じとれる。「あたらしいクリスト」は妹により語られる。

（何よ　ミチアって）
（あいつの名だよ
ミの字はせなかのなめらかさ
チの字はくちのとがった工合

アの字はつまり愛称だな)
(マリアのアの字も愛称なの?)
(ははは、来たな
聖母はしかくののしりて
クリスマスをば待ちたまふだ)
(クリスマスなら毎日だわ
受難日だって毎日だわ
あたらしいクリストは
千人だってきかないから
万人だってきかないから)
(ははあ　こいつは……　)
　まだ魚狗《かはせみ》はじっとして
　川の青さをにらんでゐます

唐突なマリアやキリストへの言及だが、この詩の全体としての遊戯性や過度に調子のよい韻律を感知するなら、これをキリスト教の文字通りの信仰告白のように読むのは難しいだろう。この詩は、七七、七五音による韻律を意図的に、調子のよすぎる滑稽味のあるものとして用いていて、七五調で作詩をする過程自体さえ含んでいるが（「……ではこんなのはどうだらう／あたいの兄貴はやくざもの　と」以下）、それは、第一行の「北上川は熒気をながしィ」の「ィ」の表記が定め方向づけている。つまり本書第一、二章で見たように、七音や五音に基づく音数律とはじつは「二音の一纏まりが四つ続く八音分の時間に基づき、適宜空白（休止か音引）が置かれる」ものと理解できるが、基本は「七七／七七」からなる冒頭二行では、その「ィ」によって

＝きた―かみ―がわ―は○＝けい―きを―なが―しい＝
＝やま―はま―ひる―の○＝しす―いを―かざ―す○＝

と、七音めを引き延ばして口ずさむ定型的な歌謡性が強められている。[6]

だがこの「クリスト」について、宗教感情の直接的な表明を読みとる読者も存在する。たとえば谷口正子は『仏教とキリスト教の中の「人間」』（〇七年）中の「宮澤賢治と宗教」（初出〇一―二年）で、「これは《キリスト》をこのままとって［……］たくさんの小文字のキリスト（christ）たちを指すのではないか、ともとれる。ここに登場するのは二千年前に十字架上で死んだ歴史上の一回的なキリストではない。菩薩もキリストも超えた大悲・愛を、自己を犠牲として生きるすべての人々のことではないか、とさえ思わせる」（一一九―一二〇）と読む。しかし、詩の語調に沿うなら、「あたらしいクリストは千人だってきかない」は、今やキリストに比肩する偉人が多数生まれる、ほどの意味に読めるだろ

う。(この谷口の本自体は、諸宗教の排他的でない対話の可能性、相互の「文化的受肉」の主題をめぐる充実したものであり、賢治の「カテゴリー化」を嫌う「無限の開け」という特性にも着目している(一三二―三)。)

だがさて、偉人の喩えとして「あたらしいクリスト」を言う発想は、探せばいろいろな例が見つかるだろうが、どんな思想の脈略でも可能なわけではない。正統的なキリスト教の圏内で神の一人子の名前をそのように使いにくいことは容易に想像できるし、内村鑑三の思想の文脈でも起こりにくいだろう。では、成瀬仁蔵の文脈ではどうか。つまり、作品中の事項の実人生での起源を探すなら、これを、トシが日本女子大学で成瀬か周辺の人物から聞いたことを賢治に伝えたと推測するのが、自然だろう。つぎの引用は、成瀬の一九一六年の文章「今後の教育と宗教」からだが(引用は『著作集 第三巻』(八一年))、成瀬の文脈ではキリストが偉人の喩えになりえたことを示している(もちろんその文章を確実にトシが読んだとか、賢治に伝えたとか実証できると言うわけではない)。成瀬は、近代ヨーロッパで旧来の教義に束縛されない宗教性が展開した過程を論じている。

矢張り純基督教を信ずるといふもの丶の中にも、基督に対する感じは、矢張り釈迦やその他の偉人と同じき所の人格として聖者として見るといふような信者も出来たのでありました。即ち基督の教といふものと、自然に表れて居る宗教、即ち宇宙に普遍して居る宗教と、基督教の真髄本質とは同一のものであるといふ意味に於て信ずるといふのであります。[……]この当時の運動が、今日の宗教の傾向と恰も一致して居る点を見出すことは又意味深い事であります(八五七―八)。

「あたらしいクリスト」云々は、トシが成瀬かその周辺から聞き覚えたことであろうと推測できる。——そして、繰り返すならこの発想は、内村の「キリスト」像、予期不能に人間の歴史に介入し、神による救済史を完遂する絶対者とは対極的だが、黒川知文の研究書『内村鑑三と再臨運動』（二〇一二年）によれば、まさに内村の再臨運動を批判するなかで、成瀬に近い立場のキリスト者が「あたらしいクリスト」を語る事例があった。黒川は、当時の各教派からの内村批判を紹介しているが、キリストの神性を認めないユニテリアン派の内ケ崎作三郎は、一九一九年にこう記した。

此の如き世界終末の思想は、基督以前約二百年間猶太民族の大なる理想であって此の世の終りと共に、救主は天より降つて彼等を救ひ給ふべしと、猶太人は信じたのである。時代思想の反映に他ならぬ。……聖書の是等の記事は皆千八百何十年かの昔に物された者であって、當時の環境は、今日のそれとは大いに変わって居った。我等は其が聖書に記されたるの故を以て、之を信ずべき理由はない。……基督の再臨は何のためか。ミレニウムのためである。苟も理想社会の建設に向って努力するの人は、皆悉く再臨せる基督でないか、基督の権化ではあるまいか。（一五五―六）

このように、近代の合理主義に順応する宗教思想において、キリストの教えは、人間の作りうる理想社会としての「ミレニウム」つまり「千年王国」建設にあると了解され、そこにすぐれて参画する者はすべて「キリスト」と呼ばれうる。

「基督再臨」

「基督再臨」は「詩ノート」所収、「一九二七、四、二六、」の日付で羅須地人協会時代の詩である。謎めいた書きかけの断片だが、主題は明らかで、賢治の人生の文脈に戻すなら川岸の畑で作業をした夕暮れに、ある不思議なキリスト再臨の像が現れたらしい（四巻二二六―七）。

風が吹いて
日が暮れかゝり
麦のうねがみな
うるんで見えること
石河原の大小の鍬
まっしろに発火しだした

また労れて死ぬる支那の苦力や

働いたために子を生み悩む農婦たち
また、、、、　　　の人たちが
みなうつゝとも夢ともわかぬなかに云ふ
おまへらは
わたくしの名を知らぬのか
わたくしはエス
おまへらに
ふたゝび
あらはれることをば約したる
神のひとり子エスである

これは、埋めるべきことばを残したままの作品だが、苦力や貧しい農婦たちに突然キリストが出現し再臨を告げる、という内容は読みとれる。ただし、一〇行目の「うつゝとも夢ともわかぬなかに云ふ」の「云ふ」主語がなにかという解釈上の問題はある。この主語を「苦力」や「農婦たち」ととると、かれらが突然再臨したキリストとなり語るという異様な内容が生じる。実際、鈴木健司は前掲書中の「「たった一人の神さま」というディレンマ」（〇二年）で、その読みを採っている――「文脈に従えば［……］「苦力」や［……］「農婦たち」［……］が、再臨したキリストだということになろう。一般的にいわれるキリスト教教義から考えてみた場合、「苦力」や「農婦」をキリスト自身と見ることはあり得ないことである。［……］また賢治の詩の論理にしたがうなら、地上にキリストは無数に存在することになる。このような神の概念は、キリスト教というよりは仏教のものである」（九二―三）。

だがこれは、「云ふ」の前で主語がキリストに変わったとも読める。その場合これは、教義どおりのキリスト再臨の詩である。そしてここでは、貧しく虐げられたものへの救済者の出現という要素に着目することもできるが、また「支那の苦力」はおそらくキリストの名もその教義も聞いたこともない人間であるから、そのかれに唐突にキリストが出現し語りかけることの異様さをも感知できる。それは、絶対者の予知しえない介入という内村鑑三的な主題と一致する。

内村の再臨思想を、賢治は、著作ないし斉藤宗次郎との接触を通じ把握していたと想定してよいのでなかろうか。斎藤は賢治との交流の回想で、賢治と宗教的内容の対話をしなかったと述べたが、それを過度に文字通りにとる必要がないことを、栗原敦は、斎藤の『二荊自叙伝』下巻（〇五年）への「解題」で説明している（viii―x）。『自叙伝』には、周囲の青年がキリスト教について質問した際に斎藤が答えた経緯も記録されている。賢治と同様の対話があったかはむろん知りえないが、それはたとえば高橋長英の「人間は死ぬと直ぐ天国に入るや又はキリスト再臨の日まで墓に居るや」という疑問や、岡田与七郎の「基督の再臨は自然現象としてか又は精神的にか」という問いだった。後者に対して斎藤は、内村の思想に忠実に「眼を以て親しく観得る天然の現象として現わる」と答えたという（四二）。

詩「基督再臨」に戻れば、この詩は書きかけの断片だが推敲がないわけでなく、始め「みな幻想に」と書きかけて消し「みなうつゝとも夢ともわかぬなかに云ふ」と続けた（四巻校異篇三〇七）。（念のため言えば、「みな幻想に云ふ」と書いてから「みなうつゝとも夢ともわかぬなかに云ふ」と直したのではない。四巻本文篇の巻頭の各種草稿写真中の、六ページ目に掲載の該当箇所写真も参照。）――「幻想」はただの心理を言うが、「うつゝとも夢ともわかぬ」はただの幻でない「うつゝ」の現実を示唆し、しかもそれは非現実と混然となった現実であって「再臨」の出来事の異質性にふさわしい。人間の常識で言えばキリストが苦力に語る内容を苦力は理解しうるのかという疑問が生じるが、再臨のときに現在の人間の常識の世界は停止してその未知の現実で起こることは神のみぞ知る、のだろう。――そしてなぜ賢治がこんな詩を書いたかも、神のみぞ知るのだろうか。

「基督再臨」（補論）

こうして、詩「基督再臨」はひどく断片的ではあるが、文字通りのキリスト再臨を扱う、ある迫力をもつ詩として読める。

中野新治は論考「「銀河鉄道の夜」初期形」（九三年、引用は一八年本）で、この詩篇に触れる。つまり、その物語の蠍の挿話等は積極的献身や行動の価値を伝える、と論じつつ、だが「賢治もまた、明白にこの世の終末と審きを夢想したことがあったのである」（一一五）としてこの詩を引く。中野は、

「実践活動に踏み出してから［……］農民たちの辛苦や愚劣と自己の無力を知れば知るだけ、賢治にもまた、この世の根底からの浄化と神の支配が夢想されたのであろう」（同）とも述べ、この詩に、絶対者の力による今の世界の終末と「神の国」の待望を読み取る。

詩の題名やその声の出現の唐突さからして、賢治は内村の再臨思想の幾許かを理解していた、と推測できる。再臨とは人知の常識で測れない事件であるだろう。近代科学の合理性は問題とせず、世界を創造した唯一神はいつでも現状の法則性を改廃できる、と「不条理ゆえに我信ずる」ことは、一つの選択である。――これは余談だが、再臨するキリストが地上の各種の神の代理人たちをどう判定・処遇するかは「神のみぞ知る」であるなら、かれは歓迎されないかもしれない。思い起こせば『カラマーゾフの兄弟』の大審問官の寓話は、その主題に関するものだった。閑話休題。

内村は、この一九一八年の時期は絶対者の介入を待つ姿勢を強調し、親鸞主義の語彙で言えば「他力」に近づいたが、それ以前も以後も、神の「摂理」の筋書きに自らを位置づけ、日本のキリスト者が神に与えられ「自力」で果たすべき歴史的使命を見いだすことを試みつづけた。その過程で「再臨するキリストに仕える日本の聖徒」や「第二の宗教改革」といった観念が現れたことは、例えば、キリスト教の「普遍的救済史」観念（多くの場合に西洋／東洋の図式を伴う）の系譜を批判的に辿る彌永信美の『幻想の東洋』（〇五年本）下巻の、付論「〈近代〉世界と「東洋／西洋」世界観」中の「近代日本の「東洋／西洋」世界観――内村鑑三の場合」（初出〇四年）や、無教会キリスト教の歴史社会学を試みる赤江達也の『「紙上の教会」と日本近代』（一三年）の、第二章第一節三「千年王国論とナショナリズム」で扱われている。

だが再臨思想のその局面は、賢治のこの詩にはあまり関係がない。賢治についての問いは、なぜ法華経を奉じる者が、ノート中に書きかけで中断したとはいえ、こんな詩を書いたのか、という疑問だろう。キリスト者である読者、とくに成瀬的な宗教観を評価しない人々のなかには、賢治はここでこそ真に神に触れた、と考える場合もあるだろうが。（なお中嶌邦によれば、内村は成瀬を「キリスト教信仰を捨てた最も恥ずべき賤しむべき行為の男」（五九）と見なしていた。）

再臨のキリストの声ないし像が浮かんだとして、それをそのまま書き留めるのは「心象スケッチ」という賢治詩学の特異性である。賢治には、「心象スケッチ」を「歴史や宗教の位置」の「変換」に関わる「科学的」な「記載」として示唆する周知の発言がある（「歴史や宗教の位置」の「変換」は、書簡番号二〇〇、森左一宛から（十五巻二二二）、「科学的」な「記載」は、同二一四a、岩波茂雄宛から（二二四））。「外界の実在とは心の現象に他ならない」とする仏教的唯心論は、その反転である「心だけの現象も種々の実在の現れまたは実在自体でありうる」という直観を導くだろう。その「現象」である「実在」は、しばしば「宗教的」「神秘的」なものに関わるが、現象とその変移をなんであれ記録する、という企図のうちに詩人を置いた（この問題は本書第七章でより詳しく扱う）。

他方、この連関で、日蓮主義は「心の現象即実在」説に基づく「仏の国」の終末論的な構想をもつことを想起してよいだろう。日蓮は、天台智顗の「十界互具」や「一念三千」、仏・人・修羅・畜生・餓鬼・地獄等の世界の相互貫入をいう教説を読み替え、末法の世でこそ法華経を広めその題目を唱える宗教実践によって、人の世界に仏の世界を流入させうる、とする救済論を立てた。その信奉は賢治の信仰の根幹であったはずで、加入した国柱会の創設者、田中智学の著作もそれを力説した。（第二、三章で見たように、智学には日蓮主義による宗教的帝国主義の構想があり、賢治がそれをどう把握・評価したかは賢治研究で重要な問いの一つだが、智学はそれだけを説いたのではない。）

「〔北上川は熒気をながしィ〕」の作品生成

ここで、詩「〔北上川は熒気をながしィ〕」に戻り、この「一九二四、七、一五、」というトシ死後の日付をもつ詩（だが実際は賢治晩年まで改稿が続いた）の作品生成をやや詳しく見たい。それは、それ自体として魅惑的ないくつもの異稿を示し、また、賢治のキリスト教への関り方の不思議さを瞥見させてくれる。

この詩は、「春と修羅　第二集」草稿での改稿の最終形の他に、若干の手入れを経て一九三三年七月に「花鳥図譜・七月・」（六巻二九三―八）として雑誌『女性岩手』に発表された。また、それを一環として十二か月を扱う「花鳥図譜」連作の構想メモがあるが（十三巻（下）ノート・メモ二九八―九）、そこには「七月　北上川　魚狗、同胞三人」とある。だからこの段階の作品は、詩人の実人生との関係において、賢治と妹トシ（の幻影）と弟清六とを基にすると、詩自体から無理なく想定できるし、それゆえ詩中の「キリスト」像の淵源として、トシが学んだ日本女子大学の創設者、成瀬仁蔵の思想圏を考えることも、当然の連想と言える。
さて、その詩の「あたらしいクリスト」を言う一節の直前は、いま一度引用するが、兄がカワセミを「ミチア」と呼び妹に謎かけをする対話だった。

（何よ　ミチアって）
（あいつの名だよ
ミの字はせなかのなめらかさ
チの字はくちのとがった工合
アの字はつまり愛称だな）
（マリアのアの字も愛称なの？）
（ははは、来たな
聖母はしかくののしりて
クリスマスをば待ちたまふだ）
（クリスマスなら毎日だわ
［……］

妹は「ミチア」の響きから「マリア」を連想するが、その「アの字も愛称なの？」という台詞は、この詩全体の調子に似合って遊戯的だ。それに応えて兄は、七五調の戯れ歌で、ののしり女である聖母を口にする。[7] 妹がともあれキリスト教を話題に載せると、兄はノンセンスでからかうが、かりにこの素材から賢治の実人生を思い描くなら（不確実を免れないが避けがたい誘いである）、妹が首都での教育成果を東京の女ことばで示す（実際のトシがそうしたかは分からない）のを兄はいとしく思いながら、キリスト教への実際の信仰の兆しがあるなら違和感をもつ、といった状況を想像できるだろう。ただし、作品の展開はその主題に拘泥せず、鳥や花を機知に溢れて観察する会話を継続して、最後は松の林のなかでの妹の

（まああたし
　ラマーキアナの花粉でいっぱいだわ）
　　イリスの花はしづかに燃える

という、じつに官能的な台詞で終る。「あたらしいクリスト」の箇所の語調をどう聴きとるかは、読者により様々だろうが、作品のこの段階においては、ある純一な宗教的理想主義を感じることもできるだろう。だが、この詩は対話的かつ多声的であり、戯れ歌の諧謔に導かれているから、賢治とキリスト教との関係を直線的にそこに読み取るのは難しい。

これは、草稿最終形さらに雑誌発表形に至るまでに、賢治の多くの詩でと同様に、複雑な改稿過程

を経た。賢治みずからが「心象スケッチ」と名づけた詩群は、経験の記録であると想定されやすいが、じつはその改稿において主題の改変や変移、日付の変更や消失、複数作品への分裂や他作品からの要素の流入などを孕むことは、賢治詩研究の一つの焦点である。そのなかで「春と修羅　第二集」については、天沢退二郎『《宮沢賢治》論』（七六年）中の「宮沢賢治の「作品」」（初出七五年）や、杉浦静『宮沢賢治　明滅する春と修羅』（九六年二刷）などが、代表的な考察や事例の分析を含む。またこの詩に関しては、栗原敦の『宮沢賢治　透明な軌道の上から』（九二年）所収の詳細な論考「〈心象スケッチ〉の行方――「花鳥図譜」構想まで」（九二年）があり、賢治晩年までの口語詩の改稿や、そこでの心象スケッチ概念の変容という一般的問題をも扱っている。

『新校本全集』第三巻校異篇に見られる、この詩の形成過程において、キリスト教的要素は後から入り込み、始めから存在したのは、川沿いの爽やかな大気や、森のなかの官能的な情景への思慕という主題だった。つまり、題名が「一五八　夏幻想」であった初期形態（日付は「一九二四、七、一二、」）には、「紺青の地平線から／かすかな茶色のけむりがあがる／イーハトヴ川は灝《ママ》気をながし／山はまひるのうれひをながす」や、「（まああたし／月見草の花粉でいっぱいだわ）／アイリスの火はぼそぼそ燃える」（二三一）といった詩行が見られた（「下書稿（一）」）。だが興味深いことに、発想と主題の重なる別の詩「一六五　夏」（日付は「一九二四、七、一三、」）も存在して（「下書稿（二）」）、その二つが合体して「一五八　夏幻想」の別形態が成立した（「下書稿（三）」）。

「せなかのなめらか」と「口のとがった」が特徴の「ミチア」はその段階で登場したが、そこで「アの

字はつまり愛称だな）」に続くのは、

（そんなら豚もミチアねえ）

という行だった（二三五）。詩の語り手は「（かなはないな　おまへには）」と応じるが、その草稿では「やれやれ一年も東京で音楽などやったら／すっかりすれてしまったもんだ」（二三六）という台詞もあり、これは兄と妹との対話とは取れるだろう（が他の解釈もありえる）。ここで、「下書稿（一）」以来の花粉を浴びる女性は、始めから妹（の変形）として思い描かれたのか、途中から妹の像が混ざり変容したのか、どちらとも語れるだろう。これは、かりに万一詩人に訊けたとして「わからない」という答が戻りかねない問いである。栗原は、この詩を妹トシ追慕という文脈だけで語ることに批判的で、作中の虚構的要素や東京の女ことばに焦点を当て、さらに別の論「歌・口語・文語――昭和三年の宮沢賢治」（九六年）では、その東京ことばへの関心や、俗謡的なリズムの利用を、賢治の一九二八年の東京滞在を素材とする詩篇群に関連づけている。[8]

次の「下書稿（四）」は、その一部が切り取られ「下書稿（五）」に貼られて利用された部分しか残らない。その「下書稿（五）」（日付は「一九二四、七、一五、」に変わった）の段階で、「（そんなら豚もミチアねえ）」は、「（マリアのアの字も愛称なの）」となった（「下書稿（四）」の現存しない部分で変わっていた可能性も皆無ではないが）。兄はふざけて「聖母はしかくののしりて」と応えるが、この段階では「クリスマスをば待ちたまふだ」とは続かない。妹に不敬を咎める様子はなく、やり取りは即興の戯れ歌作りに移る（二三八）。

（ははは　来たな
聖母はしかくののしりて
フェルト草履ははきたまふ
きみはあかしろだんだらの……）
……ジラフではない縞馬は
　何といったか　縞馬は
　なんでもジラフに似てゐたが……
（つぎはどう？）（うんつぎは　え、と……）
……きみはあかしろだんだらの
　縞馬にこそ似たりけれでは
　もう一ぺんに怒ってしまう
　これは結局云はれない
（つぎはできない）
（いまのはものにならないやうだ）

（トロバトーレもおちぶれたわね）

「ゼブラ」を思い出せない兄は行き詰って降参するが、思い出そうとするその三行も七五調で語られる。この一節は音数律を巧みに操り、それ自体がまさに「トロバトーレ」吟遊詩人のことばの業となっている。

だがさて、「下書稿（四）」までは「春と修羅　第二集」の作品に付された日付に近い時期の使用を想定できる「赤罫詩稿用紙」に書かれたが、この「下書稿（五）」はかなり後に使われた「黄罫詩稿用紙」に記されていた。その使用時期は、杉浦静の前掲書によれば、一九三〇、三一年頃と推定できる（一九三一―二）。だが、この詩の場合はある事情で、一九二六年以降も改稿が続いたことを確言できる。つまり「下書稿（五）」上での別筆記具による手入れのうちには、二六年の事象が入り込んでいる。「クリスマスをば待ちたまふだ」も現れるその一節を示せば、

（聖母はしかくののしりてクリスマスをば待ちたまふだ）
（クリスマスなんか
もう前世紀の夢だわよ
新しい聖母は
マルチネの「夜」のなかに居るわ

（その芝居見たかい）
（見たわ）

である（二四二）。マルセル・マルチネの『夜』は二六年に築地小劇場で上演されたプロレタリア演劇であり、その内容は栗原の本が紹介し（三一〇―二）、全集年譜にも言及があるが（十六巻（下）年譜篇三二八）、革命の浮沈を見つつ絶望しない老母を示す。（『築地小劇場検閲上演台本集』第七巻（九一年）には手書き台本の複写が収められているが、判読不能な部分も多い。）ここで妹は、作品の日付とは一致しない革命演劇を語るモダンガールの左翼娘に変じている。[9] 改稿の常識を超えるこうした変移の生じる賢治の精神とはじつに不思議な場所であるが、またここには、かつて詩「津軽海峡」で「たゞ岩手県の花巻と／小石川の責善寮と／二つだけしか知らないで／どこかちがった処へ行ったおまへが／どんなに私にかなしいか」（二巻四六〇）と嘆じた妹のいくつもの転生の一つが生起している、とも感知できる。これもまた、それ自体として魅力的な一節だが、さらなる手直しを同一筆記具で、次のように受けた。

（聖母はしかくののしりてクリスマスをば待ちたまふだ）
（クリスマスなら毎日だわ／受難日だって毎日だわ
あたらしいクリストが
百でも千でもきかないいんだから

「あたらしいクリスト」はここに登場したが、それに続くのは始めは

兄さんだって
しっかりしないとおくれるわ

の二行だった（二四一）。この勝気な妹の微苦笑を誘う「おくれるわ」という言い方は、ここの「クリスト」像は偉人の譬えであり、成瀬や内ケ崎の思想圏に属すことをよく示す。そして、キリスト教に基づく社会改革者を「クリスト」と呼ぶことと、プロレタリア革命運動内の慈母が「聖母」となることは同種の発想だから、その転移が生じた賢治の精神は、トシの伝えた成瀬的な「クリスト」の内容を概ね理解していた、と推測はできる。またこの改稿過程からして、賢治はそれを、揺るがすべからざる厳粛なものとは見なかったようだ。

その「おくれるわ」は、つぎの改稿で消され、ようやく定稿の「あたらしいクリストは／千人だってきかないから／万人だってきかないから）」の形が現れた。とはいえ草稿や宗教思想史の文脈は作品経験を限定すべきでなく、定稿のその一節に宗教的熱誠を感じていけないことはない。他方、この改稿過程に現れる事象のうち、マルチネの『夜』は明確に虚構だが、ほかのどれが実人生のトシの言動（の変容）であるかは、想像するしかない。定稿形の宗教的情熱こそがトシの真実であったと想定

できなくはないが、その場合は賢治は悪ふざけの末に最後に事実に戻った——それでも「聖母はしかくののしりて」云々は残した——と推断することになる。

宮沢トシの信仰

実人生におけるトシは、際立って聡明で勝気な女性だったが、女学校時代に音楽教師に恋愛感情を抱き不用意にそれを示した件が、当時の人権意識など希薄な地方新聞に実名暴露に近い形で記事にされる、という不運にも遭遇した。一九二二年に二四歳で夭折したトシは、その事件への内心の葛藤と、大学での宗教教育の成果とを示す「自省録」(二〇年二月筆)を残していた。それは宮沢淳郎の『伯父は賢治』(八九年)で紹介されたが、山根知子の『宮沢賢治　妹トシの拓いた道』(〇三年)にも収録されている。そこには己を三人称で語る、次のような一節がある(引用は後者から)。

一念三千の理法や天台の学理は彼女には口にするだに僭越ではあるけれども、彼女の理想が小乗的傾向を去って大乗の煩悩即菩提の世界に憧憬と理想とをおいてゐる事は疑ひなかった。その理想に照らして、今彼女に苦痛をとほして与へられた賜物の意味を考へる時、彼女は今まで恥辱と悔とに真暗であったとの過去の経験に、思ひもよらぬ光明を見るのである。彼女は世界の前に神の前に本当の謙遜を教へられたのではないか。それは人間としての修行に一歩を進めさせる恩

寵ではなかったか。（三七〇）

「苦痛」とは恋愛事件を指すが、この一節での仏教的語彙とキリスト教的語彙との混交は興味深い。それでも、トシがここで天台智顗の教説を挙げ「大乗の煩悩即菩提」を理想とすることは「疑ひなかった」と記したことは、詩「無声慟哭」の語り手が自らを、妹と「信仰を一つにするたつたひとりのみちづれのわたくし」（第二巻一四三）と呼んだことと、齟齬がない。

だがさて山根のその著作は、独立した人格としてのトシの宗教経験を探り諸資料を渉猟した労作だが、成瀬の宗教がトシを通じて賢治に深く影響したとの主張は、成瀬への賢治の言及といった明白な論拠により支持されてはいない。そして、賢治の仏教のうち行動的日蓮主義に熱中した一時期の排他性に着目して、それを、成瀬の開かれた宗教性さらにその基盤のキリスト教が教え導いた、という構図を示す[10]（ただし山根は、その後は「宮沢賢治の根底なる宗教性」（一五年）などで賢治の接した仏教思想をより広く追跡している）。

山根は前掲書の第二部第一章（初出九九年）で、トシの信仰は賢治のそれとは違うと述べるため、詩「無声慟哭」のいま引いた「信仰を一つにするたつたひとりのみちづれのわたくしが」について、「「信仰」とあるのはトシの「信仰」であり、その信仰をよく理解し共に道づれとなって歩んでいたものは他にはおらずたったひとり「わたくし」すなわち賢治であったはずなのに、と解するべきだろう」（八七）と論じる。そして「ではトシの信仰とは」との問いをたて、それは成瀬から得たものであり、と論を進める。だが実人生での信仰の違いの有無は措くとして（違いの可能性はある）、その周知の詩で、問題の行の直前五行は「ああ巨きな信のちからからことさらにはなれ／また純粋やちいさな徳性のかずをうしなひ／わたくしが青ぐらい修羅をあるいてゐるとき／おまへはじぶんにさだめられたみちを／ひとりさびしく往かうとするか」（同）である。ここで「巨きな信」はもちろん詩中の「わたくし」さらに賢治の法華経信仰であると読めるが、詩行の繋がりに従って次の「信仰を一つにする」の「信仰」は「巨きな信」とは別、と読まれるだろうか。――特定の論証の要請があれば、そう読まれるようだが。

つぎに山根は「自省録」を論じる際、先に引いた「彼女の理想が〔……〕大乗の煩悩即菩提の世界に憧憬と理想とをおいてゐる」の一節にも触れるが、それらの「仏教的表現がキリスト教的表現とも混在しながらなされており、最終的には既成の宗教の形にとらわれないでむしろそうした宗教の根底にある宇宙の生命と深く触れ、自己と宇宙との正しい関係を得ることがめざされている」と述べ、「トシの意識も〔……〕その概念を示しやすい既成の宗教の表現を借りたというのが真実だろう」（九四、傍点引用者）とまとめる。だが、この「最終的」とはいかなる意味だろうか。これは読者次第だろうが、「自省録」は明確に成瀬的な思想を結論として記すとは思えない。また実人生のトシの「最終的」な信仰について、「自省録」執筆後のトシ自身による記録はないから、後世の賢治読者はそれが何か確かには知らず、賢治の詩や僅かな証言から推測できるだけである（賢治は衰弱したトシに題目を唱えさせたという森荘已池『宮沢賢治の肖像』（七四年）中の伝聞（一五五）等）。山根の「最終的」はむしろ、論者の世界観からして「そうあったはずだ」という構図がおのずから現れる、ということでないか。

詩「オホーツク挽歌」には、詩中の「わたくし」が妹を追憶する次の箇所がある。――「砂に刻まれたその船底の痕と／巨きな横の台木のくぼみ／それはひとつの曲った十字架だ／幾本かの小さな木片で／HELL と書きそれを LOVE となほし／ひとつの十字架をたてることは／よくたれでもがやる技術なので／とし子がそれをならべたとき／わたくしはつめたくわらった」（二巻一七三）。（なお浜垣誠司のブログ「宮沢賢治の詩の世界」の項目「二〇〇九年七月二〇日　HELL ⇒ LOVE ✝」は、どう並べ替えるかをアニメーションで示してくれる。）――詩集において前後の文脈に乏しいこの箇所について（トシの実人生に照らせばあの事件が念頭にあったと想像されるが）、山根は前掲書の第三部第五章（初出〇二年）で、「賢治が追憶のなかのトシの信仰と自らの考えには亀裂があったことを思い起こしている」と位置づけ、さらに「そこでは「とし子」によって十字架に象徴されたキリスト教信仰が示され、その内容は「とし子」の行為から、十字架によって地獄を愛の世界に変える信仰として「わたくし」には捉えられている。しかし、それに対して「わたくし」が「つめたくわらつた」ことを敢えて記した賢治は、自ら示した無理解の冷たい態度を振り返り、トシの死後はそうした態度をとった自分にこだわりを感じているといえよう」（三二二）と論じる。

ここでは、帰一思想の開かれた宗教性の一部なのだろうが、十字架へのトシの文字通りの「信仰」が示唆されるようだ。おそらくは実人生でも起きたその情景の際のトシの心中は想像できるだけだが（十字架を喩えに使うのは特別でない）、賢治の挽歌詩群中に、山根の示唆に符合する展開はない（あるいは「銀河鉄道の夜」の物語を十字架に帰着させキリスト教文学化し、それをトシの「信仰」の反映と見る説を立てることはできるだろうが)[11]。そして、「つめたくわらつた」を反省しトシの「信仰」を見つめた、というのが賢治の実人生に関する山根の筋書きだが、例えば前セクションで見た「〔北上川は熒気をながしィ〕」の改稿過程はそれを裏書きはせず、「聖母はしかくののしりて」の諧謔は残った。[12]

注

1 ただし関口安義の『続 賢治童話を読む』（一五年）での指摘によれば（四一一）、「ハルレヤ」は芥川龍之介の「尾形了斎覚え書」（引用は九一年本）に用例がある——「右、はるれやと申し候は、切支丹宗門の念仏にて」（二一〇）。とはいえ、通例でない表現への変更には、やはりキリスト教の明示を避ける意図を感知してよいだろう。

2 ただし歴史上の人物としてのナザレのイエスの思想の復元を目指すキリスト教史家のうちには、イエスは終末論を説かず「神の国」はすでに信者のうちに実現していると語ったが、のちの信徒集団が終末論的要素を付加し福音書に記した、と考える立場もある。おもにその基準で推論し、真正のイエスのことばと後の付加とを判別表記する聖書を刊行したアメリカの学者グループもいる（Robert Funk and the Jesus Seminar, *The Five Gospels*）。筆者に、そうした問題についての私見があるはずはないが。

3 テモテ・カーンは、『宮澤賢治イーハトヴ学事典』の「キリスト教〔賢治と〕」項目で、賢治はキリスト教のうちの保守的神学と成瀬におけるような自由主義神学の双方に触れたことを確認するが、「銀河鉄道の夜」の十字架の天上については「キリスト教の天上に入る狭き門そのもの」と評する。他方「カムパネルラが突如と消えた野原や石炭袋の淵」は、「他の天上」であると理解している（一三二）。——だが読者のなかには、カムパネルラが行ったと解する

「野原」は、十字架の天上の一部と思う人びともいるだろう。

4

宗教的排他性の問題については、賢治が国柱会に加わり家族友人の折伏を試みた時期の極端な言動がよく引かれ――一九二一年の友人宛書簡の「どの宗教でもおしまひは同じ処へ行くなんといふ事は断じてありません」（十五巻二一二）など――、山根の前掲書の基本的主張は、成瀬の思想がトシ経由で賢治をその状態から脱却させた、であった。しかし山根も、このキリスト教に非常に似た宗教を奉じる家庭教師青年には、「自らの信じる神を唯一絶対化して他を排斥する」「独善的な冷たさ」（前掲書三二九）を感じとる。また、上田哲は「賢治作品へのカトリシズムの投影」を扱う七八年の論考で（引用は八五年本）、みずからの信仰を反映させつつ、「青年の言う「ほんたうの神さま」はいわゆる〈哲学者の神〉」であるが、ジョバンニのそれは「信仰の中における〈活ける神〉を言ったのではなかったろうか」（二一三）と述べた。

他方、中村三春は『係争中の主体』（〇六年）中の「ブルカニロのいない世界」（初出〇二年）で、青年が「わたくしはあなた方がいまにそのほんたうの神さまの前にわたくしたちとお会ひになることを祈ります」（十巻一七二）と語るのを（初期形三）、対立する概念枠の将来の一致を願う協調的な普遍主義だと解釈する（山根や上田などの感受とは対立して）。――ただし中村の結論は、その論争を決着させたかもしれないブルカニロ博士の「実験」が作品の最終形で抹消されたことにより、問題は宙吊りで残される、であった（二六二―三）。他方、工藤哲夫は『賢治考証』（一〇年）中の「「ビヂテリアン大祭」と「銀河鉄道の夜」――万国宗教会議からの影響」で、中村による「青年の言い回し」の解釈評価を受け入れる。ただし工藤の想定事項は、実人生において賢治は己の排他的発言を反省したはずだし、作品にそれを投影しようとしたはずだ、である。そこで工藤にとって、「ほんたうの神様」論争でのジョバンニは、読者が「正し」く「賢治自身の姿を重ね合せる」人物だが、「「折伏主義」に呪縛されていた頃のそれ」を示し、「青年の言い回し」の方が万国宗教会議（一八九三年シカゴ）に起源をもつ諸宗教の協調主義を表す。しかし工藤によれば、実際の物語でその作家の代弁者の配置の構図が明瞭でない理由は（論者はそう認める）、「賢治の、ジョバンニの描き方が拙劣で（という意味は、ジョバンニが考え方を改めてゆく過程が読者に伝わるように描くべきだったのが上手に描けなくて）、読者を誤誘導し、「青年の言い回し」が実は中心的内容であったことに気付かせない結果となった」（三四一―二）ためである。これは、賢治作品についてはじつにさまざまなことが言われる別の一例である。――一般に聞き手が語り手の捉えくい話の意図を了解したと思い、別の言い方をすべきだと考えるのは、意思疎通では普通であるにせよ。

5　この点につき、鈴木健司は「よだかからジョバンニへ」（初出九八年、引用は〇二年本）で、「《兄》の自己戯画化」や「自己処罰」（一二二）を読みとっている。

6　吉本隆明は、講演「賢治の世界――宮沢賢治生誕百年に因んで」（九七年、引用は一二年本）で、「これは、「ながしィ」と「ィ」だけが片仮名で書いてありますが、きっとこれは節を付けて読むことになっていると思います」（三四四）と観察している。また、賢治の藤原嘉藤治宛て書簡（一九三一年九月一二日付）は、お経を八音枠で朗誦する際の音の引き延ばしを、「七・五」の行についてこう表記している――「無上甚深微妙法《ムージヤウジンジンミミヤウハウ》　むうじやうじんじんみいみやうはう」（十五巻三八二―三）。

7　雑賀信行は『宮沢賢治とクリスチャン　花巻篇』（一五年）でこの語句について、「聖母マリアはこのように心騒がせてクリスマスを待っておられる」（一三一）という敬虔な言い換えを記している（とくに説明はない）。この詩と、次章で扱う「マリヴロンと少女」は花巻のクリスチャン女性、多田ヤスが編集した『女性岩手』に掲載されたが（後者は没後の一九三四年一月）、この二作の（部分的であれ）キリスト教的な作風は、掲載先への配慮も一因だったと取れないわけではない。雑賀は、それを「賢治の最後のメッセージ」（一三八）と解す。

8　他方、秋枝美保は、論考「「春と修羅　第二集」における女性――詩「〔北上川は熒気をながしィ〕」を中心に」（九八年）で、草稿を細かく検討しつつ、作品に兄妹恋慕の主題を認めるが、それはまた虚構として洒脱に処理されていると指摘する。

9　この「新しい聖母は／マルチネの「夜」のなかに居るわ」は、当時の劇評等にあった表現に由来するかもしれず、また賢治の実人生について空想するなら、劇場で観客の一女性、先鋭的なモダンガールが発したことばを耳にしたのかもしれない。

10　山根は、「トシ自省録」を賢治が読んだと当然のように想定するが、それは確かか疑う余地はある。この文書を発見した賢治の甥、宮沢淳郎（末の妹クニの長男）の『伯父は賢治』（八九年）での記述によれば、クニの遺品から見つけてから鑑定を頼んだ弟清六（トシ死去時は十八歳）は未見だったと読め（一三六）、トシの母や妹たちは父や兄弟には見せなかった可能性もあるだろう。なお、今野勉は『宮沢賢治の真実』（一七年）の第五章で、トシの恋愛事件に関連すると想定する賢治詩「マサニエロ」の日付「一九二二、一〇、一〇」から、トシが「自省録」をみずから賢治に見せた時点を推理し、その場面を描いている（二三八―九）。

11　トシはキリスト教的な信仰をもっていたと想定する論者には鈴木貞美がいて、『宮澤賢治イーハトヴ学事典』（一〇年）の「ヘッケル」項目では、「［賢治は］神に召されて永遠の生命の川に戻るという、とし子が抱いていたはずのキリスト教の死の観念を思い浮かべようともしなかった」（四一三）と記す（「永遠の生命の川」は遠藤周作ふうだが）。また廣瀬正明は、「「銀河鉄道の夜」における妹トシの描写」（一七年）で、トシ「自省録」には仏教とキリスト教の要素が混在していたと見るが、論者が実人生のモデルたちの投影と見なすその物語では、難破した少女はトシであり家庭教師青年は成瀬であり、その筋書きの展開ゆえに、「賢治は信仰上の曖昧さを残すトシの行末を［……］成瀬の全人格に委ねた」（一五）と結論する。

　賢治については種々のことが語られる別の一事例を挙げれば、牧師である太田愛人は『天に宝を積んだ人びと』（〇五年）中の「宮沢賢治をめぐる郷里の人びと」（初出〇〇年）で、斎藤宗次郎と賢治に関するつぎのような、伝聞とも牧師ならおのずから想定する事態とも定かでない逸話を記す。「トシが死ぬ前に、賢治はどうしようもなくて、宗次郎のところに来てお話をしてくれと頼むのです。キリスト教徒は、病人のところに行って、お祈りをしたり慰めたりする仕事があります。［……］宗次郎はトシにキリスト教の話、死と苦しみと蘇りを順々に説き、特に復活ということを説きます。宗次郎が行くと、トシは非常に顔色がよくなります。賢治は、自分にできないことを、宗次郎が来て福音を説いてくれると言ってたいへん感謝しています」（二五五）。

12　確認のため付言すれば、詩「オホーツク挽歌」の終わりでは、「南無妙法蓮華経」の賢治流の梵語表記「ナモサダルマプフンダリカサスートラ」が二度、波打ち際のいそしぎの描写と重ねられつつ、祈りとして奏される（二巻一七四—五）。

第五章　宮沢賢治とキリスト教の一面（反律法）と仏教の一面（本覚）

はじめに

前章は賢治とキリスト教の諸相との関係を論じたが、その際は、個々人の生の終末／世界の終末という主題の、キリスト教の歴史におけるいくつかの現れ方に焦点を当てた。具体的には、キリスト自身の終末論的到来を示す詩断片「基督再臨」（内村鑑三からの触発を想定できる）と、多数の「あたらしいクリスト」が地上に現れる「神の国」が一瞬姿を見せる詩「〔北上川は熒気をながしィ〕」（その像の源泉は成瀬仁蔵であろう）と、「銀河鉄道の夜」における家族の再会の場としての「天国」像（近代の家族形態が生じさせたもの）とを扱った。それらの像の差異の根底には、神と人との関係のあり方の変遷、その関係がどのように神中心あるいは人間中心の方向性をもつか、という違いが存在する。（それは、近代日本に流布した親鸞主義の語彙を参照するなら、「他力」と「自力」との対比に擬えることができるだろう。）

本章は、キリスト教の別の側面への賢治の反応を扱う。つまり標題にある、キリスト教のなかの「反律法」的なものへの応答である。とくに反語の教師としてのナザレのイエスが問題となるが、そこには、仏教思想における反語・逆説・相対化の契機も関与する（この主題はすでに本書の諸所で姿を見せている）。近代の日本でそれらを顕著に体現した思想は親鸞主義であると言えるが、賢治作品にはその影響・反映が見られると、筆者は考える。すでに第三章で触れたように、賢治は浄土真宗を篤く信仰する家庭に育ち、近代の親鸞主義を創始した清沢満之の弟子、暁烏敏などに少年時から接触した（暁烏と父政次郎との交流による）。もちろん賢治は、青年期に意識的に法華経信仰・日蓮主義に移行したが、かれの仏教はその明示的な教義に尽きるはずがなく、必ずしも意識されない心性・発想をも含む複合的なものであったことは、『宮澤賢治イーハトヴ学事典』（二〇一〇年）での栗原敦による項目「宗教的環境1―4」など、すでに何人もが指摘している。また、日蓮主義と親鸞主義は――どちらも「仏教」思想であるから自明だろうが――簡単に二分できず多くの共通の要素から成り、その一部は標題にある「本覚」思想である、と考えられる（その内容は後に確認する）。――本章は、童話「めくらぶだうと虹」と、初期作品「「旅人のはなし」から」のいくつかの細部を精読するが、本書でこれまで見てきた賢治詩の対話性や多声性の起源、という問題をも視野に入れている。

宗教のいくつかの局面

作品を読むまえに、「宗教」の名の下に纏められる諸現象のいくつかの局面の基本を、以下の論述に必要なかぎりで確認しよう。まず宗教では、特定の名前をもつ神々等とそれに関わる人間たちが行い、言うことに関するお話、教えがことばで語られる。人々は、多くの「超」自然と「非」合理を孕むそれらを信じるよう求められる（多くの社会では、当然それらを信じる人間として育てられる）。だが宗教はことばだけの事柄であるはずはなく、神であれ仏であれ、その存在を力や光として感知する次元を含む。それは、組織された儀式に信者が参加する場合は、特定の神的存在の名のもとに経験されるが、そこから離れた個人による、いわゆる「神秘的」体験も存在する（「個人による」という言い方は特定の時代状況、つまり近・現代に特徴的な宗教形態を示唆する）。それらの「神秘的」つまり「ことばで語れない」経験の、だがことばによる証言・説明には、時空を越えた共通性を認めうるから、それらを比較するなら、人は同じような経験に違う名前とお話を結びつけてきた、と思えてくる（それは、ヒトという動物の自然史の一部として宗教を見る立場をも導く）。

宗教のもうひとつの局面は、それに関わる言語の用法に、比喩・逆説・反語などが多く現れることだ。右に述べた神秘的経験や、一般に宗教的直観は、意味として分節しにくい・しえないもの、光や力として感得されるものに関わるから、それらを伝えようとすることばの特殊な使用が生じる。さらに一般に、超自然と非合理を設定し、それを中心に教義や儀礼を組織する宗教の実践体系は、意味と無意味の境界に触れる言語を要請する。

そうした言語使用のキリスト教での現れとしては、新約聖書中のイエスの箴言や譬え話がある。それらは、極端な誇張や実行不能な指令と思われるもの、大と小、最初と最後といった価値の階層を反転させるもの、また端的に意味を了解し難いもの（ときに禅問答に比される）を含む。ナザレのイエスは、ローマ帝国の支配を覆す救世主を待望する終末論的なユダヤ思想の流れに属したが、来たるべき「神の国」を（それはすでに「来ている」可能性もある）、当時のユダヤ人の常識を覆すやり方で、反語や逆説を用い、聞き手の価値観を揺さぶりつつ伝えたようだ。（この要素に反応することは、イエスは世界を創造した唯一神と同体にしてその子であり、刑死したが復活し、昇天したがいずれ再臨し……という物語を受け入れずに可能である。）

またキリスト教最初期の、福音書より古いパウロ書簡は（通説はイエス刑死から二十年後の西暦五〇年代）、ユダヤの律法を超えるキリストの十字架の福音を説き、「反律法」という名で呼びうる方向の発想を含んでいた。つまり、倫理の掟を超える宗教の救済の力、という観念である。それに比すべきものとして、東アジアの仏教には如来蔵・仏性・本覚思想がある。仏教の前提は、迷いと悟りの区別であるはずだが、悟り（の可能性）を生得と考える文脈では、悟りと迷いの区別は揺らぎ、ときに無化に近づく。「本覚」思想は——その名（自称ではない）は『大乗起信論』の用語によるが——不覚（迷い）と始覚（悟りの始まり）と本覚（悟り）との区別を逆説的に消し、「悟りと迷いの区別こそが迷いであり、悟りは始めからある」といった思考に向かう（田村芳朗編『日本思想大系9天台本覚論』（七三年）中の一文書「三十四箇事書」は「迷悟不二」を言い「本覚はただ迷、始覚はただ覚なり」と記す（一五八））。キリスト教のなかの反律法的な志向と、仏教のなかの本覚思想は、常識的・合理的な区別・分別を揺るがし、逆説と反語に向かい、意味と無意味との境界に触れる、という点で共通性がある。

宗教における光や力の経験の水準と、反語や逆説という言語の水準には、さまざまな繋がりがあるだろう。——だが、ここで童話「めくらぶだうと虹」における光または力の経験に向かおう。

光あるいは力の経験

「めくらぶだうと虹」は、花鳥童話の一篇である。城あとの丘を舞台に、いのちの衰えが迫り、花は枯れ栗は刈られ、すすきが光る秋の景色のなか、みずからを卑小と感じるめくらぶだうが、二箇月後の己の死滅を意識して、大きく美しい虹にあこがれる様を描く。めくらぶだうは虹に、敬いを受けてくれ、つれていってくれと頼むが（ここには他作品にも見える「天上の存在になる」という主題が現れる）、虹はそれをたしなめ、自分もまた儚いことを諭し、ある宗教的な教えを語る。植物や動物たちの繊細な描写は、「一寸顔を出した」野鼠が「又急いで穴へひっこみ」（八巻一一一）などと、事象の出現と消滅の反復のリズムを伝える。作品全体に種々の光のイメージが溢れるが、日照り雨の描出はとくに印象的だ。

さて、かすかなかすかな日照り雨が降りましたので、草はきらきら光り、向ふの山は暗くなりました。

そのかすかなかすかな日照り雨が霽れましたので、草はきらきら光り、向ふの山は明るくなって、大へんまぶしさうに笑ってゐます。（同）

ここで、「日照り雨」という対立する二要素、光と翳りを孕むものは、まず現れ、消えるが、そのあいだ草は光りつづける。だが山はまず暗くなり、ついで明るくなる。三者三様の持続・変化は、世界の諸要素の現れ方の予知し難さを伝える。そして、めくらぶだうもまた、盲目・闇と、光を受けるなら輝く球体（そして本来は光を見る球体）という二要素を包含する。――虹の諭しに戻ろう。

めくらぶだうが、見かけの大きさと美しさの相違を言いたてるのに対し、虹は、どちらも儚いことを告げる。だが虹は、どちらも同じく永遠の命の光や力により輝かされる、とも語る。（作品冒頭近くには、「めくらぶだうの実が、虹のやうに熟《う》れてゐました」（同、傍点引用者）とあり、一見さりげない喩えのうちに「めくらぶだう」は「虹のやう」であるとすでに記されている。）

すなわち虹は、「本たうはどんなものでも変らないものはないのです」（一一三）と言い、みずからを含む世界のすべては移り変わり消えると諭したのちに、だが、それらを照らす永遠の力と命とを語る。

〔……〕けれども、もしも、まことのちからが、これらの中にあらはれるときは、すべてのおとろへるもの、しわむもの、さだめないもの、はかないもの、みなかぎりないいのちです。わたくしでさへ、たゞ三秒ひらめくときも、半時空にかゝるときもいつもおんなじよろこびです。（同）

これに対しめくらぶだうが、虹は高く大きく輝き、みなから賞賛される、と異論を挟むと、虹はさらにこう述べる。

それはあなたも同じです。すべて私に来て、私をかゞやかすものは、あなたをもきらめかします。私に与へられたすべてのほめことばは、そのまゝあなたに贈られます。(同)

このすべて儚いものを「かゞやかす」「まことのちから」、「かぎりないいのち」について、本文中に特定の文脈を示す固有名詞はない。だが、当然かつ必要なことだが、読者たちは様々に宗教的文脈を補い、その意味を読みとってきた。たとえば大塚常樹は論考「花園の思想」(九八年、引用は九九年本)で、まず、めくらぶだうは時期により色彩が変化し多色をその存在のうちに含み、その点で虹と類似することを紹介して、ぶだうはそれを見ないが虹と同じはずだ、という類推の働きを指摘する。そして作品のメッセージを、ぶだうの思いこみにかかわらず両者は一致するという一元論の教えであると捉え、それを、無常と永遠の関係という仏教思想の根幹に関連づける——「この無常にして永遠という矛盾は[……]古来より論議の対象とされてきた。賢治という意識的思考主体のこの大問題に対する思想が、虹の言説に表されていることは注目されてよい。これは仏教思想の三つの根本理念(諸行無常、諸法無我、涅槃寂静)のうちの、諸行無常と涅槃寂静の二つを易しく言い換えたもの[と理解できる]」(二五三)。

そして大塚は、ぶだうの無知は、ぶだうという「地上の存在が」虹という「天上の存在と同じ価値をもつことに気がつかない」ことにあるから、「もはやこのテクストのイデオロギーが大乗仏教の《一切衆生悉皆成仏》の翻案であることは明白である」（二五五）と述べ、無常と永遠が等価となるのは「賢治が信仰の糧とした『法華経』「如来寿量品」に、仏の命の永遠性（久遠実成）が説かれているためである」（二七二）と補足する。つまり大塚は、虹の言う万物を輝かす力や命を、天と地といった区別を超えて働く永遠の救いの力、の言い換えと解釈している。[1]

基本的に同様の見地から、白木健一は一〇年の論考で、この一節の「すべて私に来て、私をかゞやかすものは［……］」以下の「最初の二～三行」は、「解釈の結論を言うと、ほめ讃えられる虹と、ほめ讃えるめくらぶだうの間に主客の差別はなく、すべて虹もふくめてめくらぶだうの心に帰一する、という考え方からと思われます」と述べる（五〇）。その上で出典を絞り、日蓮の「月こそ心よ、花こそ心よと申す法門なり」といった文書を引用する（同）。このように白木は、仏教思想のうちの、主客は分離せず全ては心の現象であるとする唯心論的な傾向を参照するが、二元論の解消、という点では大塚と一致する。つまり大塚も白木も、この童話を仏教的に解釈するが、大塚の仏の永遠性にせよ、白木の心の一元性にせよ、作品中に語られ多くの読者が想像的に参与する「力」や「光」のもつ、二なる状態を一に帰する働きに応答する語り方である、と言えるだろう。

だがさて、カトリック神父である井上洋治は『まことの自分を生きる』（八八年、引用は九九年本）で、これをキリスト教の立場から読む。ただし井上は、その教義を直ちに引くのでなく、問題を「真の自分と出会うということは［……］自分というものが全体のなかにみえてくるということであり、これこそが［……］宗教固有の世界にほかならない」と設定する（三二）。宗教とは常識的な自己保持から離れる境地である、という了解の元に、童話が語る「まことのちから」について、井上はこう述べる——「まことの力、まことの瞳といったような、まことのといった表現に、賢治は、現象の世界は、それを超えたまことの世界、大自然の生命と光の世界にその源を持っているのだという思いをこめていたに違いない」（三五）。

こうして井上は作品中に、より大いなる存在を前にした現象的自己の相対化を読みとるが、それがキリスト教の神・絶対者の力のひとつの働きであることは当然想定される。だから井上は、童話中の「光」について、断定を避けつつも聖書を引き——「「すべての人を照らすまことの光は世に来た。」これは［……］「ヨハネによる福音書」の冒頭の一節である［……］賢治がこのまことのひかりという表現を虹の口にのぼらせたとき、彼が「ヨハネによる福音書」を意識していたかどうかはわからない」（三五—六）——、やはり「［賢治は］斎藤宗次郎という人物と親交があり［……］このような点から察すれば、賢治がこのまことのという表現を「ヨハネによる福音書」からえたとしてもさして不思議ではないかもしれない」（三六—七）と述べる。「かもしれない」とは言うが、井上は明らかに、賢治の「光」を、みずからの宗教に引きつけて読む。

また谷口正子は、キリスト教と仏教の「相互の文化的受肉」を論じる著書『仏教とキリスト教のなかの「人間」』（〇七年）中の「宮澤賢治と宗教」（初出〇一—二年）で、「賢治は仏教のみならず、キリスト教の真髄をも理解していた」と述べるとき、詩「基督再臨」とともに、この童話を挙げる（一二五）。

このように、賢治の一作品に表出された宗教的な光や力について、ある読者は仏教の、べつの読者はキリスト教の枠組みを参照する。――ある種の読者が作品をみずからの宗教に即して経験し、固有の名前と教えと物語とを引く場合に、その事実・出来事は、その種の読者にはおのずから生じることであり、それ自体は正しいとも誤りとも言えない。（もちろん、その価値の評価は別の出来事であるが。）

価値の転倒の転倒

だがさて、虹のことばの先の引用の直後には、福音書中のイエスの教えの非常に有名なひとつが引かれる。

ごらんなさい。まことの瞳でものを見る人は、人の王のさかえの極みをも、野の百合の一つにくらべやうとはしませんでした。（一一三）

イエスの箴言や譬えの特徴にはすでに触れたが、それは、キリスト教の概説書でも扱われる。たとえば大貫隆は『聖書の読み方』（二〇年）で、「イエスが「神の国」について語る譬え話を難解と感じる読者が多い［……］理由を私は、読者の常識的価値観全体が揺さぶられるからだと述べた」と記し、こう述べる。――「イエスの見方は、当然のことながら、同時代のユダヤ社会の［……］モーセ律法を絶対的な基準として人間の「義しさ」を量る業績主義の価値観と真っ向から衝突する。イエスは「神の国」［……］を聴衆に伝えるために、一方では彼らにも周知の日常生活の中から素材を取り［……］他方では、その話の中に常識では考えにくい誇張や逆転を組み込んでいく」（一三三―四）。（なお加藤隆の『新約聖書』の「たとえ」を解く』（〇六年）も、この主題を扱っている。）

賢治が引くのは、もちろん野の百合（現在の『新共同訳』では「野の花」）とソロモンの栄華との対比であり、マタイ福音書の始め近くのいわゆる「山上の垂訓」に含まれる。それは、生存の必要にのみ心を向け真の宗教的価値を見失うことへの戒めの一部であり、イエスの譬えとして難解ではないが、多くの聴衆の常識的価値観を揺さぶるには違いない。これは名高い比較であり、賢治が聖書自体から得たと想定する必要もないが、一九一七年に出たいわゆる文語訳から念のために引こう。――「野の百合は如何にして育つかを思へ、労せず、紡がざるなり。されど我なんぢらに告ぐ、榮華を極めたるソロモンだに、その服装《よそほひ》この花の一つにも及《し》かざりき」（六：二八―二九）。

さて、これに言及する賢治の一節について、先に引いた大塚常樹は、「後半の言説は、［……］聖書の有名な一節からの引喩であるが、言わんとするところはやはり虹と「めくらぶだう」の存在価値の等価であろう」（二五四）と論じて、これを、常識的な価値づけの否定による階層関係の無化、二元論から一元論への移行の一環と見ている。大塚はまた、この論述への注で、「聖書が引喩されていてもイデオロギーは大乗仏教のそれと言わなければならない。このテクストは全体が神と人間との関係のひとつの諷喩であり、この神と人間との関係ではキリスト教と大乗仏教では思考の差異が明確だからである」（二七三）とも述べる。その差異は著書中の「『銀河鉄道の夜』の基本構造」で説明されるが、要するに、キリスト教では審判により天国から排除される人間たちがいる、という違いである（一二八）。聖書からの引喩はこの一節がキリスト教の影響下にあることを直ちに意味しない、という大塚の意見に、筆者は基本的に同意する。――ただし大塚は、虹のことばの「くらべやうとはしませんでした」に続く部分を取り上げていない。

これに対し井上洋治は当然、この部分の出典を確認して――「［野の百合をいう］言葉を賢治が虹の口にのぼらせるとき、彼が［……］「山上の説教」の一部を頭にうかべていたことはまず疑う余地はないだろう」（三七）――、その上でこの一節を、イエスのことばへの応答として読む（その点で大塚の読みとは対照的である）。ただし井上は、ここでも教義を直接に引くのでなく、日常ひとが忘れがちな自然の根源的な生命を想起すること、という主題を呼び起こす。つまり井上は、「まさに彼が本物の「法華経」行者であったからこそ、イエスの言葉の深さをも、また普通の人以上に的確にとらえたのだと思うのである」（三八）と述べた上で、「まことの瞳でものを見ない人は、湖畔で風にゆれている一輪のアネモネ、一輪の百合を見ても、それを根源的な大自然の生命から切り離して、その花だけを、一つの実体《もの》として見てしまう」（四一）と語る。井上にとって、この「大自然の生命」は当然キリスト教の神との関係において把握されているだろう。――ただし井上は、大塚と同様に、「くらべやうとはしませんでした」の続きを取り上げていない。

その続きを含めた虹のことばを、引用しよう。

ごらんなさい。まことの瞳でものを見る人は、人の王のさかえの極みをも、野の百合の一つにくらべやうとはしませんでした。それは、人のさかえをば、人のたくらむやうに、しばらくまことのちから、かぎりないいのちからはなして見たのです。もしそのひかりの中でならば、人のおごりからあやしい雲と湧きのぼる、塵の中のたゞ一抹も、神の子のほめ給ふた、聖なる百合に劣るものではありません。(一一三)

この箇所について、先に引いた白木健一は、唯心論的な読解を続けて、天台大師智顗の言と田村芳朗によるその解説を引く。――「天台の著書『摩訶止観』巻五に[……]「心は是れ一切の法、一切の法は是れ心なるなり。云々」とあり、田村芳朗さんによるその説明では「[……]世界・存在の実相は、われわれの有無・大小などの限定的な思考・判断をこえるものである[……]」とあります。人の王のさかえの極みをも、野の百合の一つにくらべようとしない、あやしい塵の一抹といえども神の子のほめ給うた聖なる百合に劣らないとは、この天台の思想に由来するのではないでしょうか」(五一―二)。

このように白木は、大塚と同様に、この一節をイエスの譬えを引くが内容は仏教によるものと捉える。そして唯心論的な見地から、引用の前半の「野の百合」と「人の王」のみならず、後半の「塵の一抹」と「聖なる百合」についても起こるらしい価値の反転について、天台思想を参照する。そのよく知られた定式化はもちろん「諸法実相」であるが、それは、世界の諸々の存在(「諸法」)の心・意識への現れ方は有限な人知の分別を超えて真実の有り方(「実相」)である、という思想を要約する(『広辞苑』での語釈は「一切存在のありのままの真実の姿。宇宙間のあらゆる事物がそのまま真実の姿であること」)。心に現れる「現象」がそのまま真の「実在」である、というこの観念(近代の仏教論述でのいわゆる「現象即実在論」)は、常識的な区別・分別のひとつの廃棄であるが、虹のことばが示す価値の転倒の背後にこの思想がある、という白木の示唆を、筆者は基本的に妥当と考える。(なお天台智顗が法華経を成す説話群にこの理説を読み取り——あるいは読み込み——、日本近代の仏教でそれが「現象」や「実在」の語彙で表現されてきた経緯は、大室幹雄の『宮沢賢治「風の又三郎」精読』(〇六年)でも、とくに第Ⅳ章とⅤ章で概観されている。)

だがさて、この一節の後半の「それは、人のさかえをば、人のたくらむやうに」以下は、正確にはなにを言うのだろうか? 「それは」の「それ」は、直前の「くらべやうとはしませんでした」を指すはずだ。

つまり虹はまず、「まことの瞳でものを見る人」は「人の王のさかえの極み」を「野の百合」と「くらべやうとはしませんでした」と言うが、それは文字通りに「くらべなかった」のでなく、やはり「くらべ」た上で王の栄華より野の花に「くらべやうのない」高い価値を与えた、という意であると、ほとんどの人が解するだろう(それがイエスの譬えの趣旨に適う)。——だから続く「それは、人のさかえをば、人のたくらむやうに、しばらくまことのちから、かぎりないいのちからはなして見たのです」の「それ」は、その価値評価の行為を指すはずだ。だがその評価は、「しばらく」のこと、一時的に「まことのちから」から離した段階のことと言われて、つぎの段階が存在するらしい。すなわち、価値の逆転には、その先があるらしい。

つぎの一文が、その段階であるのだろう――「もしそのひかりの中でならば、人のおごりからあやしい雲と湧きのぼる、塵の中のたゞ一抹も、神の子のほめ給ふた、聖なる百合に劣るものではありません」。ここでは、その宗教的な「ちから」あるいは「ひかり」のなかでは、王の栄華・虚飾・偽善等の「一抹」も、聖なる野の花に劣らない、と語られている。これは、イエスの譬えの言うことでなく、それをさらに転倒させたもの、価値の転倒の転倒である。

これは、イエスによる価値の逆転の後の逆転である（福音書のなかのイエスは当然つねに最後のことばを語るが）。イエスは、人為の栄華を虚飾・悪とし、自然の質素を純潔・善としたが、それは逆転される。だから、ここにたとえば福音書中の悪人たち善人たちを代入するなら――イエスの説諭の一部とは違い四福音書の物語部分は、概ね各作者がそれぞれ善玉と悪役を明快に配置したお話である――、ユダヤの神殿利権の富貴に溺れるサドカイ派や、律法厳守を自他に誇るパリサイ派は（あるいはイスカリオテのユダは）、イエスの十二使徒たちに（あるいはイエスその人に）価値が「劣るものではありません」ということが帰結する。すなわち、この花鳥童話の虹のことばはここで、親鸞主義の語彙で言えば、「悪人正機」の説を述べている（念のため確認するならそれは、「なほもて往生をとぐ」「善人」と、「いはんや悪人をや」の「悪人」との価値の階層を覆す――と読みとれる――説である）。

要するにここには、キリスト教からの一方向の影響や感化でなく、反語の教師イエスへの応答がある。思想の自律性を認め、個々の人間とは種々の観念が働く場所である、という認識に即した言い方をするなら、賢治のこの一節において、ナザレのイエスの反律法的な志向と、親鸞主義の悪人正機説とのあいだに、反語・逆説の師たちのあいだに、対話が生じている（後者の源泉は「本覚」思想さらに「諸法実相」と言えるようだ）。根幹の問題として、ここには、宗教の光や力が分別・人知・律法を超えて社会的諸価値を相対化する事態が生じている。――これまで見た、それぞれの読者の語彙によるこの一節の概念化では、無常と涅槃の同一、心の現象における自他の区別の無化、日常が絶対の現れである大自然により相対化されること、などが語られていた。

――なお恩田逸夫は、『宮沢賢治論1人と芸術』（八一年）所収の五五年の論考「宮沢賢治の文学における「まこと」の意義――作品「めくらぶだうと虹」を中心として観た四次元芸術の解明」で、賢治には自他の区別を超える「まこと」への宇宙的感覚があったことを語り（一三）、その「自然観」においても「本体（まこと）」の「外に現象があるのでなく、また、現象とは別に本体があるのでない」（一九）とすでに語っていた。ただし「めくらぶだうと虹」のこの一節については、「自然のみ」の「尊重」でなく「人事にも言及し、これを決して自然の下位においていないこと」を読みとった（同）。つまり、価値の階層関係が主題であると認めつつも、倫理と宗教との間での、価値の転倒は見なかったようである。

価値の転倒の転倒（補論）

さて前節では、「虹のことば」（とくにイエスの譬えが引かれる部分）のキリスト教の立場からの読解の一例として、井上洋治の解釈を引いたが、井上は価値の転倒の転倒の転倒の部分に触れなかった。それに対し遠藤祐の『宮澤賢治の物語たち』（〇六年）中の「「めくらぶだうと虹」――そらと地上との対話」（初出〇四年）は、童話の全体をキリスト教の神の教えと取り、そうした理解は「おのずから」現れるとみずから語り、転倒の転倒の箇所をも扱うので興味深い。

遠藤は例えば、虹を輝かす光源、太陽に思いを致し、「「碧いそら」に在るのは［……］すべてを創り、すべてを生かす至高の存在であることが、野ぶどうに与えられた虹の言説から読み取れるはずだ。あるいは、虹の「瞳」が夕日の輝きに、はかないものと見える《野の草》をさえ《かく装ひ給》うとイエスの伝える《神》の臨在を観たと認めてもいい」（一九二）と述べる。また、虹が「まことのちから」を語る箇所については、「虹の七色はこのとき、一段と輝きを増したに違いない［……］野ぶどうの畏敬の言葉とともに、わたしの想像の眼におのずから、福音書に示されるイエス像の一つが浮かぶ」として、福音書がイエスは変容しモーセやエリヤと語ったとする箇所を示す（一九六―七）。遠藤自身が傍点を付し強調しているが、聖典による解釈を習慣とする読者にはとりわけ、別の世界観をもつ読者には浮かばない特定の意味が「おのずから」現れる。

だが遠藤は、イエスの山上の説教が引かれる箇所については、「見直すといささか趣旨が読み取りにくい」（一九八）と認める。遠藤は、「ソロモン王の栄華も、野の百合のひとつにも及ばない――と《神》の視点に即して両者が比べられる」と確認して、「虹は福音書の一節を視野に置きながら、あえてその逆を「まことの瞳でものを見る人」が、世俗の「人のたくらむように」、自身を「しばらくまことのちから、かぎりないいのちからはなして」、「人のさかえ」を見た場合を語っている」（同）と述べる。だが遠藤は、その「《神》の視点」はここでは「しばらく」「はなして見た」最初の段階にすぎないと解さない。それゆえ遠藤の読解は、「ここに示されるのは、もとより虹の逆説的な発想にほかならない。だが、この発言をとおして、虹は何を野ぶどうに伝えたいのだろう。おそらく自分が生きていくうえで最も大切なものを見失わないように、との間接的な戒めかと思うけれども、果たして野ぶどうに理解できたかどうか」（同）と、なにが「逆説的」なのか理解しにくい結果に至る。

宗教思想史の展望

ここまで、花鳥童話「めくらぶだうと虹」のうちに、「まこと」の「ちから」や「ひかり」が常識的な価値判断を反転させる種類の宗教性を見てきたが、その背景をいま少し見たい。（「はじめに」で述べたが、以下扱う領域について、筆者は専門的な知識をもつと僭称するつもりは毛頭ない。一般読者に案内されているが、賢治研究ではあまり参照されない宗教思想の連関を、素描するだけである。）

すでに述べたが、近代日本で常識的価値観を相対化する宗教の次元を唱導し、多大な影響を与えた思想は親鸞主義である。その定式化である「悪人正機」は説明の必要がないほど流布し、「自然法爾」は『広辞苑』にも語釈がある（「じねんほうに。人為を加えず、一切の存在はおのずから真理にかなっていること。また、人為を捨てて仏に任せきること」。親鸞の晩年の境地」)。そして、近代の親鸞主義を形成した清沢満之の弟子の暁烏敏と、賢治の父政次郎は密接に交流した。政次郎は暁烏と文通し、花巻や大沢温泉での仏教講習会に講師として招き、少年時の賢治もそれに触れた。その詳細は、栗原敦の資料調査や論考によって解明されている。

栗原敦の纏めた資料、「〈宮沢賢治周辺資料〉金沢大学暁烏文庫蔵暁烏敏宛宮沢政次郎書簡集」（初出八一年、引用は八三年本）の注によるなら、暁烏は、一九〇六年の七月一三日から一七日に花巻市内で歎異抄の講話を行い（日記には「倫理已上の信仰と悪人成仏の御法」といった論題が記されている）、八月一日から一〇日まで大沢温泉で清沢満之の「我が信念」を講じたが（日記には「倫理の終極は宗教なることを語る」とある）、大沢温泉の会に賢治は確かに同席した（二四八―五一）。――そうした交流の実態は、栗原の『宮沢賢治――透明な軌道の上から』（九二年）中の「序景　宮沢賢治」（初出八四年）で概観され、「新校本全集」年譜でも紹介されている（十六巻（下）年譜篇四七―九）。

それらの講話は、各地で何回か繰り返された後に出版されたが、「我が信念」については、〇八年と〇九年の金沢での筆記に基づく講話が〇九年に『清沢先生の信仰』として刊行された。そして『歎異抄講話』は一一年に出版され（今日でも講談社学術文庫本（八一年）で簡単に入手できる）、父政次郎にも献呈されている（二七八―九）。〇六年の日記記載の日毎の論題などを見れば、花巻や大沢での講話は、それらの著作と基本的には同じ思想を表明していたと想定でき、繰り返せば「倫理已上」の「信仰」といった観念を含む。「倫理」と「宗教」との関係といった概念化は、西洋哲学を学んだ清沢に発し、暁烏はそれを継承した。大沢温泉での講話自体を少年賢治がどれだけ理解したか、またその後父の蔵書中に確かにあった暁烏の著作をどの程度読んだかは、推測しかできないが、賢治が十歳ころすでに「倫理已上の信仰」といった発想に触れていたことは、本論がここまで見た「めくらぶだうと虹」の一節と、無関係だろうか？

暁烏の講話は多弁であり、『歎異抄』や清沢の論のうち当日扱う部分をまずすべて引用し、それから敷衍解説する形式をとる。手近な俗な話題による例証を厭わず、繰り返しも多い。『歎異抄講話』(引用は八一年本)は、道徳を超える信仰の次元における道徳、たんに来世でなく現世に及ぶ阿弥陀仏の力、といった逆説的な論題を語り続けるが、講話が「自然法爾」に及ぶ部分を引こう。――「上来の道徳宗教無関係論は、この項に来ると一歩を進めて、宗教上の信念が、いかに道徳の根底となるかということに及んでおる。信仰上の道徳は、すむのすまぬのという、小さな道徳根性でやって行く道徳でなくて、善悪を見ず、道徳を忘れたところに、自然に行わるる道徳である」(四四三)。このように暁烏は、常識にとっての「不道徳」をも、善悪の彼岸の宗教的「道徳」として揚言する。それは、無責任や放埒、さらに深刻な言動をも招きうる。(暁烏には批判も多く、たとえば最近の『歎異抄の近代』(一四年)で子安宣邦は、暁烏の「本願ぼこり」――反律法的かつ主情的な傾向――への違和感、というより嫌悪感を隠さない(一三七)。)だがそれは他方、特定の社会の法や倫理の絶対化を揺るがす相対化・批判の契機を孕む。そして暁烏は、「聖人がこの自然ということをていねいに味おうて知らしてくださったのは[……]「自然法爾章」である」(四四六―七)と続け、親鸞の「自然といふは自はおのづからといふ［……］然といふはしからしむといふ言葉なり［……］法爾といふは、この如来の御誓なるが故にしからしむるを法爾といふなり」以下のことばを引き（四四七）、こう解説する。

この御消息から見ると、自然というと、如来というと、他力というと、皆同一のこころである。精密にいえば、自然は如来のおはたらきであるといわねばならぬ。［……］で私どもが仏のお力にたよりて安住の地を得、仏に手を引かれて浄土にまいるのは、ひとえに仏力他力である。この他力は人力の私のことではなくて大きな大きな、世に遍満しておいでのお力である。（四四八）

親鸞を読む暁烏はこのように、世界の諸存在のおのずからのあり方と、絶対的救済者の力のそこでの展開とを、同一のものと捉えようとする。[2] その救済者の力は「世に遍満して」、現世にも満ち溢れる。そして、この「自然法爾」の力を感得することが「悪人正機」すなわち人為の分別の有限性の認識をもたらす、という連関をここに見ることもできるだろう（またこの概観からも「自然法爾」は「諸法実相」に非常に近く、その一変形と呼べることも見えてくるだろう）。――暁烏の親鸞主義で如来の力は「世に遍満」するのだから、浄土教をただ来世の救いを願う逃避と見なす、賢治研究にも散見される論点は、一面的である。

この点について、賢治自身も青年期以降に、意識的な思想の水準では、その方向に考えた兆候は存在する。だが、たとえば暁烏の大沢温泉滞在時の日記中には、政次郎と妻の妹コト（一八九五年生）との対話の、つぎのような記録もある。――「政曰　心はいかに／こと曰く　心は円きもの光るものにして内に仏あり。（十二才）／又曰く　妾は身体は弱けれど心は強し。仏在せば也」（栗原編資料二五一）。これは、新校本全集の年譜でも紹介されているが（四八）、仏の光の心への内在を語り合うこうした精神風土の感化は、本人が自覚しようと否と、消えないだろう。

清沢満之の「我が信念」に関する暁烏の講話「清沢先生の信仰」（引用は七七年本）については、暁烏が解説した清沢のことば自体を引くことにしよう（暁烏は清沢の全文を逐次引用する）。清沢は、絶対他力の信仰により、如来の無限の智慧と慈悲と能力とに己を委ねることを、こう語る（岩波文庫の安富信哉編『清沢満之集』（一二年）とは別テクスト）。

私は、何が善だやら何が悪だやら、何が真理だやら何が非真理だやら［……］何も知り分る能力のない私［……］此私をして、虚心平気に、此世界に生死することを得せしむる能力の根本本体が、即ち私の信ずる如来である。（四五八―九）

清沢は、救済の力は正邪や真偽の判断を超えることをこう明言するが、その力の及ぶ範囲については

無限の慈悲なるが故に、信念確定の其時より、如来は、私をして直ちに平穏と安楽とを得せしめたまふ。私の信ずる如来は、来世を待たず、現世に於て既に大なる幸福を私に与へたまふ。（四五九）

と述べる。ここでは明白に、如来による救いは死後でなく「現世に於て既に」働くとされる。紙数の関係で、これらをめぐる暁烏の敷衍を紹介することは省くが、つまり賢治は、十歳のころには、仏の光の感知を語りあう環境で、「倫理已上の信仰」の説に触れていた。

だがさて、このように近代の語彙で再提示されてきた思想が親鸞の全くの独創かというと、近年の研究は、平安後期から展開した本覚思想にその一源泉を認めるようだ。その思想史において、悟りと迷いとの反転が重要であることは、その問題性を含めて、概説書でも一般読者に案内されている。たとえば末木文美士の『日本仏教史』（九二年、引用は九六年本）での論述によれば、「一体、すべての衆生に悟りの可能性があるという考え方は、如来蔵思想・仏性思想などとよばれ」るが（一五八）、その思想は変容し「院政期になると、「仏性」にかわって「本覚」という語が多用され［……］「本覚」が単なる内在的な可能性ではなく、現実に悟りを開いている、という意味に転化してしまう［……］衆生のありのままの現実がそのまま悟りの現れであり、それとは別に求めるべき悟りはない、というのである」（同）。だがその発想は問題含みであり、「修行は不要、凡夫は凡夫のままでよい、ということになると、きわめて安易な現実肯定に陥り、危険な思想といわなければならない」（一六〇）。

無責任や放埒を招きうる、というこの問題性は、キリスト教での反律法的な傾向にも同様に出現し、それは概ね、危険な異端と見なすものに貼りつける呼称である。[3] だが、宗教とは人間を超える力との交渉であるなら、それが様々に人間的秩序を揺るがすことはその本性に含まれる。繰り返せば「反律法」や「本覚」的な発想は、常識の分別を超える絶対的一元論に向かいうるが、また相対化・批判への契機をも孕む。

また中沢新一は、同じ事態を吉本隆明の『最後の親鸞』への「解説」（〇二年）で、こう説明する。

じっさい日本の仏教は平安時代の末から鎌倉時代にかけて、実質的な解体のプロセスに入り始めている［……］比叡山で、そこの学僧たちのあいだで天台教学は、「本覚論」と「浄土思想」のふたつの方向に分裂しながら発達していく［……］本覚論は仏教思想の全体に通奏低音のように流れている二元論を、強力な一元論に組織し直してしまおうと試みている。伝統的な仏教の考えでは、現世は煩悩の潜在力が生み出す幻想の世界として否定すべきものであり［……］涅槃ないし浄土とは、まじりあうことも溶け合うこともないとされていた［……］本覚論では、その煩悩も涅槃（浄土）も、同じ仏心から生み出されたものとしてほんらいは一体であり、煩悩と涅槃の区別はない（煩悩即菩提）と考えはじめた［……］煩悩まみれの凡夫こそが、その煩悩を悟りに変換させる可能性を持つ、もっと極端なことを言えば、大きな「悪」をなしたもののほうが、よりすみやかに悟りに近づくことができるという主張までおこなわれるようになった。（二三二）

中沢が概説する展望によれば、親鸞主義の「悪人正機」や「自然法爾」の教説も「本覚」論と無縁でない、と了解されるだろう。

そして、白木健一が先に参照した田村芳朗は七〇年にすでに、仏教思想講座の天台思想を扱う一巻、『仏教の思想5　絶対の真理〈天台〉』中の「天台法華の哲理」で（引用は九六年本）、浄土教は来世に救いを求める二元論であり現世肯定の本覚思想と対立したはずだが、親鸞の悪人正機や自然法爾の説は、また天台本覚の一元論に戻ってもいる、と指摘していた。

［親鸞は］阿弥陀仏は世界にみちみちてあると説く。そこから、草木ことごとく成仏ともいう。これらの説によって知ることは、親鸞は浄土教を絶対的一元論としてうちだしていることである［……］法然は天台本覚思想の絶対的一元論の中に包みこまれた浄土教を、その包みからとりだし、相対的二元論としての本来の浄土教をうちたて［……］それとくらべて、親鸞は、浄土教を再び天台本覚思想の中にもどしたという感がしないでもない（六二）。

この田村の視点からは、清沢や暁烏の親鸞主義は本覚的な一元論を近代の語彙で継続した、と了解できるだろう。

「めくらぶだうと虹」の虹のことばに戻れば、それは「倫理」を超える「宗教」の力や光による善悪の分別の無化を――私見では明瞭に――語るから、暁烏の親鸞主義に接触したことをその一源泉と想定できる、と筆者は考える。そこには、現世に及ぶ阿弥陀の光と、悪人正機説とを認めることができる。ただし、賢治はそれを確かに意識していたとか、親鸞主義がその種の思考が現れうる唯一の径路であるとか、主張するつもりはない。虹のことばの了解に、天台思想の唯心論的な「十界互具」や「一念三千」の観念を引くこともできるだろう。人の世界は餓鬼や地獄の世界と、また天や仏の世界と貫入しあうなら、また、一瞬の心に数多の世界と様相が包含されるなら、悪は心の外でなくつねに内にあり、同時に救いも今すでに現在するはずだ。そうした観念は、人間の善悪の判断を相対化するだろう。

だが、「自然法爾」や「悪人正機」は「本覚」思想さらに「諸法実相」の変形ないし帰結であり、親鸞主義と天台思想は截然と二分できないとすれば、虹のことばの理解に、どちらの語彙も参照できることに不思議はない。青年期以後の賢治は法華経を深く奉じ天台思想に触れたが、その現れの一部に、一九一八年の書簡での「戦争とか病気とか学校も家も山も雪もみな均しき一心の現象に御座候　その戦争に行きて人を殺すと云ふ事も殺す者も殺さるゝ者も皆等しく法性に御座候」（十五巻五〇）といった言明があることは、注目されてきたし、すでに本書第二章でも触れた。賢治のそうした言明は概ね断片的で、思想内容を十分に展開しないが、唯心論的な視座から、現象即実在と概括できる思考を記すことは明らかだ。それは、ひとが外界として経験する諸事象はじつは心の現象であり、それらは究極にはそのまま世界の諸存在の真理を示し、さらにその総体は即ち法華経一巻と等しい……といった観念であるが、ここでは殺害といった事象をも「法性」として取りあげ、善悪の常識に逆らう点で、「本覚」的である。正木晃は『宮澤賢治イーハトヴ学事典』（二〇一〇年）の「本覚思想」の項目で、これを賢治におけるその一事例として引く（四五〇―一）。――ただし周知のように、この書簡の時期の賢治は、徴兵や進路の問題に悩み、戦場で殺し殺されるという遠くない可能性を前に、唯心と現象即実在の説にそれに直面する心の立場を求め、また一九年頃以降は、己の閉塞からの活路を田中智学の折伏・侵略をいう宗教的積極主義に探るなど、動揺や混乱のうちにあったから、それらを勘案する必要はある。（正木も触れるが日蓮にも「本覚」的要素は存する。本書第七章項目14、15を参照。）

なお、近代仏教における本覚的なものの出現は、専門家には見やすいようだ。松岡幹夫の「宮沢賢治における法華経信仰と真宗信仰――共生倫理観をめぐって」（初出〇四年、参照は一五年本）は、表題が示すように法華経信仰に移行したはずの時期にも「真宗」的な発想の残存を認めたが、その第二節は「本覚思想の光と影」を扱った。松岡は、賢治が感銘を受けた『漢和対照妙法蓮華経』中の島地大等の解説「法華大意」の影響を論じるが、その解説は「諸法実相」の現象即実在論に基づくと見る。松岡は、父政次郎が受容した現実是認的な親鸞主義にも本覚思想の現れを認め、別の論考「宮沢賢治における仏教的共生倫理」（〇六年）では、清沢の親鸞主義と島地の天台本覚とを「同じ穴の狢」と呼んでいる（一七九）。松岡は、その論題が共生「倫理」であるから当然だが、本覚思想を反「倫理」的かつ現状肯定的で、賢治が現世救済の正しい宗教倫理に至る過程で乗り越えたもの、と見なす。[4] 筆者には、松岡の展望は、賢治の「倫理」はともかく「文学」の多元性・未決性を十分に見ない、と思われるが、「本覚」的要素に関しては、価値づけは別として、本論の素人なりの見通しと一致してはいる。

付言すれば、賢治による法華経信奉は天台思想の局面から行動的な智学の影響下へと、たとえば二〇—二一年頃に截然と移行した、と想定することは、[5] もちろん詩人賢治の展開と合致しない。かれの二二年以降の詩で、「修羅」を名告る「わたくしといふ現象」は、たとえば妹の死（とそれが惹起する諸経験）の「あんまりひどいげんじつ」という現象に直面する。――なお岩田文昭は『近代仏教と青年――近角常観とその時代』（一四年）の第一一章で、常観と宮沢一族との交流を扱い（トシにも焦点を当て）、賢治の信仰の展開にも触れるが、こうした継起的発展説を紹介しつつ、種々の要素の併存にも配慮している（二〇五―二一一）。

もう一点、「めくらぶだうと虹」はのちに「マリヴロンと少女」へと改作されたが、そこでは賢治は本覚的なものを意図的に消そうとした、と論じることが可能だろう。だが、それは本論の終わりで扱いたい。

引用と反語（括弧のなかの出来事）

ここで、賢治作品に戻ろう。「めくらぶだうと虹」では、ソロモン王の栄華と野の花との価値評価を覆すイエスの譬えが引かれるが、私見ではそれは、それ以前の作品でも言及される。つまり、最初期の散文のひとつ「「旅人のはなし」から」（十二巻二三五―八）である。

盛岡高等農林在学中の一七年に同人誌『アザリア』第一号に載せたその作品では、素朴さと捉え難さが不思議に入り混じる。その捉え難さは、標題のうちの括弧のなかの「旅人のはなし」とは何か、最後まで判然としないことから始まる。作品は冒頭で「私」が読んだある旅人の話について（「ずっと前に、私はある旅人の話を読みました」）、著者も題名も忘れたと言うが（「書いた人も本の名前も忘れましたが」）、やはり今も旅するその人の話を書くと言い（「今思ひ出したくらゐ、その、はなしを書きます」）、しかし他の話が混入する可能性を否定しない（「いつのまにか他の本のはなしも雑ってゐるのでせう」）（二三五）。その旅人は「永い永い間、旅を続けて」永劫に転生を繰り返すようであり、また無数の旅人の複合体のようでもあり、いずれにせよ巨大な時間の悲哀を感じさせる。

どこかで読んだ話を伝えるというその話は、取り留めなく話題を移すが、そのいくつかは何か引用のように感じられ、いわば見えない括弧に入れられている。得体の知れない、禅問答のような話が二つ現れる。男が、鴨が「飛んで行つた」と言うと対話の相手にいきなり鼻をひねられる話と、乞食坊主が箱に入ると空に鈴の音が響き坊主は消える話である（二三五―六）。中谷俊雄の「語注」（二一年）によれば、前者は「碧巌録」の第五三則（岩波文庫、中巻二〇七―八）、後者は「臨済録」の一挿話（岩波文庫、一七五―七）から引かれている。禅問答とは意味と無意味の境界に触れて悟りへの覚醒を目指すものであろうが、ここでは意味の宙吊りだけを味わわされる。

その意味のはぐらかしの感触には、独特のユーモアも混じる。旅人はトルストイの『戦争と平和』の世界に入り込んだ、と言われ、それは物語世界に没入することであるらしいが、しかし唐突にそこに童話のように王様が現れ、「六かしい顔をし」たり「こみ入った様な顔して」、「私の本当の名前を知ってゐるか」と尋ねたりする（二三六）。その童話風の設定のなか、旅人はさらに「王様のない国」や「ひどい王様の国」に行き、また人や木や「指導標に」恋するが（二三七）、最後は「盛岡高等農林学校に来」て「植物園」に案内されるらしい（二三八）。しかし作品の最後は、旅の話のさらなる継続へと開かれている（「新しい紙を買って来て、この旅人のはなしを又書きたいと思ひます」（同））。

つまりこの作品は、まず標題中に括弧があり、意図を測り難い引用と逸話からなり、それらにどんな態度で応ずべきか決め難い読者は、反語（アイロニー）の働きを感知させられる。「反語」とは、ある発話をある語調で言い、いわば見えない括弧に入れて聞き手に示し、字義的な意味とは別の意味を探らせ了解させる言語行為である（たとえば「きみは賢い」とある口調で言って、逆の意味を伝える）。それは、意図するのに了解されないことがあり、意図しないのにそう解されることもあるが、人間とことばとの関係において避けえない現象である。

さて「「旅人のはなし」から」で、イエスの譬えが引かれる（と思われる）のは、つぎの箇所である。作品は、「とうとう旅の終りが近づきました。旅の終とは申すものの、それはこの様なやはり旅の一部分でございました」と逆説を語ってから、こう続ける。

あるとき一つの御城に参りました、その御城の立派なことは何にたとへませうか　道ばたに咲いてゐるクローバアの小さな一つの蝶形花冠よりもまた美しいのでした。年老った王様が、こゝに居りました、（二三七）

三角の傍点をふられた文は、「城は花よりも美しい」と言うが、これは、字義的に解するには些か奇妙に響くだろう。「花のように美しい」と言うなら普通だが、「花よりも美しい」と敢えて優劣をつけることが、奇異の感を与える（ただし文字通りの了解も可能ではあり、捉え難さの感触を一層強める）。私見ではここにはイエスによるソロモンの栄華と野の花との比較が、すでに反転され、反語的に引用されている。この文にふられた三角の傍点は、たんなる強調でなく、いわば目に見える括弧であり、それが反語的に読まれるように合図する。この文はつまり、イエスの比較を転倒させ、比べること自体を無化するように比べている。（なお、現実の植物の外観として、クローバーつまりシロツメクサの花はとくに美麗でなく、その点でもこれは意味のない比較であるようだ。その花は、長さ一センチほどの小さな蝶形の花が密集して咲く球状の花序である。赤田秀子氏の教示による。）

そして、その「御城」の「王様」は、旅人をその息子として抱き寄せる（「その時王様にだきつかれて居ました、旅人は此の王様の王子だったので、ございます」（同））。これは、法華経の信解品にある有名な「長者窮子」の喩への言及と思われる。つまり、長者は家出し貧窮した息子を発見するが、すぐに関係を教えず使用人として働かせ、真実を知り恩恵を受けるに相応しい者へと徐々に成長させた、という説話であり、仏が人を救済する際の配慮をいう譬えである。[6] あらゆる生き物は「王子」であり仏の救いに与る、といった純朴かつ宇宙大の信仰が、ここまで見た反語的な自意識と並存することは、賢治文学の大きな特徴である、と筆者には思われる。この作品は、無限の旅の連鎖の哀切を感じさせるが（その巨大な時間の感覚は法華経に由来するのだろう）、また個々の人間はその集合的な「旅人のはなし」「から」の微小な挿話にすぎない、という自覚をも示している。

「野の花よりも美しいお城」は、賢治作品における反語的なものの一事例であるが、ここでも比べること（価値の判断）の問題、その相対性の認識と絡んでいる。その主題については、多くの賢治読者はまず「どんぐりと山猫」末尾の、競いあうどんぐりたちへの一郎の諭しを思い出すだろう。つまり一郎が「お説教できいた」という、「いちばんばかで、めちやくちやで、まるでなつてゐないやうなのが、いちばんえらい」（十二巻一五―六）という教えだが、これは私見では、暁烏などが語りそうな事柄である。

なお中村三春は、『係争中の主体』（〇六年）所収の、賢治における逆説的なものの重要性を扱う論考「賢治的テクストとパラドックス」（初出〇五年）で、一郎のこの発言と、イエスのことば「あなたがたみんなの中でいちばん小さい者こそ、大きい」（マタイ、一八：一―五等）との類似を指摘して、それが「お説教」の出典かもしれないと推測し、「聖書もまたパラドックスにほかならない」と述べている（一九六―七）。これは卓見だが、ただし「聖書も」と言うのは限定が不足で、「聖書中のイエスの譬えも」とすべきではある。[7]

そして、賢治の文学とくに詩作品の特徴は、複数の存在や次元のあいだの多元性・対話性・多声性であり、括弧や字下げを多用し、発話はときに互いを括弧に入れあうことだった。賢治詩学にそのように反語・逆説・相対化の契機が働く一源泉には、仏教思想における本覚的なもの、清沢や暁烏が媒介した親鸞主義や、島地ほかの現象即実在論があった、と筆者には思われる。ここでは、その現れを「めくらぶだうと虹」と、「「旅人のはなし」から」の二作品に見た。

八木誠一の宗教哲学

ここで、「めくらぶだうと虹」に戻ろう。すでに見たように、虹のことばはイエスによる価値転倒を転倒させるが、その一節ではイエス自身がその転倒の転倒を行う、と読めないわけでない。つまり、「まことの瞳でものを見る人」は、始めの価値転倒の際は「しばらくまことのちから」「からはなして見た」が、ついで「塵の中のたゞ一抹も」「聖なる百合に劣るもので」なく、「神の国」は今ここにすでにあると教えた、とも読める。その教説は、親鸞主義の自然法爾に近づけられるが、そうした接近は、じつは賢治のこの作品だけに生じることではない。現代のキリスト教神学者である八木誠一には、イエスおよびパウロにおける反律法的な傾向と、禅と親鸞における本覚的なもの（この用語は使わないが）とを比較検討する著書がある。もちろん賢治と直接の影響関係はもたないが、同種の出会いが起こる事例として、その一端を見たい。

『パウロ・親鸞＊イエス・禅』（八三年、引用は〇〇年本）で八木は、社会的「自我」とそれを超える「自己」という枠組みを用いつつ、神あるいは仏の力と光が律法の外で、救済史や終末論に縛られず、将来の実現でなく現在の経験として働くことを論じる。たとえば八木は、親鸞とパウロとを比較するなかで、パウロ思想の一部には、神・キリスト・聖霊の力は「自己」のなかでおのずから働く、という発想があることを語り、親鸞に触れてこう述べる。――「［パウロでの］（おのずから）なる実現成就と、親鸞における自然法爾とを比較したが、これをキリスト教的に解り易くいえば、要するに「御心のままに」ということである〔……〕「御心のままに」は、自我のはからいを捨てて神の御心の成就に我が身をうち任せるということであるから、非行非善や自然法爾に非常に近いのみならず、本質的に同じだとさえいえるであろう」（一五二）。

八木は、その「自然法爾」についてこう述べていた。――「「自然法爾」〔……〕は、既にこの世でのことであった。そして浄土すなわち無量光明土を弥陀の働きの及ぶ領域と解すれば、我々は、それと気付かずいるだけで、はじめから浄土に置かれているのである」（一五〇―一）。すなわち、それは現世に届き働く「力」である。八木はまた、パウロにおいて神の発現が光として感受されることを指摘して、「その光は、個々の信徒に内在するキリストとしての光から成ることとなろう」と述べるが、親鸞にも同様の「光」を見いだす。――「ところが親鸞に次のような表象があることは興味深い。すなわち親鸞は「無碍光仏のひかりには、無数の阿弥陀ましまして　化仏おのおの無数の　光明無量無辺なり」と讃ずるのである」（一五四）。

八木の語彙を借りるなら、賢治作中の虹のことばのなかのイエスは、宗教の光の照らす「自己」の境地から「しばらく」「はなして見」て、まずは「自我」の常識的な二元論を揺るがした、と言える。

「マリヴロンと少女」への改作

「めくらぶだうと虹」は、使用原稿用紙からして賢治童話のうちでも初期（一九二〇年代始め）の作と推定されるが、後にその原稿に手入れする形で改作され、「マリヴロンと少女」（十巻三〇〇―三）となった。虹は高名な歌手マリヴロンに、めくらぶだうはアフリカへ行く牧師の娘ギルダに換えられたが、みずからを無価値とするものがより価値があると思う存在にあこがれ、相手から価値の高低はないと諭される、という設定は保たれる。だが主題は変化して、通念では芸術作品と見なされない行為も芸術に劣らぬ価値をもち、人生という宗教的営為においてあらゆる行為は作品となる、といった教えとなった。そして、ここまで論じたイエスの譬えが引かれる一節は抹消された。

ただし改作は途中で中断されたようで空白部分も残り、整合性の足りない箇所もある。歌手マリヴロンは「天の才ありうるはしく尊敬されるこの人」（三〇一）ではあれ、野ぶどうが虹に対してならともかく、少女がなぜ「い丶え。私の命なんか、なんでもないのでございます。あなたが、もし、もっと立派におなりになる為なら、私なんか、百ぺんでも死にます」（三〇二）とまで言うかは、納得しにくい。だが、マリヴロンの「あなたこそそんなにお立派ではありませんか。あなたは、立派なおしごとをあちらへ行ってなさるでせう。それはわたくしなどよりははるかに高いしごとです。私などはそれはまことにたよりないのです。ほんの十分か十五分か声のひびきのあるうちのいのちです」（同）は、キリスト教国という設定で声楽家が伝道者の娘に言う台詞としては、妥当に聞こえる。そして少女とマリヴロンの

「けれども、あなたは、高く光のそらにかゝります。すべて草や花や鳥は、みなあなたをほめて歌ひます。わたくしはたれにも知られず巨きな森のなかで朽ちてしまふのです。」

「それはあなたも同じです。すべて私に来て、私をかゞやかすものは、あなたをもきらめかします。私に与へられたすべてのほめことばは、そのまゝあなたに贈られます。」（同）

のやり取りは、「わたくしは［……］朽ちてしまふのです」を除いてめくらぶだうと虹の対話のままだが、この改作の設定では、神の光は宗教的献身とそれにつながる芸術とを照らす、といった発想として了解できる。関口安義は『続　賢治童話を読む』（一五年）中の作品論（初出一〇年）で、「ここは声楽家マリヴロンと牧師の娘ギルダの対話であったことを想起したい。語るマリヴロンは相手が牧師の娘ゆえ、また自身も神を信じる者ゆえ聖書を意識しての対話となっているのである」と述べ、作中の「まことの光」はイエス・キリストを指す」（三〇八）と結論する。虹のことばでは「贈られます」に続いた、「ごらんなさい」以降の価値の転倒の転倒は抹消されたこともあり、この一節はほぼキリスト教文学のように読める、とは言えるだろう。

ただし、その少し前のマリヴロンの教えは、ふつうキリスト教で言われることではない。天沢退二郎がかつて「〈読み書き〉の夢魔を求めて」第四章「調子はずれの歌」（七一年、参照は七六年本）で指摘したように、歌手のことばとして追加された「正しく清くはたらくひとはひとつの大きな芸術を時間のうしろにつくるのです。ごらんなさい。向ふの青いそらのなかを一羽の鵠がとんで行きます。鳥はうしろにみなそのあとをもつのです。みんなはそれを見ないでせうが、わたくしはそれを見るのです。おんなじやうにわたくしどもはみなそのあとにひとつの世界をつくって来ます。それがあらゆる人々のいちばん高い芸術です」（三〇二）は、明らかに「農民芸術概論綱要」の「巨きな人生劇場は時間の軸を移動して不滅の四次の芸術をなす」（十三巻（上）一五）と照応する（それゆえ改作は一九二六年頃以降だったと想定できる）。ここには、すべての生活の行為が芸術と等しく作品となる宗教的境地が、構想されている。

それゆえ、マリヴロンの最後の台詞中の「いゝえ私はどこへも行きません。いつでもあなたが考へるそこに居ります。すべてまことのひかりのなかに、いっしょにすんでいっしょにすゝむ人人は、いつでもいっしょにゐるのです」（三〇二—三）は、「いっしょにすゝむ」の付加の他は虹のことばとほぼ同じだが、文脈によってその含意は、改作前の「無常の存在即ち永遠」から、「行為即ち永続」へとずらされている。

——なお天沢は、その芸術観を鶴見俊輔の用語により「限界芸術論」と呼び、改作を「〈死との関係〉から〈限界芸術論〉への道すじとして」特徴づけるが、作品末の「ひばり」の「調子はづれの歌」には、「物語の語りの行為」を担う「詩人」の屈折したイメージを感知する。天沢は、その「道すじ」の「原点にやはりとし子の死があった」とも述べる（一一〇—四）。また浜垣誠司のサイト「宮沢賢治の詩の世界」のブログ項目「二〇一六年七月一〇日　マリヴロンと虹」は、天沢の論も引きつつ、トシ死後に賢治は心内での死者の現存を探った、という視点から、改作前後の違いを細かく指摘している。

改作は全体として、焦点を「存在」から「行為」へと移し、社会でのより積極的な実践を目指した賢治の根本的な志向と合致する、と言えるだろう。もっとも、賢治による日蓮主義の受容は、潜在的には例えば満州国建設への協力と親和的だったのでは、と疑う視点からは、「アフリカへ行く牧師の娘」の設定もそれほど無垢には見えないだろう。それはともあれ、実践への志向は晩年まで続いたが、創作の多面性をすべてそれで概括できるわけではない。――遡れば、賢治が日蓮主義の行動性に惹かれ、田中智学の国柱会に加入し、家族友人の折伏を試みたのは一九二〇―二一年頃であるが、そもそも「めくらぶだうと虹」はその時期または直後の作品である。思想と創作の展開に関して、単線的な筋書きは避けるべきである。

注

1　西田良子も同様に「〈現象〉をみつめる眼と〈まこと〉を索める眼」（八八年、参照は九五年本）で、虹のことばは法華経「如来寿量品」に基づくとするが、また島地大等の影響下に知った天台智顗の「諸法実相」さらに竜樹の「空中仮」の思想の反映をも見ている（六一―七）。

2　清沢や暁烏の「精神主義」のこの側面は、批判の対象にもなる。末木文美士の『思想としての近代仏教』（一七年）の曽我量深を扱う章（初出一六年）によれば、曽我は、清沢の「万物一体論」を、「「宇宙一切の活動を以て仏陀の活動」［……］とするならば、あらゆる活動に「何等の価値の差あることなし」」となって「倫理的な規範となる原理が出てこない」と批判した（七八）。

3　antinomian「反律法的」の語は、「悪人正機」の「本願誇り」的な解釈を英語で説明するときに使われる。例を示せば、"Some of Shinran's own followers would interpret this as antinomian license to commit evil acts..." (William E. Deal & Brian Ruppert, *A Cultural History of Japanese Buddhism*, p.118)。

4　松岡は自身が日蓮を奉ずる特定の宗派の信徒であって、その基本的発想は、揺るぎなく肯定的であるべき日蓮的信仰の境地から賢治が外れるところに真宗の影響の残存を見いだす、というものである。

5　大谷栄一は「宮沢賢治の法華信仰」（一三年）で、大平宏龍の「「法華経と宮沢賢治」私論」（一〇年）などを引きつつ、賢治が天台的な法華経観から日蓮的なそれに移ったのは一九一八年頃、智学の強い影響下にあったのは二〇年以降の数年間、と諸見解を総合して述べる。ただしその時期でさえ智学的「国体」観念は見られないとして、「菩薩行の実践による〈国土〉（現実世界）の〈本国土〉（理想世界）化の希求」（二六一）が思想の中心だったと捉える。

6　分銅惇作は「塵点劫の旅人・宮沢賢治」（九〇年）で、「この若い旅人が実は「総てが真であり善である国」の王子であったという自分の身の上を知らなかったという話は、法華経信解品の有名な〈長者窮子〉の比喩譚を踏まえたものと思われる」と述べている（三九）。

7　中村は『修辞的モダニズム』（〇六年）中の「ノンセンスの逆説」（初出九三年）ではより明確に、一郎の発言は「純真で信仰の篤いものこそが神の国に入れるという意味で、『聖書』に限らず、『歎異抄』の悪人正機説にも通ずるレトリック」であり、「一郎の発言は、一郎自身の意図にかかわらず、実際に宗教倫理的な発想に基づいている」と記している（六二―三）。

第六章　ヘッケル博士と倶舎──諸説の検討と私見

はじめに

長篇詩「青森挽歌」中の詩行「《ヘツケル博士！／わたくしがそのありがたい証明の／任にあたつてもよろしうございます》」（二巻一六二）や、「むかしからの多数の実験から／倶舎がさつきのやうに云ふのだ」（一六六）が多くの解釈や調査を誘ってきたことは、本書第一章でも一端を述べた。ヘッケルと倶舎の理解や、周囲の詩行の解釈、さらに詩篇全体の意義の把握が問題となるが、すでに見たように、この長篇詩は挽歌群でもその多声性や対話性が際立つから、ヘッケルにせよ倶舎にせよその思想内容のみを検討することは、詩の読み方として問題がある。「ヘツケル博士！」は、いくつもの謎めいた像や唐突な声が闖入する意識の劇のなかに登場し、「倶舎」は、放心した思いのなかで自分を納得させようとするらしい辻褄の合わないことばの一部、である。

そして根本的には筆者は、かつて草野心平が「宮沢賢治覚書（二）」で一九三五年に述べたことに賛成である（引用は九一年本）。──「ヘッケル博士が彼の頭をかすめた時、それがあとで一寸わかりにくいかなと思っても、やはり「ヘッケル博士！」とそのままにしておくより他に道はなかったのである。［……］彼はただ信じていた。分ることはいつかは分るということ、分らないことは実は作者にも分析できない神や悪魔の息吹きであるということを。――そしてその信念のもとに彼は遠慮なしに［……］大胆自由にそうした難解族を自由に散兵さしたのである」（一七―八）。

だから筆者は、「神や悪魔の息吹きである」「難解族」、ヘッケルや倶舎について調べて意味を確定しないとこの挽歌を読めないとは考えない。だがそれでも、それらの多数の読みは刺激的な多様性を示し、作品の別の箇所や、他の詩篇や童話にも関連づけられるので、その異同は入り組むが、諸説を紹介・整理しつつ検討したい。

そして諸説は、臨終や転生などをめぐる賢治の死生観や、妹をなくしたあとの心理状態に関して、さまざまな理解を提示する。ただし一点議論を先取りするなら、論者の一部が「仏教一般」なるものを想定して語ることは、第四章で検討した「キリスト教一般」の想定と同様に、事態の解明を助けない。

ヘッケルや倶舎の思想内容は、それ自体でも、賢治との関わりでも興味深い。私見の一部をここで示唆するなら、賢治研究で「ヘッケル博士」について言われることは誤解を含み（賢治がそのように「理解」していた可能性はあるが）、また「倶舎」を文字通りにその教説ととれば、賢治がそれを細部まで受け入れたはずはない、ことになる。

またこの論議には、さまざまの読解の習慣をもつ人々が集まっている。作品と作家との関係についての想定は多様だが、作品世界を経験することの自律性は念頭になく、実生活でのモデルや典拠を見つければ作品の意味は確定するという発想も姿を見せる。

もう一点指摘するなら、『新校本全集』の『別巻索引篇』で確認できるが、「ヘッケル」の用例はここと「ビヂテリアン大祭」で容貌の喩えに使われるだけ（九巻二四二）、「倶舎」はここだけであり、倶舎の説くこととして大いに論じられる「中有」は用例がない。諸説は、賢治著作中の明示的文脈という支えなしで立てられていることが、推察されるだろう。

ヘッケルの理解

エルンスト・ヘッケル（一八三四―一九一九年）は、『広辞苑』にも「ドイツの動物学者・思想家。ダーウィンの進化論に基づいて、個体発生は種の系統発生の短縮されたものであるという反復説を提出し、生物発生に関し唯物論的一元論の哲学を説いた。著「生命の不思議」」と基本的な説明がある。本書第一章で参照した恩田逸夫の七一年の「注釈」は、補注七〇で「ヘッケルは形而上学的超越的思弁や、神秘主義や精神主義や目的論的傾向に反対して進化論的一元論を唱えた。精神と物質を属性とする唯一の根源を実体とし、進化論を中心とする自然科学的法則を考え方の原理としている」（四六〇）と記した。ヘッケルが、専門分野を超えて世界観哲学を説いた本には『宇宙の謎』（一八九九年）と『生命の不可思議』（一九〇四年、そのドイツ語原書を賢治は所蔵した）があるが、恩田はすでに、前者の二つの訳、岡上梁・高橋正熊訳（一九〇六年）と栗原古城訳（一九一七年）、さらに岩崎重三による祖述書『進化論者ヘッケル』（一九二一年）を紹介している。そして恩田の記述の「精神と物質を属性とする唯一の根源を実体とし」の一節は、基本的に正確であり、筆者のヘッケル理解に適う。

現行の原子朗『定本宮澤賢治語彙辞典』(一三年)の該当項目は、より細かくヘッケルを紹介するが、「進化の最初に生じたはずの無構造の原形質塊である「モネラ」」を「物心一元論」との関係で「無機物と有機物とを繋ぐ中間的存在」として想定したことを指摘する(六四六)。小野隆祥と大塚常樹の説を挙げるが、「万物有生論」との関連では鈴木健司の論考を引き、ヘッケルの説は「唯物論からの逸脱に他ならず、この非唯物論的「万物有生論」が、賢治を唯物論者ヘッケルに近づけさせた要因ではないか」(同)と記す。(小野、大塚、鈴木の論は本章でのちに検討する。)他方、「ヘッケル博士!」の叫びは「トシへの呼びかけが通じたと確信した上で」の「反神秘主義者ヘッケル博士に対しての」ものとも想定するが(この記述は最初の八九年版『語彙辞典』から踏襲)、とくに根拠の説明はない。ともあれ「混迷ともいえる議論の多方向性は、ヘッケルという人物の解釈が研究者ごとに異なっていることと深くかかわるようだ」(同)は、その通りである。

他方、『宮沢賢治イーハトヴ学事典』(一〇年)の該当項目は、鈴木貞美により、「エコロジー」概念の創設や、「安楽死」の優生学的な是認がのちにナチスに利用されたことなども紹介するが、執筆者自身の「ヘッケル博士!」への呼びかけの解釈も述べる(鈴木は数箇所で、それぞれ若干異なる説を立てているが、のちに見る)。鈴木はまた、ヘッケルは「鉱物の結晶が生じるのは原子や分子にも一種の「感覚」があり、それゆえ整列できる」(四二三)と説いた、と紹介もする。

ヘッケルは賢治研究では、唯物論的進化論者という面と、後半生に無機と有機、物質と精神の関係について思弁的構想を示した面と、両方が紹介されるが、その際は、エネルギー一元論や生命主義という特徴づけもされる。だが私見では、その根本の発想は、心・身を自然という唯一の実体の二つの様相と捉えるスピノザ的な一元論だった（繰り返せば、賢治がどう「理解」したかは別の問題だが）。

倶舎の理解

倶舎論について『広辞苑』は、「世親著。玄奘訳。三〇巻。説一切有部の教理の［……］綱要書［……］仏教の基礎的教学書。阿毘達磨倶舎論。倶舎」と教えてくれ、世親については、「（梵語Vasubandhu　旧訳は天親）四―五世紀頃の北西インドの僧。初め小乗仏教を学び、後に兄無著に教化されて大乗に入った。［……］唯識説を大成。［……］ヴァスバンドゥ」と記す。

恩田逸夫の「注釈」は、本文上に「八品からなり、死後の世界についての説明は主に世品と業品に見られる」（三七三）と記し、補注七七ではすでに、『国訳大蔵経』（一九二〇年）に倶舎論が荻原雲来・木村泰賢訳で収録されていたことを指摘した。そして、詩行「倶舎がさつきのやうに云ふのだ」についでは、「「さつきのやう」とは［……］「死者がまだ完全には死後の世界に移行してしまわぬ時期、つまり中有説のこと」と［……］「「天」の状態」と［……］「「地獄」の状態」の三つになる」（四六二）と記すが、それ以上の詳細は言わない。恩田はその行を「倶舎が（一般論として）さきほどのような（わたしが個別例を見た）ことだと言っている」ほどの意に解したのかもしれない。

すでに第一章で触れたが、引用した二行の前の「ほんたうにあいつはここの感官をうしなつたのち

／あらたにどんなからだを得／どんな感官をかんじただらう／なんべんこれをかんがへたことか」との繋がりでは、それらの行に「倶舎が（トシの個別の事例について）さきほどのように（この詩で）述べた」という意味も現れるが、それは「倶舎」を書物でなく仏に似た役柄と解してさえ、作品と辻褄が合わない。そして第一章の注18で述べたように、そこには「がいねん化」の排除と、それに従うことの双方が命じられる「同時な相反性」があった。恩田は、それらの疑問に触れないが、こうして、賢治自身は語として使った形跡のない「中有」が賢治研究の一主題となった。

なお『広辞苑』の「中有」の説明は、「四有の一。衆生が死んで次の生を受けるまでの間。期間は一念の間から七日あるいは不定ともいうが、日本では四九日。この間、七日ごとに法事を行う。中陰」であるが、これは、倶舎論での「中有」説の一部のみに関わる。

原子朗の現行『語彙辞典』（一三年）の「倶舎」項目は、通常の事典的説明のあとに「恩田逸夫による生と死の中間の中有（→うすあかりの国）説の指摘がある」（二〇六）と述べ（基本は八九年版から踏襲）、「青森挽歌」の用例を挙げる（いずれにせよ唯一だが）。物語「ひかりの素足」中の場所「うすあかりの国」（立項されている）を「中有」と同定するこの言及は、工藤哲夫の特定の解釈に拠っている。後に扱うが、その「中有」は、倶舎論のそれとは別のものである。当然ながら『辞典』に「中有」の項目はない。

他方、『イーハトヴ学事典』の「倶舎論」項目は正木晃により、世親の属した説一切有部は世界の原子的な構成要素の実在性を認めたことなどを述べるが、転生の場合に「永遠不滅の実体としての霊魂は想定されていない」（一五〇）ことを確認する。そして倶舎論における「中有」を紹介して、「青森挽歌」と符合させようとするが、それは後に扱う。『事典』に鈴木貞美による「転生」項目はあり、「青森挽歌」にも触れる。「中有」項目はない。

賢治の仏教

本書は「はじめに」で述べたように、トシ死後の賢治の心理状態や精神遍歴について、伝記情報と作品解釈を組み合わせるいま一つの物語を示す意図はない。だが、法華経や日蓮主義の信奉者なら、その信仰が導き得させたはずの安心の境地、みずからが友人には勧誘し保証した状態は、賢治自身にはその通りに生じなかったらしい。本章の主題に関連するかぎりで、その概略を確認したい。賢治が詩作品に移したその心のできごとは、宗教団体の一信徒としては異例の要素を含む。「青森挽歌」中の二つの箇所の読解もしばしばその問題に触れ、それへの解釈を一環とする物語を提示する。

賢治は、保阪嘉内宛書簡、一九一八年六月二六日付で、母を失くした嘉内にこう記した。「此の度は御母さんをなくされまして何とも何とも御気の毒に存じます／御母さんはこの大なる心の空間の何の方向に御去りになったか私は存じません」（十五巻九一）。だが賢治は、その未知の空間を貫く法華経の書写の効力を言って、経への帰依を勧める——「あなた自らの手でかの赤い経巻の如来寿量品を御書きになって御母さんの前に御供へなさい。／あなたの書くのはお母様の書かれると仝じだと日蓮大菩薩が云はれました。／あなたのお書きになる一一の経の文字は不可思議の神力を以て母様の苦を救ひもし暗い処を行かれゝば光となり若し火の中に居られゝば（あゝこの仮定は偽に違ひありませんが）水となり、或は金色三十二相を備して説法なさるのです」（同）。ここでは、経の名前や文字は超自然の力を体現し、死者たちに救いを及ぼすと信じられている。

また、続く六月二七日付書簡は、「私は前の手紙に階書で南無妙法蓮華経と書き列ねてあなたに御送り致しました。あの南の字を書くとき無の字を書くとき私の前には数知らぬ世界が現じ又滅しました。あの字の一一の中には私の三千大千世界が過去現在未来に亙って生きてゐるのです」（同九二）と述べた。ここに読みとれるのは、一瞬の心が無数の世界を包含するという天台智顗の「一念三千」の思想が、題目の威力の神秘説へと変形された信条である（次章で確認するが、その「事の一念三千」への変換を行ったのは、日蓮そのひとだった）。

なお、いまの書簡中の「あの字の一一の中には私の三千大千世界が過去現在未来に亙って生きてゐるのです」は、「青森挽歌」の「万象同帰のそのいみじい生物の名」が法華経の題目であることを示す一例である、とたいていの読者は納得するだろう。

だが、信仰により安心立命を得られたはずの賢治は、妹がなくなったとき、そうはならなかった。その理由が何であれ（それを探し同定できると想定する論者もいる）、ある深刻な動揺に陥り、他界との通信やその実見を望み、それらを心象スケッチに書きとめた。（それは、宗教団体の指導者が悩める信徒にふつう勧める行為ではないだろう。）

他方、賢治は、一九二〇年一二月二日の保阪宛書簡で、「今度私は／国柱会信行部に入会致しました。即ち最早私の身命は／日蓮聖人の御物です。従って今や私は／田中智学先生の御命令の中に丈あるのです。　謹んで此事を御知らせ致し　恭しくあなたの御帰正を祈り奉ります」（十五巻一九五）と告げ、保阪をも日蓮主義に折伏しようとしたが、その書簡は、「然し／日蓮聖人は妙法蓮華経の法体であらせられ／田中先生は少なくとも四十年来日蓮聖人と　心の上でお離れになった事がないのです」（同）とも述べた。ここでも、宗教的な真理は、近代的な合理性の常識を超えて働くと信じられている。

そして、法華経を体現する日蓮と一体である智学への信奉をいまや確立した賢治は、ふつうに想定するなら、日蓮が法華経を護持する信徒たちに約束した浄土への往生を確信できたはずだろう。

その一例は、第一章注16に挙げたが、別の例を、日蓮が信徒の未亡人に向けた書状「千日尼御返事」から引こう（賢治が所蔵した『霊艮閣版日蓮聖人御遺文』に含まれるが、引用は岩波文庫の『日蓮文集』から）。日蓮は、夫、阿仏房をなくした千日尼にこう記す。「されば、故阿佛房の聖霊は今いずくむにかをはすらんと、人は疑とも、法華経の明鏡をもつて、其の影をうかべて候へば、霊鷲山の山の中に、多宝佛の宝塔の内に、東むきにをはすと、日蓮は見まいらせて候」（一五三）。日蓮は、法華経を護持した報いとして、亡夫は霊山浄土にいると端的に約束する。

そして、こうした来世の約束が、先に倶舎論について正木晃が説明した「永遠不滅の実体としての霊魂は想定されていない」といった教説と、無関係なことは見やすい（とくにふつうの信徒にとって）。

生前の夫と浄土にいる亡き人との同一性や連続性は、疑われたと思われない（そういう問題があるなど夢にも思われない）。「仏教一般」について、それは霊魂死滅説か不滅説かなどと論じることが適切でない理由がここにある。[1]

ただし賢治作品には、「永遠不滅の実体としての霊魂」によるのでない転生を考えているような箇所が、「春と修羅　第二集」の「五輪峠」などにある。その一部を引用すれば――「宇部五右衛門が目をつむる／宇部五右衛門の意識はない／宇部五右衛門の霊もない／けれどももしも真空の／こっちの側かどこかの側で／いままで宇部五右衛門が／これはおれだと思ってゐた／さういふやうな現象が／ぽかっと万一起るとする」（三巻一五）。「宇部五右衛門」に「宮沢トシ」を代入することも可能なはずである。そして挽歌群中の「噴火湾（ノクターン）」の、「わたくしの感じないちがつた空間に／いままでここにあつた現象がうつる」（二巻一八五）は、その方向にも読める。第一章でも触れたが、「賢治仏教一般」を語ることも、適切でないようだ。

「ヘッケル博士！」への呼びかけ

ここから、具体的な語句の諸解釈を見よう。第一章では「青森挽歌」全篇を引用したが、その「《ヘッケル博士！／わたくしがそのありがたい証明の／任にあたつてもよろしうございます》」、という唐突な呼びかけが現れるのは、ドイツ語の歌曲の一節や、ドイツの尋常一年生に向けた叫びや、ナーガラによるギルちゃん殺しを語る声たちなどが交錯したのちに、妹の臨終の場面が描かれるときだった。その直前は、妹は「けれどもたしかにうなづいた」であり、直後には「仮睡硅酸《かすゐけいさん》の雲のなかから／凍らすやうなあんな卑怯な叫び声は……」の二行が続いた。

さてこれについて、「ヘッケル博士！」と呼びかける「わたくし」はだれか、「ありがたい」はだれにとってか、「証明」とはなんのことか、などが問われる。その答えは、賢治の実人生の思想と直結させて提案されることも多い。見通しを得るために、諸氏の説を項目に分け（それらは相互に連関しているが）、要約して一覧する。必要なら論評し、私見を示す（以下列挙では、本書巻末の文献一覧にある書名や論文名を略名で示す。数字はおもな説明（開始）箇所のページ数）。

まず、呼びかけるのはだれか、どんな内容をいかなる態度でか、について。

恩田逸夫　妹が頷いたという不思議な事実を賢治がヘッケルに伝える（「注釈」三六八）
中村稔　妹が頷いたことを否定する雲の奥からの声に賢治が抵抗して（「注釈」八七）
浅野晃　語り手の言い分の証人になってもよいとからかう幻聴（「青森」一五九）
龍佳花　悪魔の声（『青森』八三）
大塚常樹　考えうる「トシ」「倶舎」「魔性の声」のうち「魔性の声」（『宇宙論』一五五）
鈴木健司　卑怯な魔の声、博士は賢治の誇大化された分身（『現象』一九五）
秋枝美保　括弧内は博士に親和的だが続く二行は否定的で迷いを示す（『北方』二〇七）

小野隆祥　詩終り近くの「倶舎」が親しみをこめ呼びかける（「青森」二七四）
見田宗介　賢治がヘッケルの思想に共感して（『存在』一八三）
鈴木貞美　賢治がヘッケルの説の証明を志して（『氾濫』三〇三）
浜垣誠司　妹が頷いたと信じる根拠を賢治がヘッケル思想に求めて（「青森」五五）

私見では、呼びかける声のあとの二行はその声への評言ととれ、そこには「凍らすやうなあんな卑怯な叫び声は」とあるから、その声が語り手にとって否定的価値（その程度はどうであれ）をもつことは確かと思われる（その出所がかれの心内の一部であれ）。だから「悪魔の声」、「魔性の声」といった聴き取りは、妥当に思える。ただし、一部であれ惹きつけられるから疚しさが生じる、という両面性を感知することも了解できる。他方、「ありがたい証明」とあるから賢治にも「ありがたい」もののはずだ、と推論する人々もいる。（なお中村は、呼びかけは語り手賢治の声であり、後の二行はそれ自体は示されない「叫び」への評言と取るようだ。）
つぎに、論者はヘッケルをどう理解するか、賢治はどう理解したはずと解するか、「証明」の内容は、などについて。

恩田逸夫　神秘主義や霊魂不滅説などを信じない（「注釈」三六八）
中村稔　ドイツの唯物論的自然哲学者、証明はその思想への抵抗の表現（「注釈」八七）

龍佳花　戦うべき「唯物論者」(『青森』八三)

大塚常樹　唯物論的進化論の生物学者、「個体発生は系統発生を反復」説、宗教を威嚇する科学の側、が賢治はその進化論による心の発展段解説に影響された、がここではその霊魂死滅説に反発(『宇宙論』一三七)

小野隆祥　エネルギー一元論者、キリスト教の霊肉二元論を否定、が仏教の無我説とは近く、賢治は親しみを感じた(その生／死＝エネルギー変換の説は小乗的な転生観に近いから)(「青森」二七〇)

見田宗介　生物個体や人間の自我の境界の曖昧さを論証、賢治とトシは「モネラ」を語りあい、それは二人にとって「根源の生命の暗号」となった(『存在』一八三)

鈴木貞美　エネルギー不滅の原則と進化論を合わせ、無機界と有機界を貫く生命一元論や万有有生論を構想、ただし霊魂死滅論者(『氾濫』三〇四)

鈴木健司　基本的に小野の理解を踏襲し、一元論と無我説に親近性を想定、がヘッケルはエネルギー論を批判したことは指摘、その万物有生論は科学から逸脱(『現象』一五〇)

秋枝美保　鈴木健司に同意し、ヘッケル説は科学から逸脱した思弁と見る(『文学』三六三)

浜垣誠司　命なきものも感覚を有するという万物有生論は題目を聴いた妹の頷きを信じる根拠となる(「青森」五五)

廣瀬正明　霊魂死滅論者、賢治は反発してトシの霊の実在の証明を試みた(「証明」二一一)

繰り返せば、「ありがたい証明」を申し出るのはヘッケルの信奉者と取れるから、その側にとってだけ「ありがたい」ものと読めるが、括弧のなかの声と詩の語り手、さらに賢治とを区別せず「ありがたい」証明と取る論者もいる。ヘッケル思想の理解や、賢治がヘッケルをどう解したかの把握は様々で、宗教を否定する科学の側と取る者も多いが、宗教と科学の融合の方向を示した、とする解釈もある。だが後者もその内容は様々である。

私見では、賢治にとってヘッケルが何だったかは決めがたく、一方で「宗教を威嚇する科学者」であったろうが（解説や批判が多数出た世界的評判作の基本を誤解したとは考えにくい）、他方で「科学と宗教との何らかの統合」を示唆した可能性も排除はできない。

小野隆祥、見田宗介、鈴木貞美、鈴木健司の説は、個別に見ることとする。

小野隆祥のヘッケル

小野隆祥は、「だれが」呼びかけるかについては詩終り近くの「倶舎」とするが、その前提はヘッケルと仏教に関する独自の見方である。つまり、ヘッケル思想はキリスト教はともかく仏教の無我説には対立せず、そう賢治は理解したはずだ、という想定である。小野は『宮沢賢治の思索と信仰』（七九年）でも（とくに第五章）、賢治は大乗仏教に飽き足らず「小乗」の思想を探ったとの仮説を立てた

（本書第三章の注2で見たように、小野のその説には萩原昌好の批判があった）。

小野は、「青森挽歌とヘッケル博士」（七五年、引用は九〇年本）でこう述べる。「「証明」の任務に当ろうと名乗り出たのは倶舎論である。倶舎の名は［……］百行目になってやっと出てくる。しかし「倶舎がさつきのやうに云ふのだ」と賢治が明言しているから、その「さつき」が百行前の「名乗り出」であり、名乗り出た「わたくし」が倶舎にほかならないことは、［……］全く明白である」（二七四）。しかし、擬人（?）化された「倶舎」がこの箇所で名乗っている、と読むのも、「さつきのやうに云ふ」をこの叫びと特定するのも、私見では強引に思われる。小野はさらに、「この倶舎の証明を承認することで思索の決着がついたのであって、以下の約四十行は情緒の表白で［……］枝葉の余情的叙述である」（同）と述べるが、これは詩を軽んじる発言である。

だが小野には、「［賢治に］この思索の追求をする元気を出させたのは、経量部の因縁論であり、「題目」はエネルギーの根源であるという確信である［……］エネルゲティークと因縁論との合致を知ったよろこびの叫びでもあった」（同）という思想的見解があり、「賢治の問題は西欧風の霊魂不滅ではない［……］大乗風の輪廻なき［……］再生でもない。「からだ」と「感官」とを得る「転生」である以上、部派仏教ないし小乗風のそれであり、したがってエネルギーの変換であるほかない」（同）とも語る。――だが、鈴木健司も『宮沢賢治という現象』で指摘するように（一六六、一六九）、ヘッケルはオストワルドなどのエネルギー一元論を批判したし、本論でのちに見るが、かれの万物有生論はおよそ転生とは関係がない。なお鈴木は、証明を呼びかける声は「卑怯」と評されることを無視する点でも小野を批判するが（一七二）、部派仏教とヘッケルは通底するという小野の説は受け入れる。

見田宗介のヘッケル

見田宗介もまた『宮沢賢治　存在の祭りの中へ』（八四年、引用は〇一年本）で、「ありがたい証明」とあるからには賢治はヘッケルに賛同したと想定する。見田のヘッケル理解は、本書第一章で見たかれが賢治読解のために示す構図、社会的人間の分別の秩序／その背後の存在の地の部分、という配置に沿うものだ。見田は、ヘッケルの「個体発生は系統発生を繰り返す」という説や、弟子ドゥルーシュのウニの卵は分割されても生きる実験など紹介して、かれらは「生物の「個体」というもの、わたしたちが〈自我〉と呼ぶものの本体として絶対化しているものは、じつはきわめて境界のあいまいなもの、かりそめの形態《ルーパ》にすぎないものだということを［……］証明した学派」（一八四―五）を成す、と解説する。

見田はまた、「すべての生物は最初の生物〈モネラ〉から、さまざまな過程に従ってさまざまな生物の種類へと分化してきた」（一八七）とヘッケルの説を紹介するが、それも、同一性や境界を揺るがすものを評価する文脈においてである。そして見田は、「中学生と女学生の賢治ととし子は、読んだばかりのヘッケルの書物のなかの、この〈モネラ〉という奇妙な生物のなかで、賢治もとし子も［……］あらゆる生命たちも、ひとつにとけ合っていたことがあったのだねなどと、なかばおどけて語り合い、うなずきあうこともあったかと思われる」（同）と語り、さらに想像力を発揮して、「この生物の名が二人のあいだで、個我とその他の生命たちとの回帰する根源にあるものを指す記号として〔……〕〈対《つい》の語彙〉〔……〕として定着していて、死んでゆく妹の耳に、必ずまた会おうねという暗号のように、ヘッケル博士のこのいみじい生物の名を、力いっぱい叫んだかもしれないと思う」（一八八）と述べる。その後、本の議論は、本書第一章や第三章ですでに触れた「ナワール／トナール」の区別に向かう。

私見では、見田の本は、もっとも重要な賢治論の一冊だが、この部分は、ヘッケル解釈として正確でなく、また賢治の実生活の一場面の復元に関して、自由すぎる想像力を示している。

「万象同帰のそのいみじい生物の名」

見田はこうして、詩行の「万象同帰のそのいみじい生物の名」について「モネラ」説を言うが、賢治が瀕死のトシの耳もとに叫んだということばについては、第一章でも見た伝記記述や、日蓮の題目観からして（その賢治書簡への反映はすでに見た）、当然ほとんどの論者が「南無妙法蓮華経」の題目を指すと取っている。ただ平尾隆弘の『宮沢賢治』（七八年）は、トシの名を呼んだ（「個的な性愛の至上性を否定された」「三千大千世界を一身に実現する」存在としてだが）とする（一九八）。見田の「モネラ」説に賛同するのは、宇佐美圭司『心象芸術論』（九三年）中の「心象スケッチ論」（初出八八－九〇年）（五五）や、廣瀬正明の「「青森挽歌」における「ありがたい証明」とはなにか」（一五年）である（二四）[2]。ヘッケル解釈との関係で題目説を取らない論者には鈴木貞美もいて、数度にわたり、考察を続けている。

鈴木貞美のヘッケル

鈴木貞美は、その叫ばれた「生物の名」について、まず、『生命観の探求』（〇七年）では見田とは独立して至ったという「モネラ」（五六二）、ついで『イーハトヴ学事典』（一〇年）の「ヘッケル」項目では「生命エネルギーかその化身」（四二三）、さらに『宮沢賢治　氾濫する生命』（一五年）では「宇宙《コスモス》」（三〇六）と考えを変化させている。その変化の詳細を追うことはせず最近の本を参照するとして、鈴木は一五年の本で、賢治はヘッケルに親しみを感じ、みずから「証明」を申し出ているとして、こう記す。「その［証明の］目的を果たすために標本をとりに行く自分の「からだはけがれたねがひ」に満ちていると詩人は考えている。「ねがひ」とはヘッケル博士の説を証明する手柄を立てるという功名心と考えてよい。それゆえ、消えゆくトシの意識に向かって詩人が叫んだ「［……］そのいみじい生物の名」は［……］ヘッケルが唱えた説にそうものでなくてはならない。この文脈の読みは動かしようがない」（三〇三―四）。

以上を前提に、鈴木はこう述べる。——「実際には、トシの臨終に際し、賢治がその耳元でお題目を叫んだと伝えられている。それゆえ、「そのいみじい生物の名」は「南無妙法蓮華経」のことだともいわれる。が、蓮華は生物だが、題目は生物ではない［……］日蓮宗系の題目に万象が回帰するはずない。そして、なによりも、それを「卑怯な叫び」であったとする詩の文脈をまったく踏み外している」（三〇四）。つまり鈴木は、「卑怯な叫び声」とは、証明を呼びかける声でなく、その前の「いみじい生物の名を／ちからいつぱいちからいつぱい叫んだ」その声を指すと取っている（三〇三）。だが端的に言って、これはかなり特異な「詩の文脈」の読解である（本書第四章注11で見た「トシのキリスト教」に関する鈴木の意見も、この読みを前提とするらしい。つまりトシの真の信仰を無視して「いみじい生物」の名を叫んだ「卑怯」を「反省」している、という理解である）。また「日蓮宗系の題目に万象が回帰するはずない」は、本章でこれまで見たところからも、理解が難しい断言である。

さらに鈴木は、自分の考察の経緯を振りかえったあと、「「生物の名」について、いま、「モネラ」の代案として、わたしに考えつくのは「宇宙《コスモス》」しかない。「とし子、お前はコスモスへ帰るのだ」、「コスモス」、「コスモス」と賢治は叫んだのではなかったか」と記す（三〇六）。だが直後に、「もちろん詩のなかの話である」ともつけ加える（同）。この留保は、賢治が実人生で言わなかったが心中にあったはずのことばを復元しているというのか、賢治とヘッケルの思想内容の関係からして詩の解釈として採用されるべきだというのか、それともなにか他の意味か、わからない。

鈴木健司のヘッケル

鈴木健司は、『宮沢賢治という現象』（〇二年）中の「「ヘッケル博士！」の解釈をめざして」（初出〇〇年）で、ヘッケルの生命観と、「倶舎論」の実体的霊魂なしの転生説との親和性をいう小野の理解を基本的に踏襲するが（一五二―八）、ヘッケルはエネルギー論を批判したことや、括弧内の発話はつぎの二行の「卑怯な叫び声」という評言からして賢治の直接的な立場でありえないことは指摘する（一七二）。そこで発話者を「卑怯な魔の声」と取るが、「ありがたい証明」はやはり賢治にとっても「ありがたい」ものと解し、だが疚しさも含む両面価値的なものだったとして、こう記す。「二重括弧内の「わたくし」を《魔》であるとするならば、「ありがたい証明」とは、賢治にとって最も魅惑にとみ、かつ最終的に最も痛手となる何か、ということになる。それは妹とし子の《天界成仏》以外には考えられないように思う。［……］しかし《魔》の言葉に従ってその「証明」を受け入れることは［……］拒絶しなければならない」（一九四―五）。私見では、「《天界成仏》」はありうるとは思われる仮説ではあるが、それ「以外に考えられない」は、性急な断定に響く。

鈴木はついで、ヘッケルは賢治にとって一面で惹かれる存在だったから、かれの「誇大化された分身」と特徴づけられると主張する。「なぜ《魔》は、とし子の天界往生の証明をヘッケル博士に向かって呼びかけたのか。それは、ヘッケル博士が賢治の分身としての意味を持っており［……］賢治自身への呼びかけと同義であったからではないか。私はすでに、ヘッケルの霊魂観と賢治の霊魂観とが抵触しないこと、また、ヘッケルの生命的物質観が賢治にとって近しいものであることを論証してきている」（同）。私見では、「誇大化された分身」は興味深い解釈案であるが、ヘッケルと部派仏教の霊魂観の近さや、賢治がそれを認識し受容したことが、鈴木が自任するように「論証」されたかは、疑問である。鈴木は、「物質の属性として「知覚」を認めるヘッケルの「万物有生論」は、唯物論からの逸脱に他ならないだろう。だがおそらく、この非唯物論的「万物有生論」こそが賢治を唯物論者ヘッケルに近づけさせた」（一六二）と述べ、それは賢治のアニミズム的世界観に親和的だった、とも論じていた（一六四）。だがつぎに見るように、ヘッケルは基本的にスピノザ主義者であり、小野から踏襲した鈴木の理解は十分に正確でない。（またそもそも、心象スケッチの賢治には一貫した霊魂観があるはずと前提するのも、一つの先入見である。）

鈴木の論考は、作品中の倶舎が現れる箇所をも扱い、その中有説の原典を引いて賢治詩と比較し、さらに賢治の仏教信仰の在りようやその倫理性に及ぶ。それらはあとで扱い、ここはヘッケルに関する説だけを見るとして、鈴木は論文末にこう記す。「最後に、まとめの意味で「ヘッケル博士！」の二重括弧の私なりの読みを記し、今後の批判を仰ぎたいと考える。／《魔》が、賢治の誇大化された分身であるヘッケル博士に向かって、／《ヘッケル博士！／わたくしが、妹とし子さんの天界への往生という、ありがたい証明の任にあたってもよろしうございます。》」（一九七）。私見を繰り返せば、「証明」の対象として「天界往生」が、たとえば「死後も感覚が残ること」などの他の可能性をとくに排除するとは思えない。刺激的な解釈案ではあるが、鈴木が用いる「論証」の語り口が論考の内容に適うかには疑問がある。さらに言えば、そもそも「《魔》の声」は、その主語の正体や目的語の内容を明かすものだろうか？

この鈴木の論を受けて、秋枝美保は『宮沢賢治の文学と思想』（〇四年）で――その本の議論の大筋には関わらないが[3]――、「［ヘッケルの］「一元論」は［……］「物質と精神」との断絶に大きな不可能があり、その理論のつじつまあわせに「モネラ」という架空の形態を設定して」いて、「賢治にとってヘッケル的偽唯物論はもはや肯定できなかった」（三六三）と、さらに批判的な受容を想定する。

確かに、ヘッケルは専門分野で功成り名を遂げた学者が晩年に哲学的、思弁的になる一例ではあるが、本当にそれほど非合理説を奉じたのだろうか。

ヘッケルのスピノザ主義（一元論）

ここでヘッケルについて、筆者の理解を述べよう。ここまで見たように賢治研究では、ヘッケルは霊魂死滅を唱えた唯物論者で賢治は反発したとも言われ、逆に、倶舎論などの部派仏教は実体的霊魂を認めないから賢治は両者に近さを認めた、とも言われる。だが、ヘッケルがその世界観を一般読者に説明した著書は世界的な評判作となり、日本でも翻訳や祖述が出たから、進化論者、戦闘的無神論者、物質と独立の霊魂を固守する宗教的な二元論を批判した一元論者、という基本像を賢治が見なかったとは考えにくい（繰り返せば、それでも宗教と科学の融合の手がかりを、賢治がヘッケルに探った可能性は皆無ではない）。――なおのちに見るが、倶舎論は実体としての霊魂は認めず、因縁の転移相続として転生を考えるが、その転生の仕組みは古代インド人の奔放な想像力の産物であり、しかも徹底した決定論である。

　ヘッケルは、これまで見たような多面性を示したが、基本的世界観において、スピノザ的な一元論者だった。その根本動機は宗教批判であり、精神と物質との二元論において心的／霊的なものを特権視するプラトン主義、キリスト教、カント派などを嫌い、べつの見地と概念を提案した。だから、結晶などの物質にも「感覚」があるという論は、神秘説ではなく、たとえば結晶が外界の条件に反応して自己組織する過程と、原始的生物の環境刺激への反応と、さらに高等動物の精神作用とのあいだに、連続性を見ようとしていた。それを言うために、スピノザ的な発想の独自な変形を試みた。

　まず世界観を提示した一冊目の本『宇宙の謎』（原著一八九九年）で、スピノザ主義を明かす箇所は、本の展望を概括する第一章の終わりにすぐ来る。ヘッケルはそこで、自分が唯物論者でも、かれが唯心論の一種と見なすエネルギー論者でもないことを明記する。第二次大戦後に出た『世界大思想全集社会・宗教・科学思想篇34』（六一年）所収の明快な翻訳『宇宙のなぞ』を引こう。

　一元論と唯物論との概念が相異なるものであり、また理論的及び実践的唯物論の傾向は本質的に異なっているのであるが、今日においてもなおこれらの概念は非常に屡々混同されている。［……］Iわれわれの純粋一元論は、精神を否定し宇宙を死せる原子の集合と見做す唯物論とも、また物質を否定し宇宙を単なる感覚と表象（即ちエネルギー、或いは非物質的な自然力）の空間的に配置された一群であると見なす理論的唯心論（最近エネルギー論と呼ばれている）とも同一のものではない。IIこれに反しわれわれは、ゲーテと同様、次のように確信している。「物質は精神なくして、精神は物質なくしては存在しえず活動しえない」。またわれわれはスピノザの次のような一元論を信奉している。「無限の拡がりをもつ実体としての物質と、感覚と思考をなす実体としての精神（即ちエネルギー）とは、すべてを包括する神的な宇宙の本質、即ち普遍的実体の二つの属性、即ち、根本性質、である」。（一一七―八）

ここでヘッケルは明白に「最近エネルギー論と呼ばれる」「理論的唯心論」を批判していて、鈴木貞美などがヘッケルは「生命エネルギー一元論」（前掲書三〇五）に属する、とするのは正確でないことがわかる。ヘッケルは引用の最後でスピノザの世界像を導入するが、その「延長」を「物質」、精神の作用を「エネルギー」などと言い換えてはいる。

ヘッケルは、「神即ち自然である唯一の実体の二つの属性である延長（物質）と思考（観念）」をいうスピノザ思想を、通念的な物心二元論とは別の概念枠を探る手がかりとしたことは、今の引用から理解できる。そのスピノザ哲学は、一七世紀のデカルト主義の「観念」「延長」といった概念装置を用いつつまったく斬新な世界像を展開したものだから、門外漢が細部まで正確に理解するのは容易でない。だが、日本には優れたスピノザ研究者が多くいて概説を与えてくれるので、素人でもある程度は理解を得られる。上野修の『スピノザの世界』（〇五年）によれば、概略はつぎのようなことらしい。

――スピノザは、神即ち自然である唯一の実体（他に依存しない全宇宙＝神）を考えるが、その無数にある属性のうちに人間に関わる「延長」と「思考（観念）」がある。延長と観念は同一のものの二つの表現であり、その無限の系列の局所が個々の人や猫や机などの「延長」と「観念」である。それらの観念＝思考は神の無限の知性の一部として存在する。

全世界である実体＝神の一属性としての観念＝思考は、特定の思考する者が考えるか否かとは別に、自律的な系列や網目として存在している。上野によれば、「スピノザの話についていくためには、何か精神のようなものがいて考えている、というイメージから脱却しなければならない［……］ただ端的に、考えがある、観念がある、という雰囲気で臨まねばならない」（一〇八）とのことである。

だが、こうしたことを賢治が、当時の岡上梁・高橋正熊訳『宇宙の謎』（一九〇六年）や栗原古城訳『宇宙之謎』（一九一七年）から推察しえたかは、確かでない。さきに引いた六一年の翻訳の最後の部分は、岡上・高橋訳だと、「吾人はスピノザの一元論に憑依して動かざるものなり。氏の一元論に曰く物質即無限延長の本質と精神（或はエネルギー）即感性的にして又思索的なる本質とは、これ一切を包括せる神的世界本質、即宇宙の本質《ズブスタンツ》の二つの根本的属性なり、と」（二〇―一）である。ルビは振っているが、カタカナ英語で書けば「サブスタンス＝実体」を「本質」と訳している。

栗原古城訳は、「吾々の主張は、スピノザの如き純粋明白なる一元論で、物質、即ち無限に広がってゐる実質と精神或は力、即ち感覚し思索する実質は、共にこれ世界に遍満せる神の実質、即ち宇宙的実質の二つの根本的属性、或は主要なる発現であると見做すのにあるのである」（三四―五）と、先のものよりは明確だ。それでも、スピノザ主義とくにその「神」についてのあらかじめの把握があったか定かでない賢治が、これを読んでヘッケルの趣旨を理解したか過大に見積もるべきでないだろう（原著や英訳ならより理解しやすかっただろうが）[4]。

ヘッケルのスピノザ主義（万物有生論）

ここまで見たように、賢治研究ではヘッケルは万物有生論を唱えて結晶にも「感覚」があると言い、無機物と有機物の境界にある無核で原形質だけからなる生命体モネラを構想して科学から逸脱した、と解説されるが、じつは物心二元論を超える別の語り方を、生物の進化を考察しつつ探っていた。スピノザについても言われる「万物有生論」は英語では hylozoism だが、「物活論」「万有霊魂論」とも訳される。手近な『ジーニアス英和大辞典』は、この文脈に合うつぎの説明を与えている――「物活論《物質と生命とは不可分であり、あらゆる物質には生命があり、生命は物質の属性であるとする説》」。

スピノザの hylozoism は、以下のような発想であるらしい。――神＝実体の無限延長の一局所である人間の身体のある状態は、無限思考の一局所である精神の一状態と平行しているが、その人間の身体と刺激しあう一物体を考えるとき（たとえば皮膚に刺さる刺）、その一物体は延長属性の一局所としてだけでなく観念＝思考の属性の一局所としても存在していて、刺の観念＝思考を想定できる。上野修の説明を聞こう。

われわれの身体Aがほかの物体B［……］から刺激されて変状aを自らのうちに生じる。［……］「身体Aの観念」になっている神の思考は「物体Bの観念」になっている神の思考と一緒になって「身体Aの変状aの観念」を理解しているわけである。［……］神の無限知性の中に生成している「身体の観念」、それがわれわれが魂だとか精神だとか言っているものの正体である。［……］気になるのは、「物体B」の観念になっている思考も「身体Aの変状a」を漠然とでも知覚しちゃうのではないか。［……］「物体B」にはそいつなりの身体知覚があってよい。「物体Bの精神」だって？　そう。［……］だから「すべての個体は程度の差こそあれ魂を宿している」［……］。いわゆるスピノザの万有霊魂論である。（一二二―三）

さて、ヘッケルのスピノザ理解が上野とどこまで合致していたかは定かでないが、ともかくこうした方向の発想により、かれは物心二元論を超える別の見方を模索した。それを展開させたヘッケルの『宇宙の謎』につづく本『生命の不可思議』（原著一九〇四年）に関して、賢治は所蔵していた原著を読み理解したかもしれないが（賢治は本は斜め読み主義だったと言われ、そもそも精読したか不明だが）、それを翻訳で正確に理解できたかは疑わしい。『生命の不可思議』の後藤各次訳は、はじめ大日本文明協会事務所から一九一四年に文語文訳で刊行され、その口語化が現在まで岩波文庫に入っている版である。

その本でヘッケルは、その世界観を生物進化に即して展開する（引用は一九二八年刊の岩波文庫版）。モネラについては「形態学的関係にても猶、化学的関係に於けるやうに、有機体と無機体との間に画然とした区別を設けることは出来ぬ。重要なモネラは、此の点で、両自然界を繋ぐ橋梁だとすべきである」（五〇―一）と語り、「結晶の感覚」については「あらゆる化学作用に於けるやうに、結晶の生成に於ても、運動の作用は生じるし、それは感覚がなくては（勿論無意識的のものであるが）之を説明することが出来ぬ」（五三）と論じる。繰り返せば、ヘッケルは「結晶の感覚」を語るとき神秘説を採ったのではなく、物質と精神の二元論を避けるために、その連続性を言うべつの語法を試していた。ヘッケルはその「万物有生論」を説明するときに、やはり明確にスピノザを引く。

万物有生論（Hylozoismus）［……］の概念にては、物質は二箇の根本性質即ち属性を有し、物質としては空間を充足し、力若しくは精神としては知覚を有す（第十九章参照）とするのである。スピノーザは、其の同一哲学に於て此の根本思想を最も完全に表出し、物質の概念を最も純粋に理解したが、一般に物質に二箇の根本的属性、即ち『広がり』と『思考』とを与えた。『広がり』と謂ふ概念は、現実の空間（物質）と同意味で、思考なる概念はプシケ即ち心霊と同意味である。しかし此の思考を以て、直に人間の意識あり、弁識ある思考と混同せぬことを要する。高等な動物及び人類の此の智能は、単に『思考』の特殊な『形態』に過ぎぬのである。（九三）

ヘッケルは、スピノザ的発想で言う「思考」は、通常の語法とは異なることを明確に説明する。（代りに、世界の事象の「意味」や「情報」の次元、といったことばを使うことも可能だろう――「もの」たちはそれらに「反応」し「応答」するよう見える。）翻訳は基本的には明快だが、カタカナ英語で言えばスピノザの「サブスタンス」も「マター（ないしマテリアル）」も「物質」と訳すので、分りにくい。そして、いまの引用箇所が指示する一九章で、ヘッケルはスピノザの二属性を独自に拡張し三属性を提唱するが、そこは原著の内容も難解になる。

吾人の一元論をスピノーザの物質の法則と結合せしめる際の困難は、若し吾人がエネルギーの概念を感覚と分けて重学にのみ限り、運動は之を物質の第三の根本性質だとして物質《マテリエー》（拡がりたる物）及び感覚（思考する物）に対せしめるときは、排除することが出来る。（四七五）

どうやらヘッケルは、スピノザの「延長（＝物質）」と「思考（＝エネルギー）」のうち後者を「感覚」と「運動」に分けて、「物質（マテリアル）」と「感覚」と「運動」とを「実体（サブスタンス）」の三属性としようとするらしい。後藤はやはり「サブスタンス」も「物質」と訳して、ときにルビは振るが、分りにくい（この本の栗原訳（一九一八年）は「サブスタンス」を「実質」と訳し分けてはいる（六〇〇等））。

このスピノザ変形説に説得力があるかは疑問であるが、ともあれその一九章の結語は、後藤訳で以下の通りである。「吾人の［……］萬有有生論《ヒロツオイスムス》は［……］スピノーザ及びゲーテの意義に於て、心的なるものと物的なるものが同一な事を主張する。本説は『思考』（即ちエネルギー）といふ属性を二箇の対立した属性即ち感覚（Psychoma）と運動（Mechanik）とに分つことに依って、此の古い『同一論《イデンティテーツレーレ》』の困難に打ち克つたものである」（四八〇）。ヘッケルが一貫して、物心二元論を廃しスピノザ主義的一元論を樹立しようと志したことに疑いはない。

しかし、そもそもの話をすれば、賢治が邦訳にせよ、ドイツ語原本や英訳や祖述にせよ、ヘッケルを精読研究したか確かでない。だからかれの「理解」が、これまでの諸説のようなものであった可能性はある。——佐藤恵子は『ヘッケルと進化の夢』（一五年）で、「結晶の魂」といった表現の趣旨は、「結晶や液晶における形態形成を司る力と、単純な生物のもつ形態形勢力は、どちらも同一の物理・化学的力」という主張だったと確認する（三七五）。だが「ゼーレ（魂）」という、ここでは「心的現象、生命現象、心的作用」などと訳すべきだが「霊魂」の意味ももつ語の使用については、「あえて新旧の用法をもつ不思議系の言葉を入れて大衆の関心を誘うというヘッケル独特のアピール精神」や「読者をそうやって引き込んでおいて、その通念を覆す」戦略を見ている（三七六—八）。賢治研究（もしかして賢治自身）におけるヘッケル「理解」の少なくとも一部は、その戦略の結果と言えるだろう。[5]

「倶舎がさつきのやうに云ふ」こと

さて詩篇の展開を復習するなら、妹の臨終の場面での「けれどもたしかにうなづいた」は、ヘッケル博士に呼びかける謎の声で妨げられ、宗谷海峡を渡る夜が時間錯誤で侵入したあと、妹は「たしかにあのときはうなづいた」と再び確認される。そして死後の夢幻がつぎの世界につづくことが願われるうちに、それは鳥の世界へと変容し、飛躍を孕む自問のあとに、天上への上昇、ついで断絶なしの地獄への急変が起こる。「むかしからの多数の実験から／倶舎がさつきのやうに云ふのだ」は、そのあとの脱力した呟きのなかに現れるが、すでに述べたように、それが相反する指示という劇的文脈の一部であることを忘れるべきでない。前後との繋がりは、本書第一章での引用を参照されたい。

この「倶舎」は詩のはるか前で「ヘッケル博士！」と呼びかけた、という小野の説はすでに見た。他の論者たちも、そう飛躍はしなくても、名前が挙がっているからその前の転生の描写は「倶舎論」に従っているはずだと想定して、照応を探り、説をたてる。だがすでに指摘したように、「さつきのやうに云ふ」は不可解な表現であり、作品に倶舎らしきものがトシの転生を語る箇所はない。文字通りの書物「倶舎論」は一般論を記し（すでに見た恩田の「注釈」はその意味に取っていたが）、特定の死者の個別の事例を述べるはずはない。

鳥への転生と倶舎論

まず、鳥への転生の箇所についての諸説を見よう。トシの鳥への変化（とその否認）をどう解するかについては、

恩田逸夫　鳥の悲しい境遇になったと思いたくない（「注釈」三七〇）
龍佳花　鳥への転生は「中有がほとんどなく生有になった場合」（『青森』八六）
大塚常樹　鳥への転生と思わないのは、すでに「風林」で通信があったから（『宇宙論』八二）
鈴木健司　畜生界に堕ちること（『現象』一八二）

それに関わる、中有や転生をどう理解するかについては（小野説はすでに扱ったので省略する）、

恩田逸夫　倶舎論の転生論の中有が念頭にあったはずとするが詳細は説明せず（「注釈」四六一）
龍佳花　賢治は慈雲『十善法語』から中有観を得たと想定（『青森』二七）、すでに鳥に転生したとは思えなくなり、いかなる中有でいるか思いあぐねる（八八）
大塚常樹　中有は「あらたに」得た「からだ」でないし期間も最大で四十九日だから「中有は関心事でない」（『宇宙論』八六）
鈴木健司　大塚説の不十分を言い、倶舎論によれば中有は転生後の姿を得ていることや、中有は同類を見れることを指摘（『現象』一八〇）

大塚常樹の中有

大塚は『宮沢賢治　心象の宇宙論』（九三年）の「「死」のレトリック」（初出九二年）で、鳥への転生の否定については、詩「風林」で通信があったから鳥とは思わない（八二）、と字義的に解する（それならなぜその情景が詩で展開するか、は問わない）。「倶舎論」の内容を調べ、「一切の中有は、皆、五根を具す」つまり感覚器官を備えること、中有は香を食とするがそれは詩の「さはやかな感官をかんじ」と符合すること、[6]「天眼を修得」すればそれを見れることなどを紹介する（八四）。さらに、「中有」は「男女の交会するのを見て、倒心を起こして女の生門から入り、受精の瞬間に生有になる」とされることを、すでに記す（同）。

第一章で見たが、大塚は、龍による「賢治はまだ中有の状態のトシを考えている」との見解を批判して、「『倶舎論』には［……］「中有」は「一業の引くが故に、当の本有の形の如し」ともあり「あらたに」得た「からだ」のニュアンスではない」（八七）などの理由から、龍の説の不備を言う。（他方、鈴木健司はこの大塚の見解にも見落としがあると主張する。）

大塚によれば、「賢治の関心は、「中有」を経てトシがいかなる「次生」に《転生》したかであり」、賢治は「そのために「死有」（死の刹那）から始まって、「中有」と「生有」（次生）についてそれぞれ思索してゆく」（八七）と解する。だが結論は、「苦悶は［……］手掛かりがまったくつかめないことにある［……］明確な通信はもう来ない」（同）ことである。

私見では、大塚の調査は行き届き、論点を先取りすれば、つぎに見る鈴木健司の論が取りあげない点をすでに指摘している。ただし大塚は、相反する命令という「倶舎」の現れる文脈には関心を示さず、また順序だった思索という捉え方がこの詩の展開に相応しいか、疑問の余地はある。ともあれ、この大塚の見解の不十分を指摘する鈴木健司の説に移ろう。

鈴木健司の中有

鈴木健司は、前掲「「ヘッケル博士!」の解釈をめざして」で、先行研究を恩田説（転生が中心）、龍説（中有が中心）、大塚説（龍を批判して転生と中有の双方を扱う）と展望してから、大塚の見落としたとする点を指摘する。それは、「倶舎論」の記述では中有はすでに身体を得、鳥の中有なら鳥の姿をしていることであり、そこから鈴木は、賢治はそれを典拠に転生の場面を描いたと主張する。——「ここに描かれた鳥としての妹の身体は、生有（誕生）をむかえる以前の、「中有」としての姿である。とし子はこの後一定の期間（七日から四九日）を経、鳥として誕生するのである。このような解釈がこれまで行われなかったのは、［……］「中有」においてすでに畜生（鳥）の姿を得る、という『倶舎論』の転生の仕組みを見逃したためである」（一八二）。

だが私見では根本的なこととして、「倶舎論」の描く中有は、大塚がすでに紹介したように、転生先の姿を得たあと、人や畜生なら親となる男女・雄雌が性交する場に忍び寄り、その胎内にすべりこむとされる。賢治がそれを文字通り受け入れ典拠として、詩の一節を記したと考えられるだろうか。

さらにより根本的なこととして、「倶舎論」の世親は大乗に転向する前の「小乗」の因果応報、自業自得の立場によるから（なお世親に擬される諸著作は別人二人によるとの説もある）、有情は業により即座に中有に変わると説く。そこでは兄の信仰や妹への関わりなど、なんら効力をもちえない。その前提は、一連の挽歌群の内実とおよそ合致するだろうか。倶舎の説く中有について、確認しよう。

倶舎の中有

「倶舎論」の描く転生について、宮元啓一の『インド死者の書』（九七年）のざっくりした説明を見れば、

説一切有部などのいくつかの部派は、生き物（有《う》）を［……］四種類に分けて呼ぶ。これを四有説《しうせつ》という。生きているあいだの生き物は本有《ほんう》と呼ばれ、死にゆく瞬間には死有《しう》と呼ばれ、生まれ変わる瞬間には生有《しょうう》と呼ばれる。そして、この死有と生有の中間に、中有と呼ばれるものが置かれる。（二四六）

宮元によれば中有を想定する理由は、

死有と生有［……］を前提とする以上、中有はなくてはならない［……］死ぬ場所と生まれ変わる場所とは別だからである。中有の存在を認めない人びとは、死有と生有とのあいだには、あたか

も影と光とのあいだのように、間隙などまったくないという。これにたいして、説一切有部の論者たちは［……］影と光というのは、同時に存在するものだが、死有と生有とはそういうわけではないから、［……］たとえはこの場合ふさわしくないとする。［……］ただし、中有の存在を主張するのは、説一切有部と正量部ぐらいのもので、ほかのほとんどの部派はこれを認めなかった（一四八―九）

とのことである。さらに説明を引けば

中有は、七日、あるいは最高七七日のうちに、かならず何かに生まれ変わる。［……］論者たちがもっぱら議論するのは、胎生の生き物への生まれ変わりについてである。ここでは、人間に生れかわるさいの状況を述べることにする。中有は、父親、母親となるべき男女の寝所に忍び込み、両者が交接している現場のすぐわきにはべり、その様子をじっと観察する。そして、父親が、精を放った瞬間に、すっと母体に潜り込むのである。こうして受胎（結生《けっしょう》）が成立するわけである。（一五四）

倶舎論は日本でも仏教世界観の基礎として学ばれたが、そのすべてが文字通り受け入れられたわけでない。[7]この交接について、念のため『国訳大蔵経論部　第一一巻』（一九二〇年）の原文を引けば（ルビは一部）、「是の如き中有は、生ずる所に至らんが為めに、先ず倒心《たうしん》を起して欲境《よくきやう》に馳趣《ちしゆ》す。〔謂く〕彼れは、業力の起す所の眼根に由りて、遠方に住すと雖も、能く生處《しやうしよ》の、父母の交會《かうゑ》するを見て、倒心を起すなり」（五四三）。「青森挽歌」のトシは鳥になって、これに類したことをするように描かれているだろうか。（「倶舎論」には「卵生は、先づ、必らず、胎に入る」（五四九）とあり、受胎後に卵に入ると想定されていたようだ。）あるいは、賢治は倶舎の描く中有のほかの特徴は採用したが、この交接の件は無視した、と仮定はできるだろう。――だがより本質的な問題は、すでに述べたが、小乗の倶舎論で転生は自業自得によることである。原文を引けば、

一切の通《つう》の中にて、業通《ごふつう》は、最も疾し。虚〔空〕を凌ぐことの自在なる、是を通の義と謂ふ。通の、業に由りて得するを、名けて業通と為す。此の通は、勢用《せいゆう》の速かなるが故に、疾《しつ》と名く。中有には、最疾の業通を具得す。上世尊《かみせそん》に至るまで、能く遮抑《しやよく》すること無し。業の勢力、最も強盛なるを以ての故なり。（五三九）

つまり世尊も転生の際の業の勢いを止められない。要するに、賢治が「倶舎論」を精読しそれに従い妹の死後を考えたとは、想像しにくい。第一章の注18で示唆したが、前後の詩行の文脈からして、「倶舎」は「がいねん化」された仏教教理を緩く指すことば、と取ればいいのでないだろうか。

この連関で、仏教学者の丹治昭義は『宗教詩人　宮沢賢治』（九六年）で、この詩の「倶舎」をも扱い、それは「インド諸哲学のように不滅の霊魂＝アートマンという実体である私が輪廻転生すること

は認めないが、私という現象の転生を説く」（六七）と説明する（小野や正木と基本的に同様に）。だが丹治はそのすぐ後に、「［賢治］はこの『倶舎論』の理論を真摯に研究したようである。しかし彼はそれを真理とは認めなかった」（六八）と判断する。その理由は、丹治の読みでは「永訣の朝」のトシの「うまれでくるたて／こんどはこたにわりやのごとばかりで／くるしまなあよにうまれてくる」（二巻一四〇）は、「大乗仏教の説く請願による転生」（七三）を指し、賢治が「通信を待ち望んだのは、それがとし子の死後にはたして実現されたかどうか」（同）を知るためだった。この解釈の評価は措くとして、丹治にとって、「とし子の転生は、したがってすべての人の死は、もう『倶舎論』の説くような自業自得の転生ではない」（七五）。この仏教学者にとって、「倶舎論」の自業自得が賢治の転生観に無縁なことは、自明であるようだ。

大乗仏教の中有と「ひかりの素足」

さて、以上が「小乗」の中有だが、大乗だと別の話になる。宮元の説明を引こう。

大乗仏教は、救済主義を旗印にした民衆仏教であり［……］因果応報、自業自得の原則を無視した中有の救済ということが［……］実践された。遺族は、死者が、なるべくよい境遇に生まれ変わってほしいと願う［……］七七日のあいだに法要を営む［……］その見返りに、遺族は出家をもてなす、つまり供養する。これによって遺族は［……］積まれた功徳を、中有に振り向けるのである。これを「回向」という［……］「追善供養」といわれることもある。［……］地獄道や餓鬼道に堕ちるはずだった中有は［……］人間に生れ変わることができるようになる。

回向、追善供養というのは、インドにあっては、七七日をもって終了する。それ以後はすでに中有はかならず何かに生まれ変わっているのであるから、回向などしても無駄である［……］中国に入ると、死者の供養、法要の期間は延長される。［……］わが国になると、七回忌、十三回忌、三十三回忌、はては遠忌（百年、千年）まで行われるようになった。わが国では、いっぽうでは、勧善懲悪［……］の基礎として因果応報の輪廻思想が広まったが、他方では、このように［……］死者は、草場の陰から、ずっと子孫を見守っているのである。［……］矛盾を適当に操るということこそ、民衆宗教の民衆宗教たるゆえんというべきなのであろう。（一五五―七）

この大乗仏教の「中有」は、物語「ひかりの素足」と関係づけられる。その物語で、雪山での遭難から一郎と楢夫がたどりつき、一郎だけがそこから現世へと帰還する鬼たちのいる死後の世界は「地獄」と見なされていたが、工藤哲夫は日蓮遺文を探索して、そこに描かれる「中有」をその典拠と指摘した。具体的には工藤は『賢治考証』（二〇年）中の「中有と追善」（初出九五年）で、日蓮の「十王讃歎鈔」の「正く魂の去時は目に黒闇を見て高き處より底へ落入るが如して終ル。さて死してゆく時唯独リ渺渺たる広き野原に迷ふ。此を中有の旅と名クル也」（一〇）以下を引き、また「獄卒の迎を見る人もあり」(一二)といった物語と符合する細部を挙げる。[8]

これは、いまの宮元の説明で言えば、「勧善懲悪の基礎として因果応報の輪廻思想」における裁きの場所としての「中有」である。これと「倶舎論」の「中有」の違いについては、鈴木健司も、「「十王讃歎鈔」を背景にもつ「ひかりの素足」と、『倶舎論』を背景にもつ「青森挽歌」とでは、転生の仕組みもかなり異なっており、一律に対応させられない問題が潜んでいる」(一八四)と指摘している。ただし私見では、賢治が一貫した来世観を整理確立した後に諸作品を書いた、と想定しなければ、「一律に対応させる」よう努力する必要もないことになる。

「信仰の倫理」

鈴木健司の前掲論(〇二年本に収録)中でのヘッケルへの呼びかけの解釈と、転生の描写への「倶舎論」の参照は、すでに検討したが、その論は、賢治が日蓮による信者への来世の保証に安住できなかった理由はなにか、という問いへの答えも含んでいた。それは、鈴木がすでに『宮沢賢治　幻想空間の構造』(九四年)の「死後の行方」(初出九二年)で問題として提出したものであり――「唱題を繰り返すことがとし子の成仏の証しとなりえなかったのは何故か[……]自身の信仰のありようがとし子の成仏を妨げているのではないかとの不安が根底にあったためではないか」(六八)――、それへの答えは、〇二年本の論では一連の論証の一部として提示されているが、私見では前後とは独立している。

鈴木の提案する答えは、以下のものである。「自己の「修羅」であることを不問に付し、妹とし子の天界往生を確信することが賢治にはできなかった。法界成仏という教義にしたがうかぎり、「修羅」である自己の成仏（即身）こそが、妹とし子の天界往生を保証するのであって［……］、賢治にできることは、《祈る・願う》という行為に限定されざるを得ない」（一七五）。また鈴木は、「法華経を受持する賢治やとし子がなぜ、悪所にとどまらねばならないのか。確かに日蓮［によれば……］法華経の受持が「因果の功徳」を保証しているのである。しかし、おそらく賢治の倫理は、受持の内実にまで厳しい目を向けていたように思う」と述べ、さらに「倫理の高みにおける法華経的実践」をも語る（一九一）。

私見を述べれば、いまの引用の前半については、一信徒である賢治が「自己の成仏（即身）こそが、妹とし子の天界往生を保証する」という自覚をもっていた可能性は、あまりないと思われる。日蓮主義者にとって、仏の世界とは題目の唱題にはじまる集団的・社会的実践によって現世に実現すべきもののはずだ。のちの伊藤清一による「講演筆記帖」（一九二六年）には賢治の「仏教では法界成仏と云ひ自分独りで仏になると云ふことが無いのである」（十六巻（上）補遺・資料篇一九三）という発言が記されているが、これは後者の意味だろう。[9]

つぎに、なぜ実人生の賢治が日蓮の約束する浄土への往生を妹について確信できなかった（らしい）かは、そもそも答えのありうる問いか疑問だが、その答えとして鈴木の示す「賢治が倫理の高みで己を厳しく見つめたから」は、かなりの読者に一定の説得力をもつだろうと想像できる。ただしそれは、罪深さの自覚や内面の精査が宗教的・文学的に位の高いものだという、プロテスタント的、そしてそれが流入した「日本近代文学」的な発想が、依然として当然自明のものと思われる範囲においてだろう（著名な本を挙げれば、柄谷行人が『日本近代文学の起源』（八〇年）の「告白という制度」で分析した経緯である）。

だが、そうした発想（賢治はそれに無縁だったとは言わないが）を相対化し、賢治の仏教はその外の「道徳已上の宗教」などの諸要素を含んだことに着目することもできる。鈴木の立論には、詩「白い鳥」の「それはじぶんにすくふちからをうしなつたとき／わたくしのいもうとをもうしなつた」（二巻一五二）を重視する前提があるのだろうが、それを決定的な要素と見なして単線的な物語をつくることは、賢治の詩とつきあう一つの選択肢である。私見では、心象スケッチを貫く「賢治仏教一般」を措定する必要はなく、さらにそれを「倫理的な主体性」の物語に還元することは、その多元性、開放性、受動性にそぐわない。

「倶舎がさつきのやうに云ふ」「がいねん化」

本章後半の要点をもう一度繰り返せば、賢治は文字通りに「倶舎論」の教義に従ったとする論者もいるが、私見では「倶舎」は仏教の転生論の「がいねん化」を緩く指す呼び名と取ればよい。ここは詩集出版間際に改稿が行われた箇所の一つだが、[10] それらの箇所では、詩「小岩井農場」に典型的なように「幻想」から「実在」に向かう決意が示されつつ、いくつもの思念が交錯し多方向に引かれる。第一章で見たように「青森挽歌」のこの辺りでも、倶舎の「がいねん化」に従うというそばから、また異質な力の接近が迫っていた。「無声慟哭」と「オホーツク挽歌」の章での妹の死後の行方のさまざまな描かれ方は、ともかく整合しない。それらは、既成の「がいねん化」に拘束されない「心象スケッチ」の本領であるが、それについては次章で触れる。

注

1　専門家には周知のことを確認すれば、親鸞の『教行信証』には曇鸞の引く天親（世親）のこれに関する見解が引かれ、「穢土の仮名人《けみやうにん》、浄土の仮名人、決定《くゑちぢやう》して一をえず、決定して異を得ず」（岩波文庫六〇）とある。『日本の名著6』での訳は「この汚れた世の仮の人と、浄土に生まれた仮の人とは、まちがいなく同一の人だとはいえないし、まちがいなく異なっているとも言えない」（一九五）。そして私見では「大局的」にはこれは、第一章で見た詩「薤露青」で妹の声が二つになることと無縁でないと感じられる（もちろん賢治がそれを読んで典拠としたということではない）。

2　廣瀬正明はその論考で、この「証明」を特定したと主張して、『生命の不可思議』第五章で「現代の心理学、個体発生学、及び系統発生学は、人格不滅論に対して何等の証明をも供せざるなり」（一九一四年訳、傍点引用者）とあるまさにその「証明」を、賢治はここで申し出たと解釈する（二〇―一）。廣瀬は、この声はつまり賢治の内心と解し、証明対象は人格・霊魂不滅説と取る。「卑怯な叫び声」という評価については、「学術実験の「任」との建前を言いながら［……］トシの遺体との二人だけの交信をいつまでも続けたいという本音」（二五）の疚しさ、と説明する。廣瀬はこれらの発話を、「ヘッケルの著書にある［……］言を記憶していた賢治」による「リアルな葛藤体験を回想する場面の描写」（二五―六）と特徴づけるが、私見では、過去の一人物の思考の過程を詳細に復元したと主張する、強すぎる仮説と思われる。

同様に水野達朗は「『春と修羅』の世界観とダルケ受容」（〇六年）で、「証明」内容の特定を示唆するが、ただしヘッケルでなく、パウル・ダルケの著作中のヘッケル批判を挙げる。「図書館幻想」（十二巻二七六―七）などの賢治作品に名前が登場しさまざまに論じられるドイツの仏教への改宗者・著作家のダルケは、「世界は常に「生起」と「流転」の状態にある」という仏教的見地から、「根源的な細胞という固定した「原点」を想定するヘッケルの発想は、科学的でなく、宗教と同じだ」と批判したと紹介したうえで、水野は、その『仏教の世界観』で唯物論と観念論の双方の「実体論」を批判する一文、邦訳では「何が故に唯物論にも観念論にも証明の力が内在してゐないのか」（傍点引用者）の「証明」が、賢治詩でのその語の出現に関係すると推論する（一〇五―六）。だが私見では、かりにその著書は賢治の興味を引き精読を誘ったのだとしても、水野の立論にはその箇所の「実体論」批判が詩句とどう繋がるかの十分な説明はない。（ダルケについては、賢治への影響を主張する意見（水野の立論の前提）と、「初期仏教」の立場から「大乗」を軽んじたダルケを賢治が重視したはずはないという見方と分かれる。後者の立場の杉浦静の「宮沢賢治とダルケ」（一六年）は、その主題や研究状況の概観を与えている。）

3　秋枝の本の論点は、一九二四年に『春と修羅』「序」を書くまえに賢治は、同時代の科学思想や仏教論の影響により、「実体論的」世界観や智学の国体主義から離脱していた、という立論である。

4　筆者はドイツ語は読めないので、当時の英訳（*The Riddle of the Universe* と *The Wonders of Life*）で内容を確認したことを記しておく。

5　佐藤は著書中でヘッケルのスピノザ援用にも触れる（二五二―三、三七九―八二）。――他方、賢治の「詩ノート」中には、一九二七年三月二八日の日付のつぎの断章がある。「黒と白との細胞のあらゆる順列をつくり／それをばその細胞がその細胞自身として感じてゐて／それが意識の流れであり／その細胞がまた多くの電子系順列からできてゐるので／畢竟わたくしとはわたくし自身が／わたくしとして感ずる電子系のある系統を云ふものである」（四巻一八八）。

これは、賢治の心身問題への思索を示す興味深い作品だが、浜垣誠司はブログ項目「二〇〇六年一一月九日　「黒と白との細胞」による千億の明滅（論文形）」で、その断章と「神経細胞は『全か無か＝黒か白か』という悉無律に従って活動する」という科学説との関連などを探っている。浜垣はそこで、おもに脳神経細胞と意識との関係を取りあげるが、これは心身全般の一元論的な把握を示唆する、とも言えるかもしれない。とはいえ、これを「ヘッケル博士！」への呼びかけに関連づける意図は筆者にない。

6　正木晃も、前掲『イーハトヴ学事典』「倶舎論」項目で、詩の「明るいい、匂ひのするものだつたことを」の行は、中有は香を食することと一致する、と説明する（一五〇）。なお詩の終盤の「どの空間にでも勇んで飛びこんで行くのだ」について正木は、「倶舎論のみならず、仏教の基本とは異なる」と述べ、如来のみに可能なはずのことをトシについて「断言した理由は、法華経信仰にあったとおもわれる」と解説する（同）。

7　たとえば末木文美士も、『近代日本の思考・再考Ⅲ』（一〇年）所収の上原専禄を論じる「死者と共に戦う」（初出〇七年）の導入部で、中有は「次の生の父母となる有情の生殖作用をみて顚倒した心を起こし、それがもとで母胎に託生する」という考えを紹介するが、「現実的にそのような観念がそのまま受容されたということはありえない」（一九四―五）と付言する。

8　第一章注13で触れたが、「倶舎論」とは別の仏教の教説がこの詩に関係づけられる点に、トシの顔色の問題がある。日蓮遺文に、臨終の顔色が転生先を示すという観念が「大論云「臨終ノ時、色ノ黒キ者ハ地獄に堕ツ」等云々。守護経云、「地獄に堕るに十五の相、餓鬼に八種の相、畜生に五種の相」等云々」（『日蓮文集』一一八）などと記されていることとは、杉浦静が「賢治文学における「死」のイメージと〈臨終正念〉」（七四年）で指摘し、工藤哲夫は「トシの臨終と日蓮遺文・守護経」（九七年、引用は一〇年本）で補足した。確かにこれは、詩中の謎の声の「あの顔いろは少し青かつたよ」と関係するのだろう。工藤は、「［賢治は］日蓮の保証に従って、［トシは］「いいとこに行」ったと確信すればいい」のに、そうできなかった「理由は［……］トシ臨終の相に、守護経の指し示す悪道に堕す要件たるそれらを認めたからに他なるまい」と論じる（七六―七）。工藤（同）、杉浦（四四）、鈴木健司（一七六―七）は、この件をさらに詩「無声慟哭」中のトシのことば「（おら、おかないふうしてらべ）」（二巻一四三）に及ぼし解釈する（とくに鈴木は、トシもその観念とそれゆえの不安を共有していたと明記する）。

ただし私見では、それがこの詩の展開における、さらに実人生における、「事実」や一義的な因果関係であると措定するのは、性急に思われる。筆者には、この不安は原因というより徴候と感じられ、また『カラマーゾフの兄弟』でのアリョーシャのゾシマ長老の腐臭への動揺を思い出させる。

9　大谷栄一は「近代法華信仰にみる浄土観の一断面」（二二年）で、田村芳朗の定式化した、日蓮の「ある浄土（今ここで感得する境地）、なる浄土（仏国土の今ここへの建設）、ゆく浄土（死後帰りゆく世界）」の構図を援用して、賢治著作には「霊山往詣の〈ゆく浄土〉を見いだすのが難しい」（三八三）と観察する。そして鈴木健司の見解を引きつつ、賢治の願いは「トシ一人の成仏でなく、世界全体の成仏がめざすべきもの」であり、その「実現こそが、賢治にとっての〈なる浄土〉であり〈ゆく浄土〉だったのではなかったろうか」（三八四）と示唆する。私見では、この「〈なる浄土〉と〈ゆく浄土〉の総合」に類した理念を賢治は目指すに至った、という纏め方は可能だろう。ただし、その現実には整合の難しい両者の狭間で一連の惑乱が起り、その軌跡にこそ詩はあった。

10　栗原敦は、『宮沢賢治　透明な軌道の上から』（九二年）中の「「風景とオルゴール」の章二連作」（初出八八年）で、詩集『春と修羅』の原稿差し替えの問題を扱う。そこには関東大震災後に悪化する農村情勢への「認識が大きな影を落としたと認められよう」（一一七）と記しつつ、下書稿が残存する「小岩井農場」の場合と比較して「「青森挽歌」では残念なことに下書稿が残されていないために具体的に比較することこそ出来ないが、編成第三段階になって差し替えられた箇所を確認する」作業を行う。そして、その差し替えの一部である「「倶舎がさつきのやうに云ふのだ［……］」と思い切ろうとするところ」は「「第一集」全体の主題に重なる部分」の一つであることを、確認する（一一八―九）。

第七章　心象スケッチ、主観性の文学、仏教思想

本章は番号つきの箇条書きで、この主題に関する展望と私見を素描する。内容を敷衍する項目もあり、たんに見解のみを述べる場合もある。

1　賢治の文学も基本的には「日本近代文学」の一部。すなわち、主観的／客観的という配置――近代科学が認めるものが「客観事実」であり残りは「主観的」という世界像――のなかでの主観性の表現（スケッチ）。ただし、そこでの「文学」をめぐる議論では、しばしば「主観性」を伝えるために描写は「客観的」であるべきだなどと論じられた。例として、正岡子規の評論を挙げることができる。

「心象スケッチ」については、「心象」という珍しい用語について同時代の用例が発掘されたりその意味が検討されてきたが、[1]ここでは「スケッチ」という自明に思えるものに着目したい。われわれは、文章でも絵でも写生、スケッチに慣れ親しんでいる。だが当たり前の実践に思われるものも、その成立には歴史的な経緯がある。

有名な本を参照するなら、柄谷行人の『日本近代文学の起源』（八〇年、引用は〇九年本）は、「風景

とは一つの認識論的な布置であり、いったんそれができあがるやいなや、その起源も隠蔽されてしまう」（二八）と述べ、また「明治二十年代の正岡子規［……］は、ノートをもって野外に出、俳句というかたちで「写生」することを実行し提唱した［……］「写生」とは、それまで詩の主題となりえなかったものを主題とすることなのである［……］「描写」とは、たんに外界を描くということとは異質ななにかだった。「外界」そのものが見出されねばならなかったからである」（三四―五）と記す。柄谷は、ヨーロッパの広義のロマン主義で「内面」と「風景」が相関的に成立した経緯を要約し（三八）、「風景がいったん成立すると、その起源は忘れさられる。それは、はじめから外的に存在する客観物のようにみえる」（四六）ことを確認する。

日本でも一九世紀の終わりには、正岡子規は主観的／客観的という枠組みで詩を語っていた。『歌よみに与ふる書』（一八九八年、引用は岩波文庫版）の一節を引けば、子規は自分の用語を説明して、「客観主観感情理窟の語につきて、あるいは愚意を誤解被致をるにや。全く客観的に詠みし歌なりとも感情を本としたるは言を竢たず」と言ったり、「また主観的と申す内にも感情と理窟との区別有之、生が排斥するは主観中の理窟の部分にして、感情の部分には無之候」と語ったりした（二五）。[2]

2　賢治は科学者であり作品は「自然誌の文学」として読まれる。「心象スケッチ」の一面は科学的知見や観察が加味された経験の記録であり（特定の時間・場所を特定できる）、自然科学のさまざまな分野の専門家によるその実証研究はつねに継続中である。ほんの一例を挙げれば、詩「一九　晴天恣意

一九二四、三、二五、」で、峠のうえの巨きな雲は「仏頂体」や「異の空間の／高貴な塔」と呼ばれるが、やはり「水と空気の散乱系／冬には稀な高くまばゆい積雲」（三巻二二一―三）と記述される。

3　賢治は宗教者・幻視者であり、そのひとの経験という「事実」の「客観的・科学的な記載」が作品の一面。この件に関する証言や追憶などの資料のうち、周知の岩波茂雄宛て書簡（一九二五年一二月二〇日付）の一部を確認するなら、賢治は「六七年前から歴史やその論料、われわれの感ずるそのほかの空間といふやうなことについてどうもおかしな感じやうがしてたまりませんでした。［……］わたくしはあとで勉強するときの仕度にとそれぞれの心もちをそのとほり科学的に記載して置きました」（十五巻二三四）と記した。よく引かれる作品例を引けば、詩「三七四　河原坊（山脚の黎明）一九二五、八、一一、」は早池峰山での幻視体験を描き、「叫んでいるな／（南無阿弥陀仏）／［……］何といふふしぎな念仏のしやうだ／まるで突貫するやうだ／［……］あゝ見える／二人のはだしの逞しい若い坊さんだ」（三巻二三八）といった詩行を含む。
そうした経験を心理学的な「解離現象」として扱う一例として、浜垣誠司のブログ「宮沢賢治の詩の世界」の項目「二〇一八年八月二日　「「おかしな感じやう」の心理学」発表資料」は、柴山雅俊の『解離性障害』（〇七年）も参照しつつ、賢治の「超常体験」を「自我境界の変容」として分析する。

4　天台智顗の「一念三千」の思想と「心象スケッチ」構想との繋がり。賢治は自覚的な仏教者として、家の浄土真宗から離れ日蓮の教えの信徒となったが、その帰結として六世紀中国の天台智顗の一念三千や十界互具の思想を信奉した（もちろん日蓮自身が天台智顗の教義に依拠しつつそれを変換して独自の宗派を立てた）。賢治の法華経信仰は、はじめは島地大等訳の『漢和対照妙法蓮華経』（一九一四年）に触れたことによるが、その本は島地の解説「法華大意」を含み、智顗による法華経の宗教哲学的な解釈を説明していた。

確認するなら「十界互具」とは、仏教の考える仏・菩薩から人を経て餓鬼・地獄に至る十の存在の領域はそれぞれ互いを含みあうという観念であり、「一念三千」とは一瞬の心がそれらの無数の世界と通じるという考え方である。いずれも智顗の独自の教説だが、日本仏教の重要部分はそこからの展開であるようだ。賢治が十界互具の思想を世界観の根底に置いていたことは、いわゆる「思索メモ1」に窺える。そこには、「一、異空間の実在　天と餓鬼、／幻想及夢と実在、／二、菩薩佛並に諸他八界依正の実在／内省及実行による証明」（十三巻（下）二六二）をいう箇所があり（「依正」は「依法」つまり環境世界と「正法」つまりその衆生の心身、の意）、賢治が、近代科学は認めないがみずからは感知する存在たちを「科学的に記載し」「証明」したいと考えたことを示す。

智顗が瞑想修行を経て得た「己の心は人の世界とは異なるものを含む」という観念が、「異空間の証明」に関わる「心象スケッチ」構想に影響した、という繋がりは多くの論者が指摘してきた。たとえば栗原敦は、「「心象スケッチ」の思想」（七四年、引用は八三年本）で、島地の「法華大意」を敷衍したあと、「ところで「一念三千」の理によって「己心」の「一念」に写る「刹那の心念」を表現しようとすることは、まさに、「心象スケッチ」の方法に他ならないのではないか」（六五）、また「「心象スケッチ」は、彼が自らの信仰の根拠となる実在観を証明するために、賢治流に捉えたベルグソン等の「生の哲学」と「一念三千」の理とを交錯させたところに成立した思想的方法だったのである」(六六)と記している。[3]

他方、智顗の思想は、瞑想者の体験に基づくものと了解できるが、それ自体は天や仏の世界の観想を目指すものではない。『摩訶止観』は、つぎのように述べる(村中祐生訳(八八年)による。原文は岩波文庫の上巻四六)。「そもそも法性というのは、一切法と別のものではない。[……]あたりまえの教えをおいといて殊更に実相をもとめるのは、ここに見えている空を避けて彼処にある空を近くに引き寄せて見上げようと思うほどに愚かなことである。あたりまえの教えである法がそれこそ実相であり、そういう凡のありようを捨てておいて聖のありようを求めるのは、相応しい考えではない」(六三―四)。続く箇所は原文を引けば、「経にいわく、「生死即ち涅槃なり」と。一色一香も皆これ中道なり」(四六)。

筆者はその本の一部だけを理解することを認めるが、智顗が眼前のあたりまえの世界をそのまま悟りの世界、救いの世界として捉える見地を求めたことは了解できる。そして、日本仏教の展開において、ありのままの世界がそのまま悟りであり救いであるという世界観は先鋭化して、平安末期の比叡山でいわゆる「本覚思想」に至ったことは、すでに本書第五章で触れた。それが、智顗の「煩悩即菩提」や「生死即涅槃」という発想に由来することは見やすい。なお宗教史家として本覚思想の重要性を早くに唱えたのは、ほかならぬ島地大等だった。

(智顗はまた竜樹の「空、仮、中道」の哲学をその宗教思想の根幹としてつねに援用するが、島地の「法華大意」はそれを「円融三諦」の標語のもとに、「現前陰妄の一念たる直下の現実我を直接の対象となし、絶対性の三観智を以て此妄我即ち真我、所謂三諦三千の妙諦なりと観ずる之を天台観心の極要と為す」（一五）などと解説している。）

5　詩「一五五　〔温く含んだ南の風が〕」の「風ぐらを増す」は『摩訶止観』からの引用。「一九二四、七、五、」の日付のその詩（三巻九一－四）の終わり近くに二回繰り返される「風ぐらを増す」は、『摩訶止観』第七章冒頭の「猪が金山を揩り、衆流が海に入り、薪が火を熾んにし、風が求羅《グラ》を益すがごとくなるのみ」（上巻二六二）に由来する。菅野博史の『一念三千とは何か』（九二年）中の訳文を引けば、「(三障四魔がかえって止観の修行を盛んにすることは)あたかも猪が金山を擦れば(金山がますます輝き)、多くの川が海に注いでも(海の本性は変わらず)、薪が火を燃えさからせ、風が迦羅求羅虫《からぐらちゆう》を大きくするようなものである」（八二）。この引用のその詩における意義を扱うのは、他所に譲る。

6　日蓮の「事の一念三千」と賢治の「法華堂建立勧進文」。日蓮とは、末木文美士の『増補　日蓮入門』（一〇年）といった概説書が教えてくれるように、比叡山の天台思想のもとに育ったが智顗の思想を読み替え、独自の預言者的な救済宗教、宗教国家の理念を立ちあげた教祖だった。その大きな特徴は、智顗の「理の一念三千」を「事の一念三千」へと変換して現世に仏の国をもたらす構想を立てたことであり、智顗の瞑想では理念性や精神性の水準にあったものを、「南無妙法蓮華経」の題目を唱えることに始まる実践により事実性や現実性にもたらすと主張した。その信仰が国全体で実践されるなら、末法の世は救われ、王道楽土が今ここに出現することになる。その一端を示せば、「観心本尊抄」は、「像法」の時代には一念三千は智顗などのもとで「理具」として論じられただけで、「事行の南無妙法蓮華経の五字、並に本門の本尊、未だ広く之を行ぜず」と説く（『日蓮文集』三二一）。

賢治は、田中智学の著作等でそれを理解し信じたはずと想定できる。智学の『日蓮聖人乃教義』（一九一〇年、一七年版から引用）から、そのざっくばらんな説明を引こう。「一念三千の理を観想して、内智を研き、心證を高め、超世間的に行ひ澄ますのを「理ノ一念三千」と称し、一念三千の妙理を直ちに人生事実の上に発揮して、人を救ひ、国を治め、世を利して行く所の活方面に応用するのを「事の一念三千」といふのである。同じ一念三千でも、消極的と積極的との違ひ、自行的と化他的との違ひ、個人的と社会的との違ひ、即ち迹門的と本門的との違ひ、それが「理《リ》」と「事《ジ》」との違ひである」（四一七）。

さて智学が同じ本に引用する日蓮の文に、「如説修行抄」がある。「天下万民諸乗一仏乗ト成テ妙法独リ繁昌セン時、万民一同ニ南無妙法蓮華経ト唱ヘ奉《タテマツ》ラバ、吹ク風枝ヲナラサズ、雨壌《ツチクレ》ヲ砕カズ、代《ヨ》ハ義農《ギノウ》ノ世トナリテ、今生ニハ不祥ノ災難ヲ払ヒ、長生ノ術ヲ得、人法《ニンポフ》共ニ不老不死ノ理《コトハリ》顕レン時ヲ御覧ゼヨ、現世安穏ノ証文疑ヒアルベカラズ」（四〇三）。（なお「義農」は伏義と神農で古代中国の伝説上の帝王。）この引用の後半は、末木文美士の『仏典を読む』（〇四年、引用は〇九年本）中の訳で確認すれば、「吹く風は枝を鳴らさず、雨は壌《つち》を砕かない（ほど静かで平穏な）世となり、（理想的な）義農の世となって、今生には不祥の災難を払い長生の術を得、人も教えもともに不老不死の真理が顕れるような時を、皆さん御覧なさい」(三四五)となるが、ここで日蓮は当然ながら近代の合理主義とは無縁に、今日なら超自然や超能力と呼ぶものを想定していたはずだ。

　賢治と日蓮思想のこの側面との関係については、かれが一九二五年ころ花巻での日蓮の教えの振興のために書いた「法華堂建立勧進文」にその影響が窺える。その文書の終わり近くには、「世界は共《ぐう》の所感ゆゑ／毒重ければ日も暗く／饑疾《きしつ》風水しきりにて／兵火も遂に絶えぬなり」とあるが、つづく「正信《しやうしん》あれば日も清く／地は自《おのづ》から厳浄《ごんじやう》の／五風《ふう》十雨《う》の世となりて／招かで華果《けくわ》の至るなり」(十四巻二三八)には、日蓮の「吹ク風枝ヲナラサズ、雨壌ヲ砕カズ、代ハ羲農ノ世トナリテ」の反響を明かに聞けるだろう。賢治が日蓮と同様に特定の状況での超自然と超能力の出現を信じたかは即断できないが、しかし自覚的な信仰者について、その人はその宗教の教説より近代の合理的常識を優先させたはずだ、と推断するのはおかしなことである。

　なお引用のつづきを文末まで引けば、「世の仏弟子《ぶつでし》と云はんひと／この法滅の相を見ば／仏恩報謝このときと／共に力を仮したまへ／木石《ぼくせき》一を積まんとも／必ず仏果《ぶつくわ》に至るべく／若し清浄《しやうじやう》の信あらば／永く三途を離るべし」(同二三九)。

7　「思索メモ」と「事の一念三千」との関係。「思索メモ」で十界の証明を云々した根本理由は、それは「事の一念三千」で仏の世界が人の世界に流れこむ前提であり、かれの宗教の根幹に属したから、ではないか。
すでに触れた、賢治の「異空間」に関わる「思索メモ1」（十三巻（下）二六二）は、「一九二四、四、二〇、」の日付をもつ詩の原稿の裏面に書かれていた（十三巻（下）校異篇八四）。「春と修羅　第二集」以降の作品の多くに賢治は晩年まで手を入れつづけたから、その執筆時期を即断できないが、杉浦静の『明滅する春と修羅』（九三、九六年）を参照すれば（一三一―二）、この場合の用紙（赤罫詩稿用紙）は作品日付よりそれほど遅くない一九二七―八年頃使用と見なせるようだ（裏面のメモ書入れがいつかは別問題ではあるが）。そこには、十界の証明と絡めて、近代科学を超える物質観を、「分子―原子―電子―真空―異単元―異構成」と予感するらしい箇所もある。[4]
他方、「思索メモ2」（同二六三）は、一九三二年の書簡四八四aの「下書き（一）裏」に記され（同校異篇八五）、「科学より信仰への小なる橋梁」の表題がある。そこには、「物質、世界／生物／我」は分解すれば「分子―原子―電子」に至るが、それは「―真空―」をつうじて「―異単元―異構成物―異世界」に繋がる、といった「メモ1」と同様の直観が読みとれる。このメモは、十界のことを記さない。
だが、一九三一年の「雨ニモマケズ手帳」九頁・十頁には、病中の己の心の乱れを諭そうとする、「さらばこれ格好の道場なり／三十八度九度の熱悩／肺炎流感結核の諸毒／汝が身中に充つるのとき／汝が五蘊の修羅／を仕して或は天或は／菩薩或仏の国土たらしめよ／この事成らずば／如何ぞ汝能く／十界成仏を／談じ得ん」（十三巻（上）五〇〇―一）のことばがある。この「十界成仏」を見るなら、晩年まで賢治の思想の基本が変わらなかったことは明らかだ。

賢治が近代科学との関係で「十界互具」の証明を模索した根本理由は、それがみずからの感じる異空間・異界の体験を位置づける枠組みであったからだけでなく、「事の一念三千」で仏の世界が人の世界に及び流入する経路であったから、でないだろうか。

8　心象スケッチの枠組みとしての十界互具。にもかかわらず、それは経験の地平をなす世界観として、心に現れるさまざまな現象を自在に描く枠組みとなった、と言える。賢治作品は、特定の仏説や説話、その世界像を典拠を引いて書き写すのでなく、例は何でもよいが、クラムボンでも、ユリアやペムペルでも、それらの存在がその音響・名前とともに心に現れれば、賢治はそれを書きとめ、既成の教説と照合する必要を感じなかった。それらは、賢治の意図とは別に、日本人の死生観の歴史や、民俗的想像力などの多様な文脈に位置づけ読解することができ、そうされてきた。「十界互具」の措定する諸世界の交渉・相互浸透が「一念三千」の経路により己の心に起こりうる、と前提されれば、みずからの信仰の体系に背かないと感じつつ、そこに現れる諸現象をそのまま表現することが可能になった。

9　仏教思想と近代科学との統一理論への期待。そして、賢治の心づもり、というか期待としては、それらの現象の記録は、いずれ十界互具等の仏教思想と近代科学とが統合される統一理論ができれば、そこに位置づけられ説明されるべきデータとなるはずだ、と想定されていたのでないだろうか。この主題に関する周知のもう一つの書簡、森佐一宛て一九二五年二月九日付での「或る心理学的な仕事の仕度に、正統な勉強の許されない間、境遇の許す限り、機会のある度毎に、いろいろな条件の下で書き取って置く、ほんの粗硬な心象のスケッチ」（十五巻二二二）は、その意味に解せる。ただし筆者には、実際に賢治が概念構成をして理論的著作を書けたとは思えない（そう想定するらしい論者もいる）[5]。なお、「思索メモ2」では、「科学より信仰への小なる橋梁」（傍点引用者）と表現は控えめになっている。

10　仏教的主題の独自な出現と展開。十界互具や一念三千は、本来は転生や死後の裁きの仕組みではないはずだが、賢治による心の現象のスケッチでは、そのように現れることがある（賢治がそう意図したというのではない）。第一章と前章で扱った「青森挽歌」（二巻一五六―六八）で、死後の世界の夢幻からの鳥への転生が歌われる一節では、妹は「あのあけがたは／まだこの世かいのゆめのなかにゐて／［……］そのままさびしい林のなかの／いつぴきの鳥になつただらうか」と語られる。また、天上への転生の箇所では、「それらひとのせかいのゆめはうすれ［……］われらが上方とよぶその不可思議な方角へ［……］大循環の風よりもさはやかにのぼつて行つた」と歌われる。すなわち作品のことばの描き方の実際に即すなら、ひとの世界は鳥の世界へと流動的に移り変り、あるいは、ひとの世界のうちの天の成分の勢いが増すとそれは上昇し天上世界へと変容する。だが「それともおれたちの声を聴かないのち」、それが突然に地獄の世界に急変することも起こる――あたかも「十界互具」が転生の仕組みになっているかのように。

また、「ひかりの素足」の「うすあかりの国」で、「にょらいじゅりゃうぼん」の呼び声は「大きなすあし」の人、如来のような存在を呼び寄せる。だがそこで一郎と楢夫は、鬼たちから救われるとき、場所を移動させられるのでない。「その人は少しかゞんでそのまっ白な手で地面に一つ輪をかきました。みんなは眼を擦ったのです。又耳を疑ったのです。今までの赤い瑪瑙の刺でできた暗い火の舌を吐いてゐたかなしい地面が今は平らな平らな波一つ立たないまっ青な湖水の面に変り」(八巻三〇一)と、その場所自体が天に変容するよう描かれる——あたかも、地獄の世界のうちの仏の世界の要素が勢力を得ると天上に変わるかのように。(そこが日蓮遺文の描く「中有」を典拠に構想されたか否かは別として。)そして、一般に物語における語られぬ部分を読者はさまざまに補うが、この場面で読者は、その如来の出現によって「うすあかりの国」は未来永劫に消滅させられる、と受けとるだろうか。むしろ漠然とした感知として、ここには仏の国の勢力、その力の一波のごときものがしばし及んだが、それは他の勢力との相関関係のなかにあるらしい、と感じないだろうか。[6]

11　「到底詩でない」はずはないこと。賢治が前掲の森佐一宛て書簡で、「前に私の自費で出した「春と修羅」も〔……〕みんな到底詩ではありません」(十五巻二二二)と語ったことについては、言うまでもなく賢治は類稀な詩人、数百年に一度の現象であり、それを自覚していなかったはずはない。これは、自分の作品は当時の通念の詩とは違う、という自恃の逆説的表現であったろう。

12　経験の記録ならなぜ改稿するのか。第四章では詩「〔北上川は熒気を流しィ〕」の改稿過程を見たが、多くの場合に執拗に続けられる手入れと、先に引いた岩波宛て書簡の「そのとほり科学的に記載」との関係は、賢治研究における難問の一つである。これについては「事実」の「記録」というとき、主観的内面と客観的外界との関係だけを考えるなら、その問題が生じるだろう。だが、ことばとなった作品世界も一つの存在する「事実」であり、その草稿の領野を再訪問するとき、その世界が現れを変えたり、分岐したり、他の要素と結合することはありうる。その際は、その変異した世界を描くことが「科学的な記載」となるだろう。また「心象」ということばは、おもに視覚的な状況の描写を考えさせやすいが、作品世界は意見や判断や決意なども含むのであり、それらも、草稿の再経験のとき変わりうる。通念的にはあとから意見や評価を変えて書き換えた、と判定される事例も、そのように別の判断や意図を含むように世界が現れを変えた、と見ることができる。それらを描くことも、「心象の明滅」の「万法流転」（詩「小岩井農場」二巻六三）の「科学的な記載」であるだろう。

一例として第一章の注19で見た「青森挽歌」と異稿「青森挽歌　三」との関係を見れば、後者では、「大てい月がこんなやうな暁ちかく／巻積雲にはいるとき／或ひは青ぞらで溶け残るとき／必ず起こる現象です。」の一節は一旦句点を打たれ停止して、つぎの「私が夜の車室に立ちあがれば」以降へと平静な語調で続いた（二巻四五三―四）。それに対し「青森挽歌」詩集形では、「大てい月がこんなやうな暁ちかく／巻積雲にはいるとき……」と点線により中断されて、「《おいおい、あの顔いろは少し青かつたよ》」以下の三つの声の侵入を導く（二巻一六七）。つまり、同じ一節が改稿の過程で違う前後と接続して、まったく別の意義と音調を得ている。だが、そうしたことばの世界の生成変化もまた、「スケッチ」されるべき「心象」世界の一環なのである。

13　**多声性・反語性・逆説性と宗教思想。**第一章以来見てきたように、心象スケッチの特徴の一つは、括弧や行上げ、行下げが多用され、そこに多声性や反語性などが生じることだった。それは、記録という設定だけから出るものでなく、発話を括弧に入れるなんらかの心性が前提となる。第五章で論じたように、賢治の場合にその心性は、仏教思想のなかの逆説性、親鸞主義の悪人正機や自然法爾、さらに広く絶対者と相対的現実との同一視に至る「本覚」的な発想などを源泉とするのでないか、というのが筆者の展望である。

付言すれば、賢治の作品には確かに、括弧などを用いた意識の複数の層の表出を認めることができ、さまざまな論者が「無意識」ということばで賢治を論じてきた。また、「伊藤清一　講演筆記帖」での「世界の発見等や、真実の学問等は有識部からで無くして皆無意識部から出てゝ《ママ》くるのである」などのように、賢治自身がその語を用いた記録もある（十六巻（上）補遺・資料篇一九三）。だが、心理的動因がただちに文学の形式的特性を生じさせるのでないだろう。

14　**宗教史家、島地大等の見る天台本覚と日蓮。**日蓮は、天台思想の日本的変容を背景として出現したから、その天台本覚の要素と無縁でなかった。島地大等は、それらの繋がりに早くに着目した宗教史家だった。島地の『日本仏教教学史』（一九三三年、引用は七六年本）を見れば、本覚思想については、「近古のわが日本天台は［……］大陸天台と大同であるけれども、上古及び中古には円・密融合の天台が行はれ特に本覚本門の思想が高調された。その影響するところ頗る広汎であつて、中古以後に於ける諸種教学の母胎となつたものであり、特に日本天台の称ある所以であつて支那大陸のそれと相違するところである」（一〇）と記す。またそれが修行不要論にまで至ったことも、「一切諸法皆是仏法の故に読経のとき即ち断惑成仏す可し［……］殊に観念修行をするの要なく、読経の時即時に成仏すといふにある。これを更に厳密に言へば、真理に対する純粋直観の刹那に成仏するの意である」（四五）と明記している。そして日蓮については、「日蓮宗は即ち日本天台宗の直系に属し、謂はゆる『法華経』寿量品の文底を探りて秘沈の如意味を得、彼の顕密融合の本覚思想を本門経宗に還元して一宗の独立を見たものである」（一一）と述べている。

こうした宗教史の展望は、本書が参照してきた現代の末木文美士などの日本仏教思想史や、その前には田村芳朗の著書に含まれるが、その淵源は島地だったようだ。ただし、それらの島地の著作は賢治の最晩年ころに大学の講義をもとに出版されていて、賢治はそれを読んで影響された、と主張するのではない。むしろこれは、島地の得ていた展望は賢治の仏教の諸側面を位置づける枠組みとして有効ではないか、という示唆である。賢治はそれらの一部を島地その人から得たのだから、それも了解できる事態だろう。

15　「本覚」と詩「不軽菩薩」と「〔ながれたり〕」。栗原敦は論考「日蓮の死生観と宮沢賢治」（八四年、引用は九二年本）で、日蓮の「色心二法鈔」という遺文を引く（岩波の『日本思想大系14日蓮』（七〇年）では「色心二法事」）。引く理由は、臨終のときに肝要なことを述べると言うその文書を、妹の死を予期していた賢治は読んだのではないか、という推測だが（賢治所蔵の霊艮閣版『日蓮聖人御遺文』では冒頭から三篇目）、その文書が「十界互具の理を示唆して、全ては法界自体に外ならないと主張する」ことや、「天地自然は［……］過去に生じもせず、未来に生じもしないものだから実は不生、不滅」であり「そこから生じたとする「我身」も結局不生、不滅」だと語ることを、解説する（八二―三）。日蓮は、生死を超えた仏の真理を凡夫は本来その心身に体現するはずだが、それに気づかないことを、「哀レナル哉生死の無常を厭ひ悲しみ。身の常住の生死をしらずして厭ひ居る事よ」と嘆くに至る。岩波の『日本思想大系』本の解説は、これを真筆でない疑いもあるとしつつも、真筆なら初期の作と判定し、その性格は「素朴な形而上学的唯物論と神秘的汎神論の雑居」を示し「本覚思想の原型」であるとする（三七三）。法身がつねにすでに凡夫の体に備わるなら、それを自覚すれば（自覚しなくても？）、救いはあることになるだろう。（前項で見たように、日蓮に関わる文書には本覚思想の要素も含まれ、賢治が遺文等からそれを吸収することもありえた。末木の『増補　日蓮入門』も、偽作の疑い――賢治による受容には無関係の問題――のある遺文中の本覚的傾向を扱っている（第Ⅴ部三節）。）

栗原は、賢治にとっての問題はそうした思想を体得し、それによって妹の死に対することができたかだったと述べる。「日蓮はここで何を言おうとしているのか。［……］恐らく、日蓮の言うところは、生に在る時宇宙（自然）の全体と一体化し得たならば、その時その生の主体にとっては、生の移り変わりも、もちろん生死も問題にならないであろう、死にむかう時に在っても全く同じであろう、ということだ。［……］そういった主張が力ある言葉として語られ得るためには、その宇宙（自然）との生き生きした一体感の裏付けがなければなるまい。［……］だが、例えば「色心二法事」は、死に臨む妹を前にした賢治に、果たして有意味でありえただろうか」（八三―四）。その論考での栗原の考察は、賢治がそうした死生観を他者との関係に開き「社会的倫理の段階へと明瞭に引き上げること」（八八）に向かった経緯を素描する。

宗教的理念に関して、人はそれを体得した状態に己を保てるか、という問いは一般的なものだろう。人が絶対者や無限者を信じて、その力や光はつねにすでに己に届いている、あるいは己を作っている、と考えることは起こる。だが、その想定され、ときに実感される絶対者や無限存在との関係は、相対的であり有限であらざるをえない自己においては、極度に逆説的で、語りがたいものとなりうる。「青森挽歌」終幕の「どこへ堕ちやうと／もう無上道に属している」（二巻一六七）や、「おまへの武器やあらゆるものは／おまへにくらく恐ろしく／まことはたのしくあかるいのだ」（同一六八）は、そうした種類の表現だったと言える。それらは、「如来寿量品」の「衆生劫尽きて／大火に焼かるると見る時も／我が此の土は安穏にして／天人常に充満せり」（島地大等訳四二七）が人間の次元においてなにを意味しうるのか、を言い換えているとも思える。

賢治の作品には、「本覚」的な発想を認めることができる。初期の花鳥童話「めくらぶだうと虹」については、第五章でキリスト教のなかの反律法的なものとの交渉という観点から読解したが、たとえば、法華経の一品の主題を扱う後期の文語詩「不軽菩薩」（万人の成仏を信じ「増上慢」の迫害者をも礼拝した）にもそれはある。「雨ニモマケズ手帳」でのその初期形を引用すれば、

我にもあらず
衆ならず
法界にこそ立ちまして
たゞ法界ぞ法界を
礼すと拝をなし給ふ　（十三巻（上）五五七）

この「たゞ法界ぞ法界を礼す」において、存在は存在に礼をして、世界が世界を肯定することを肯定する。（「法界」とは「思考の対象となる万物」と「真理のあらわれとしての全世界」の双方を意味し、存在と真理とを同時に指すことは、『広辞苑』も教えてくれる。）[7]そして、そのことは、すでに第二章で取りあげた文語詩「〔ながれたり〕」でも同じと思われる。そこでは、「水いろなせる川の水／水いろ川の川水を／何かはしらねみづいろの／かたちあるものながれ行く」（七巻一九八）と同語反復が執拗に繰り返され、あるものはあるものを肯定しつづける。それは、死んだ生者たちと生ける死者たちが流れる川という凄惨な情景を歌う以上のことをしている。

注

1 現行の原子朗『定本語彙辞典』「心象スケッチ」項目は、恩田逸夫以来のさまざまな調査や研究の成果を紹介している(三七一―三)。

2 大浦康介編の『日本の文学理論アンソロジー』(一七年)の「2 描写論」セクションは、子規、虚子、田山花袋、徳田秋聲、岩野泡鳴、高見順の言説を集めている。

3 大沢正善もすでに八二年の論文「「心象スケッチ」「修羅」の源流」で、本章の扱う諸主題に触れている(「事の一念三千」は除いて)。また中川秀夫の『異空間の探求と仏教』(〇三年)の論考(初出七九年)も同様であるが、ただし「心象スケッチという方法」によって賢治は「自己の心象を凝視し」「それによって十法界を見る」から、その作品は「一念三千の[……]相即相関をそのまま示す」(五二―三)と述べる辺りは、詩篇の実際から離れる感がある。

4 この「真空」について、浜垣誠司のブログ「宮沢賢治の詩の世界」の項目「二〇一八年二月一八日 現象としての真空」は、「「真空」が、無内容な「空虚」ではなくて、物質を孕みエネルギーを帯びた「ひとつの現象」だと賢治が考えていたと思われるところが、何より面白いと私は思う」と記している。

5 山根知子は論考「宮澤賢治「或る心理学的な仕事の仕度」と同時代の心理学との接点」(一二年)で、「科学より宗教への小さな橋梁」をめざして「賢治は自らの仏教信仰の立場からそれを試みる著作の計画を進めていたのだろう」(四八三)と記す。他方、前掲書の中川秀夫は、「体系的な論文」が「実際に可能なことであったのかどうか。それについて語る自信は私にはない」(八六)とする。

6 なお前章で参照した論考「中有と追善」で工藤哲夫は、子供たちが「中有」で救われたからにはだれかが「追善供養」したにちがいないと考え、それは作中に見当たらないのでだれかの「無意識の追善」を考え、その典拠を探るが、その想定と物語の他の要素(「一郎は弟を捨てなかったので救われた」と読めることなど)がうまく整合しないことは認め、結局、作品の完成度の不足を示唆するに至る(四〇)。

7　分銅惇作は「塵点劫の旅人・宮沢賢治」（九〇年）で、「法界ぞ法界を礼す」の典拠は、日蓮が門弟日興に口述したとされる「御義口伝」、そのうちの「常不軽菩薩品」を扱う三十箇条のうち第廿九であろうと指摘している（四三）。「御義口伝」は、田中智学も著作で（『日蓮聖人乃教義』四四六等）扱う文書だが、一九一五年の刊本から引けば、その第廿三は「不軽は善人、上慢は悪人と、善悪を立つるは無明なり〔……〕善悪不二邪正一如の南無妙法蓮華経と礼拝するなり」（一二〇）という一節を含む。――他方、松岡幹夫は『宮沢賢治と法華経』（一五年）第四章で、この詩句に「絶対一元の世界」を認めつつ、「法界としての自己があるのみ」で「現実の他者」や「倫理の場」はないと批判する（二五九）。その評価の当否はさておき、本書第五章で引いた松岡自身の表現を用いるなら、「本覚思想の光と闇」は「雨ニモマケズ手帳」にも持続したと、松岡は認めている。なお末木は『思想としての近代仏教』（一七年）中の一論考（初出一五年）で、その伝日蓮の口伝はその本覚的な発想の問題性ゆえに毀誉さまざまに扱われることを扱う（一八三―九〇）。

第八章　ゲーリー・スナイダーの宮沢賢治

一九三〇年生まれのアメリカの詩人ゲーリー・スナイダー（Gary Snyder）の六八年の詩集『奥地』*The Back Country* は、その第五部に宮沢賢治の詩の翻訳を収める。本章は、その訳詩をその細部に着目して検討する。

スナイダーは、金関寿夫ほかによって、日本でもよく紹介されてきた。いわゆるビート派に含められることもあるが（確かにその一派と交流はあった）、その繋がりが予想させる破滅型の詩人ではなく、むしろ肯定的な世界観の持ち主である。サンフランシスコの出身だが、少年のころからアメリカ・インディアン（一昔前の呼び方だが）の自然に親和した生き方やその神話の世界に惹かれ、大学では人類学を学び、その後は森林監視員などをして実際に大自然の直中で暮らした。自然を利用搾取の対象とする「西欧的」な姿勢に反発して、自然保護の立場をとってきた実践家である。また東洋思想とくに仏教の宇宙観にひかれ、日本で禅の修行を長期間にわたって積んだ。そうした特異な仏教的エコロジストである優れた詩人として、六〇年代にはアメリカの対抗文化に大きな影響を与えた。

詩人としてのスナイダーは、「東洋神秘主義にかぶれた原始主義の詩人」などは頭から拒絶する西洋古典志向の高踏的な批評家からは否定的に扱われがちだが、一定以上の力量をそなえた詩人という基本的な評価を獲得してきた。たとえば、東部の批評家で、スナイダーも属するウィリアム・カーロス・ウィリアムズ（William Carlos Williams）やエズラ・パウンド（Ezra Pound）の系譜の詩人たちにはっきりと冷淡なヘレン・ヴェンドラー（Helen Vendler）も、編集した『ハーヴァード現代アメリカ詩選集』（八五年）にかれの詩を数篇採っている。

そのスナイダーは賢治の訳詩をじぶんの詩集の一部に収めたが、そこに賢治に対する共感、親和感が働いただろうことは、想像に難くない。仏教と科学と詩がたがいに交渉しあいまた融合する独特の宇宙が、スナイダーが自分の理想に近いものとして賢治に見いだし、影響もされた方向性である、とまずは言えるだろう。この論点については、すでに金関の『アメリカ現代詩ノート』（七七年）所収の「ゲイリー・スナイダー、仏教、宮沢賢治」（初出七五年）や、志村正雄『神秘主義とアメリカ文学』（九八年）のスナイダーを扱う章（初出八九、九〇年）などが存在する。また、ジェイムズ・R・モリタ編の『賢治奏鳴』（八八年）は、英語での賢治研究の邦訳数篇を含む本だが、ジョン・ラキュアによるスナイダーの訳詩の考察も収めている。ラキュアは、両詩人の類似点と相違点の概観を試み、訳詩のできばえへの評言や、さらにその翻訳があまり注目されない理由を述べる――それは「翻訳ならば、もっと読み易いはずだと思っている」「英語の読者が」賢治訳の難解さに「失望」する、という説明ではあるが（二六四―五）。

さらにスナイダー自身は、雑誌『へるめす』でのインタビュー（九二年）で、賢治を翻訳した経緯や、賢治に惹かれた理由を説明している――「そうだね、まず、賢治の自然観や周りの人々に対する彼の態度が気に入ったね。彼の持っているユーモアの感覚や好奇心、それに硬質なイメージ、主題の多様性といったものにすごく引かれたな。宮沢賢治の静かなスタイルは、日本の初期の仏教徒の典型のように思えたし、謙遜した態度のなかにも一種のモラルを兼ね備えた、大正時代の魅力的な人物だと思った。それに自然や仏教(法華経)に対する彼の関心は、農学の科学的な知識と結びついているからね」(一三三)。この発言は、世界観や宇宙観という水準でスナイダーが感じた賢治への共感をほぼ要約している。

大局的には、賢治もスナイダーも、宇宙をその無数の要素が互いに関係しあうひとつの巨大な生命体として捉える、仏教的な見地をもつのだろう。ただし、近代科学を奉ずる農業技師でもあった賢治は、「グスコーブドリの伝記」での火山の放出物を統御して気温を調整するといった発想に見られるように、技術による自然の支配とそれによる農民の救済をも夢見ていた。それが、「西洋的な」(と一概に言えるか?)自然支配に反旗を翻すスナイダーのエコロジー思想と齟齬しないかは、検討の必要があるだろう。[1]

また、スナイダーが「詩人」賢治に惹かれた大きな要因は、山野を彷徨しそこで自然の諸力に触れ「心象スケッチ」を得るというその詩法であったはずだ。賢治において仏教への帰依と自然へのアニミズム的な傾倒とが結合していたことは、日本仏教の展開において、古来からの山岳崇拝やシャーマニズム的な実践などが裏から、表の教義に滋養を与えた歴史的経緯の一つの顕れであっただろう。そして、山里勝己の『場所を生きる』（〇六年）の第七章「遭遇するカウンター・カルチャー」（初出は九一年の英語論考“Snyder, Sakaki, and the Tribe”）が「スナイダーは日本の修験道にも強い関心を示し［……］修験道の本山である［……］大峰山を訪れた」（一四七）と記すように、かれは山岳仏教の修行にも触れていて、賢治のその側面に共感したであろうことは理解しやすい。

＊

だが本章の焦点は、賢治とスナイダーとの思想の比較や、存在しうる影響関係の実証ではない。詩の翻訳は「思想」の理解や共感によってのみなされるのではなく、原詩と訳詩が、特定の言語の詩の歴史を背景として、リズムと音声とイメージと意味の運動においてなにを実現するかを見る必要がある。スナイダーがアメリカの二〇世紀の詩の展開のうちのどの部分の継承者であり、賢治の詩を翻訳する際にそれをどのように用いているか、そして訳される側の賢治の詩の特性とそれがどこまで親和的かを、具体的に見ていく。（この問題に、ラキュアは触れてはいるが、扱う訳詩は二、三篇である。「賢治の詩」を「七音ほどの短い行と、その倍ほどの行にはっきり分かれる。彼のいわゆる自由詩はほとんどがこのパターンで、詩人が意図したしないにかかわらず、自然なリズムを作り出している」（二六三）と特徴づけるが、これは十分に精細とは思われない。）

スナイダーが賢治の詩を発見した鋭さは瞠目すべきであり、かれは佐藤紘彰による賢治詩の七三年

の英訳本 *Spring and Asura* の裏表紙に「賢治はかれなりに世界的な詩人だ」ということばを寄せてもいる。また、アメリカの力量のある詩人による訳詩が、その言語での詩作品として自立していることは当然だろう。だから、いわゆる「誤訳」はここでの問題ではない。だが、散文的な水準での原詩と訳詩との異同は別として、詩的な感興の特質という水準で、原詩と訳詩はやはり異なっていると感じられ、いくらかは不満も感じられる。その違いは不可避であり、詩的に独立した価値をもつ翻訳を目指すなら、移される側の言語の詩の伝統になんらかのやり方で訴えざるをえない。（もちろん訳詩の過程で、その詩語の貯えの創造的な変形や、まったく新しい詩の創出も起こる。他方それは、詩語の伝統の常套的な枠組みに、原詩の「意味」を押しこむことに堕しうる。）

ただし、スナイダーは前記のインタビューで、日本語の勉強を兼ねてある若い日本人と賢治の詩を読んだ、と述べていて（一三三）、翻訳時の日本語の詩を読むかれの力を過大に見積もるべきではなく、また、賢治の原詩のことばの動きを深い理解のもとに英語に移そうとした、とまで想定すべきではないようだ。[2] それでも筆者には、詩人の鋭い直観が窺えるスナイダーの翻訳は、二つの詩語の伝統の接触の現象として、注目に値すると思われる。

＊

スナイダーの詩集『奥地』の第五部は賢治の詩十八篇の翻訳からなり、百五十ページの本の最後の二十ページほどを占める。収録作品は順番に、『春と修羅』の始めのほうから「屈折率」、「くらかけの雪」、「春と修羅」、「雲の信号」、「風景」、「休息」、「有明」とつづく。つぎに「春と修羅　第二集」から「国立公園候補地に関する意見」、「牛」、「北上山地の春」、「命令」がきて、さらに「春と修羅　第三集」から「はるかな作業」、「詩ノート」から「政治家」、「雨ニモマケズ手帳」から「月天子」、ふたたび「春と修羅　第二集」から「旅程幻想」が採られる。最後は『春と修羅』にもどって、「グランド電柱」、「松の葉」、「ぬすびと」である。(この選択からしてスナイダーが読んだのは谷川徹三編の岩波文庫版詩集であろう。)要するに『春と修羅』のおおよそ前半の比較的みじかい作品が主であるが、短詩とは呼べないリズム的に際立った詩「春と修羅」は含まれ、「国立公園候補地に関する意見」、「命令」といった奇抜な発想の作品も入っている。また妹トシの追悼詩からは「松の針」が採られている。これは、賢治の詩の多彩さを裏切らない選択ではあるが、他方、配列は年代順でなく、さりとて主題による構成が見えるわけでもない。

スナイダーが賢治をどう理解するかについては、その訳詩のまえに短い紹介がつけられている。三つの段落からなるその紹介の始めの二つは、「宮沢賢治……は北日本の岩手県で生まれ生涯のほとんどをそこですごした。この地方は、ときに日本のチベットと呼ばれ、貧困、寒さ、冬の豪雪で知られている。かれの詩はすべてそこから現れた」、「かれは農民たちのあいだに生まれ人生をおくった。学校教師として(化学、自然科学、農業)、仏教徒として。かれの詩は多くの仏教的な言及と、科学の語彙を含む」であり、当時流布していた説明を踏襲している。そして三つめの段落は、「かれの作品の大半は口語的であり、韻律は自由である。かれの全作品は死後に出版されたが、七百の自由詩（free-verse poems）と、九百の短歌の詩（tanka poems）と、九十の童話からなる」と述べる（一三〇）。

さて「口語的」で「自由な」「韻律」と言うとき、日本語の「口語自由詩」であれ英語の free verse（スナイダーの詩はその範疇に入る）であれ、詩の名に値するなら、既成の詩形をそのまま用いないにせよ、ただの散文のぶつ切りでないはずだ。そうした名前で呼ばれる作品群は、伝統的な韻律とどの程度近いのか離れるのか、定型的な韻律が利用するその言語の音声的な要素のうちのどれをその構成に用いどれを捨てるか、といった点について多様な変異を示す。だから賢治の「口語自由詩」がスナイダーの free verse に移された、ということで話が終わりはしない。

日本語の伝統的な音数律との関係における賢治の詩の性格については、すでに第一、二章で論じた。スナイダーの訳詩の特徴を、英語の詩のリズムの性質と関連づけて描くには、簡単にでも英詩の韻律についていくつかの説を紹介する必要がある。だがそのまえに、詩人スナイダー像を手短かに確認するなら、先述のようにかれは基本的にはパウンドとウィリアムズの流れに属する。パウンドは、二〇世紀の初頭にイマジズムの運動を創始し、日本や中国の短詩形に影響されその翻訳も行いつつ、当時の英詩の多弁で陳腐な修辞に、硬質なイメージの提示を対置させた。その際は、冗長な接続的な語句が排除され、名詞格の表現がすばやく併置されることが多い。だがかれは、アングロサクソン詩的な四強勢の韻文を朗々と響かせながら、神話的な世界を断片のうちに出現させようともする。ウィリアムズは、イメージの重視や断片のコラージュによる長篇詩への志向をパウンドと共有するほかに、アメリカの話しことばを詩語として確立することを目指した。スナイダーは、まったく新しい詩語の可能性を開くといった詩人ではないが、二〇世紀アメリカ詩で開発されたいくつかの書法を確かに手中にしている。

*

リズムとは、時間のおよそ一定の単位が同一のものとして反復されることであるとして（その実行は自覚が必須でない習慣的活動である）、ことばのリズムでは、個々の言語ごとに同一なものの実現のされ方は異なる。デレク・アトリッジ（Derek Attridge）の八二年の『英詩のリズム』*The Rhythms of English Poetry* によれば、英語の場合、その言語自体のリズムの基本な傾向は、「強勢」（「アクセント」「ストレス」「ビート」と用語法は多様である）[3]が同じ時間の間隔で反復されることである（二二）。ただしその「等時性」isochrony は、計測上の正確な同一性ではむろんなく、暗黙に人びとの実践を導く心的な同一性である（二五）。そして一般に、ある言語の詩のリズムは、その言語の自然な傾向を人為的に強めた約束事として歴史的に形成されるが（七六）、英語の場合にその伝統的な韻律のもっとも有力な型のひとつは「弱強五歩格」iambic pentameter であった。

だが、この名前がギリシャ・ローマの詩学からの輸入であることが示唆するように、この用語が代表する伝統的な韻律論で英詩を論じる妥当性については、歴史的にさまざまな議論が存在してきた。

アクセントの有無の組み合わせの型がひとつの「歩」「音脚」footをつくり、それが三、四、五などと集まり一行をつくるという枠組みは、それが記述する詩形式を、アトリッジの用語では、「アクセントーシラブル韻文」accentual-syllabic verseつまりその両方の要素を統御する形式と見なす。いちおう弱強五歩格の一例を引くなら（ロバート・フロストから）

Thē lánd | wās óurs | bēfóre | wē wére | thē lánd's.

である（音節の上の横線は弱、斜め線は強、音節間の縦線は歩の区切りを示す）。だが、英詩のこのような特徴づけへの異論も存在してきた。

その異説の一つを唱えるアトリッジの考えを簡略に述べれば、「弱強五歩格」と呼ばれる強勢が五つある形式は、英詩の歴史では比較的新しい（一二三）。かれは伝統的な「歩」概念に批判的であり、自分の記述の枠組みに採用しないが、英詩の文学伝統のなかで人為的に構成され維持されてきた形式の名前としてはそれを許容する（一三〇）。より土着的な詩形式は四強勢の詩であり、五歩格の登場後もそれと平行して民衆的なバラッド形式などとして存在してきた（そこでは強勢のないシラブルの数は不定でありうる）。

そして、その四強勢の詩型は、その「ビート」（アトリッジが好む語）のうち一つは実現されなくてもよく、その場合に、ことばとしては空白の「強勢」は、他の強勢と等しい持続として体験される――通常はその自覚はなしに（八四）。それゆえ、基底として四強勢の行が集まる四行一連の実際の強勢数は「四、四、三、四」などでありうる。その音声のないビートがリズムの一環であることは、複数の人間が声を合わせる朗読 choral reading によって明らかになる（七四）――まさに、日本語で七五律などを一斉に音読する際と同じように。バラッド韻律の一例、ジョン・ダンからの二行のアトリッジによる分析を引こう（三三四）。ここでは、通常の歩の区切りを廃し、ビートをB、オフビート（ビートなし）をoと音節の下に記す表記法が使われている（やや簡略化して示す）。

Sweetest love, I do not go
B o B o B o B

For weariness of thee,
o B o B o B [o B]

二行めの最後の[o B]が空白のビートだが、これは通常の分析では、弱強の三歩格からなる行、とされる。

アトリッジによれば、英詩には、強勢だけ統御する「アクセント韻文」accentual verseと、強勢と音節数の双方を統御する「アクセント―シラブル韻文」accentual-syllabic verseとの種々の混合を認めることができる（一四二）。また、四強勢の詩は「歌うリズム」、五強勢の詩は「語る韻律」と区別しようとする試みも存在した（二五）。——他方、「自由詩」の類型を二分する議論（伝統的韻律の変形である型と、離脱の明確な型）を本書第二章で参照した批評家チャールズ・O・ハートマン（Charles O. Hartman）は、八〇年の『フリー・ヴァース』*Free Verse* で、逆にそのことをとらえて、弱強五歩格を基準にした発想から、バラッド的なリズムはむしろ音楽の範疇に属し、真の「韻律」measure ではないと言っている（三二）。——さて、こうした議論は精細に複雑に展開されていくが、スナイダーの賢治英訳を語るのに必要な前提は、ここまでで十分だろう。

＊

スナイダーによる賢治の翻訳のうち、まず『春と修羅』第一集からの短い詩篇の訳を見よう。ただし、それらの短篇詩は、それぞれ印象的であるが、単独で屹立する種類の作品ではなく、どれか他の長篇詩の一部でもありうるという感触もある。——がともかく、具体的に詩とその英訳に向かおう。最初は、『春と修羅』の（「序」を除けば）巻頭の詩「屈折率」。（以下この章では岩波文庫版のテクストを用いる。また、よく知られた諸作なので行替えを圧縮した表記を用いる。）

七つ森のこつちのひとつが／水の中よりもつと明るく／そしてたいへん巨きいのに／わたくしはでこぼこ凍つたみちをふみ／このでこぼこの雪をふみ／向ふの縮れた亜鉛の雲へ／陰気な郵便

脚夫《きやくふ》のやうに／（またアラッディン　洋燈《ラムプ》とり）／急がなければならないのか（一四—五）

この「内容」じたいは取りとめがないとも思われる詩、しかし、自然の諸力に応答するなかで未知のなにものかを予感する気息を実現する詩では（見かけと本体との関係という主題も含むが）、詩人の歩行を体現することばのリズムが一篇の緊張を支える。第一行の「七つ森のこつちのひとつが」は「三・三・四・四」で、その「四・四」が七五調的な八音の時間をつくるかはまだ明確でないが、二行めの「七・七」、三行めの「七・六」は、定型的な読みを誘う（「‖みず—の○—なか—より‖もっ—と○—あか—るく‖」など）。そして六、七行めの「向ふの縮れた亜鉛の雲へ／陰気な郵便脚夫のやうに」は、すでに第一章で見たが、菅谷規矩雄が言う典型的な「八・七」の「歩行リズム」をなしている。

これに対するスナイダーの英語は（一三二）——

This one of the seven forests:
more light than under water—
and vast.
tramping up a frozen rutted road,
rutted snow,
toward those shrivelled zinc clouds—

like a melancholick mailman
(or Aladdin with his lamp──)
must I hurry so?

まず眼を引くのは、よぶんなことばを可能なかぎり除いた詩句の姿のすがすがしさだ。第一行と第二行をつなぐのは繋辞でなくコロンであり、三行めの「そしてたいへん巨きいのに」は"vast"の一語に圧縮される。ここには明らかにイマジズム的な詩の美学、余計な接続詞などを省き、散文的な説明を排して新鮮なイメージを提出する詩法が働いている。（それはまた当然ながら、スナイダー自身の多くの詩にも現れる特性である。スナイダーを論じてパーキンソン（Thomas Parkinson）という批評家は九一年の論考で、詩人の書き方の特徴を「たんなる文法的機能しかもたず重要でない連結語の削減」としている（二七）。）そうした詩学による処理として、この一篇はすぐれた訳詩になっている。他方、"trámpīng úp ā frózēn rúttēd róad, / rúttēd snów"という英語などは（強勢の有無を表記した）、確かに歩行のリズムの感覚を伝えている。（全体としてこの訳詩はアクセント韻文であるが、いまの引用には「強弱」格的なリズムを聴きとれるかもしれない。）

だが全体としてこれは、多弁さの削減を骨子としない賢治の詩の効果とは、感触がちがうことは明らかだ。そして、スナイダーによる訳詩群は「心象スケッチ」の特性をよく理解させるようには構成されていないので、こうした翻訳は英米の読者には、イマジズムが定着させた東洋詩の像にあまりにぴったり一致したものと受け取られる虞れはある（先に述べたようにスナイダーが賢治の多様性を無視するわけではないが）。

とは言え、賢治の短詩とスナイダーとの接触の結果には、おもしろい局面が存在する。賢治の「有明」はつぎのような作品だった。

起伏の雪は／あかるい桃の漿《しる》をそそがれ／青ぞらにとけのこる月は／やさしく天に咽喉《のど》を鳴らし／もいちど散乱のひかりを呑む／（波羅僧羯諦《ハラサムギャテイ》　菩提《ボージュ》　娑婆訶《ソハカ》）（二二二）

ここでは一行めは七音で、二行めの「七・七」、三行目の「五・八」と、八音分の持続のリズムが主導的なことは明白だ。――ただし第三行は前の行の「七・七」の影響で「あおぞらにとけ―のこるつきは」という切り方をも誘い、そのゆらぎは音調の効果を生む。そして四行めの「七・六」は、その八音分の時間の内部での構成は「やさしく―てんに―のどを―ならし」と「四・三・三・三」であり、その構成を受けついで第五行では「もいちど―さんらんの―ひかりを―のむ」（四・五・四・二）の四ブロックが成立する。そのリズムは、七五調の八音の持続の等価ではなく、四つのブロックの等時性を導き、その結果は「さんらんの」から「のむ」に向う減速となるだろう。つまり五行めは、そのまえと連続しつつも、七・七や七・六の行が連続する単調さを免れ、緊張しまた余韻を残す声調を獲得している（と少なくとも筆者には聴こえる、と限定しておこう）。

スナイダーの英語（一三七）——

Rolling snow turned peach-color
　　　　the moon
　　left alone in the fading night
makes a soft cry in the heavens
and once more
drinks up the scattered light

(*parasamgate, bodhi, svaha!*)

"Rolling snow turned peach-color"が、「桃の漿」の比喩を生かさないのは残念だが、"the moon/left alone in the fading night"は「青ぞらにとけのこる月」の正確な訳でないが、原詩に劣らず美しい。ここでもイマジズム的な美学が作用していることは同じだが、それが顕著なのは始めの三行の処理だ。つまり、その三行は賢治の詩の構文とはまったくべつに、そのイメージを、W・C・ウィリアムズが後期に用いたような三行で一纏まりの詩形により表現している。スナイダーはあるインタビューで（*The Real Work: Interviews and Talks 1964-1979* に所収）、じぶんの訳詩の方法を説明して、原詩のイメージを心中に視覚化してからそれを英語に移す、と語っている（三九、一七七―八）。ウィリアムズのその詩形について、前掲のハートマンの本は、その各行はそれぞれ同じほどの時間の持続をもって読まれるよう意図されている、という見解を示す（三五）。その説のウィリアムズについての妥当性はともかく、ここでの二行めの“the moon”は確かに、第一行、第三行と釣り合う静寂の長さをもつように置かれている。そしてこの訳詩の動きはいちど三行めで停まる感じだが、“the moon”を受ける第四行の動詞“makes”が現れることでまた動きだす。その動詞もそのあとの六行めの“drinks”も行頭に位置してその働きは強調され、その点では、原詩での行末の動詞が生むのに近い効果をもたらす。

さて今度は「グランド電柱」。

あめと雲とが地面に垂れ／すすきの赤い穂も洗はれ／野原はすがすがしくなつたので／花巻《はなまき》グランド電柱の／百の碍子《がいし》にあつまる雀／／掠奪のために田にはいり／うるうるうると飛び／雲と雨とのひかりのなかを／すばやく花巻大三叉路《はなまきだいさんさろ》の／百の碍子にしりぞく雀（五六―七）

この軽快な詩についてリズムの局面で着目すべきことは、二つに分かれた連の各々で、基本的には七五調的なリズムが、その連のなかばで崩れかけ、それから四行めでまた「百の碍子にあつまる雀」と「百の碍子にしりぞく雀」の「七・七」の定型性に帰ることだ（後者は初版本形では後半が「もどる雀」で「七・六」）。具体的には第一連では、始めの二行は「七・六／七・六」だが、三行めは散文的に「野原は・すがすがしく・なつたので」（四・六・五）となる（ただしここでもその前の行の「すすきの・赤い・穂も洗われ」とブロック構成での連続性は保たれる）。そして各連の終わりでの定型的リズムへの復帰は、雀が電柱に集まるさま、また飛び立ってからまた戻るさまという主題を、韻律の効果においていわば模倣している。この詩自体は軽い作品であるが、賢治のこうした韻律の技量は驚くべきものだ。

それに対するスナイダーの訳（一四八）——

rain and clouds drift to the ground
susuki-grass red ears washed
fields fresh and live
and the great power line pole of Hanamaki
sparrows on a hundred insulators
then off to pillage a ricefield
whish whish whish whish flying
light of rain and cloud
and nimbly sweeping back to the hundred insulators
at the fork in the Hanamaki road
sparrows

ここには、すでに見てきたスナイダーの詩学がいっそう明確に現れている。コンマやピリオドは廃され、接続詞や前置詞は切りつめられ(とりわけ"susuki-grass red ears washed"の部分)、繋辞や述語動詞は最小限にされる。つまり一行めには"drift"という動詞があるが——がこれでさえ名詞とも読める——、ほかは二行めの"washed"は名詞に後置された過去分詞であるし、六行めではわざと動詞を使わず"off"にその役目を代替させている。この翻訳は、賢治の原詩の二連の構成を捨てているし、雀が集まり飛びまた電柱に戻るという設定も完全に生かしてもいない(五行めは"sparrows on a hundred insulators"と動詞が避けられていて、「集まる」の動きは明確でない)。——しかしこの訳詩は、そうした流動的な詩行を、四行めの"ānd thē gréat pówēr līne póle ōf Hánāmákī"や、一〇行での"āt thē fórk īn thē Hánāmákī róad"といったどちらかと言えば規則的な律動をもち整然と進行する語句で塞き止めていて、賢治の詩の発想を、やや違った形ではあるが英語で再現しているとは言えるだろう。この訳詩も、巧みな技術の産物であるにちがいはない。

*

さてスナイダーによる賢治訳の中心はこのような短篇詩であるが、詩集と同題の重要作「春と修羅」は訳されている。そしてこの、「おれはひとりの修羅なのだ」という賢治の自己規定が宣言される詩（ただしその鬱屈、疎外感の内実が詩自体から明快に読み取れるわけでない）では、躍動し疾走するリズムがなにより際立つが、スナイダーはそれに対して、これまで見た訳詩で用いたものとは違う種類の英語の詩の書法に訴えている。それは、かれがこの詩の特性を基本的には正確に感知したことを、読者に納得させる。

最初に賢治の詩を引こう。

心象のはひいろはがねから／あけびのつるはくもにからまり／のばらのやぶや腐植の湿地／いちめんのいちめんの諂曲《てんごく》模様／（正午の管楽《くわんがく》よりもしげく／琥珀のかけらがそそぐとき）（一八）

ここで最初の四行の声調は堂々とゆったりと進行し、それを、括弧のなかのより流動的な二行が受けとめる——そうした運動と停止の交替がこの作品の構成になる。その律動をもう少し細かく見よう。音数としては一行めの「五・四・五」のあとに、二、三行めは「七・七」の定型的な行が来る。四行めは「五・五・七」とも分けられるが、むしろ、そのまえの第三行、「〓のば一らの一やぶ一や○〓ふしょ一くの一しっ一ち○〓」の「四・三・四・三」の四ブロックを受けて、「いちめんの一いちめんの一てんごく一もよう」の「五・五・四・三」に聴かれるだろう。——この四行の整然と、だがある重苦しさを秘めて前進するリズムの感触を生むのはまた、第一行の前半にシ音二つ、後半にハ音二つを含む「心象のはひいろはがねから」が、頭韻で軽快に音を繋げるというより、舌と喉が絡みつくような抵抗感をもつことによる（そこでの読む速度の緩さにはひらがな表記も与っている）。それが全体の速度感を規定するが、それを受ける括弧のなかの五、六行め、とくに六行めは「八・五」で、「≡こは一くの一かけ一らが≡そそ一ぐと一き○一○○≡」と定型の安定性を備える。

これに対するスナイダー（強勢のありなしの型を当方で表記してみた）（一三二—三）——

From thē ásh-cólōred stéel ōf ímāgēs:
ākébīa téndrīls cóil rōund clóuds,
wíldrōse thíckēt, swámpȳ léafmōld—
éverȳwhére ā páttērn ōf flátērȳ
    (ámbēr splíntērs flóodīng dówn
        thíckēr thān wóodwīnds āt nóon)

ここのリズムは、これまで見たイマジズム的なそれとはだいぶ違っている。一行はアクセントを四（ないし三）もち、一定の速度で進行する感覚を与え、また、この部分ではとりわけ、伝統的な詩学の「音脚」foot、アクセントと音節数の双方を統御する規則性が感知される。つまり、全体が完全に定型によるのではないが、そのなかで二行めは（“akebia”の最後の“ia”を一音節に読めば）「弱強」iamb がきっちり四つ並ぶ。これに対して三行めは対照的に「強弱」trochee が四つつづき、四行めも強弱が二つに「強弱弱」dactylが二つくる。つぎの括弧内の二行も、その前を受けて主に強弱と強弱弱からなっている。スナイダー自身の作品でもある時期には、こうした伝統的な韻律に近いものが用いられ、これは、この詩人のリズムにとつぜんの変異が起こったわけではない（前掲のパーキンソンの論文は、初期のスナイダーには伝統的な韻律が残り、ウィリアムズ的な詩法と共存していたことを論じている（二四））。またパウンドの詩作（翻訳を含めて）によって新たに二〇世紀に確立されたアングロサクソン詩ふうの四強勢の詩は、パーキンソンも述べるように（二七）、スナイダーに親しいものだった。

そして、スナイダーがこの箇所で伝統的な強弱や弱強などの型を使っていることは、賢治の韻律の対応物として妥当な選択だと思われる。ここでのスナイダーの音脚の使い分けが、賢治の音数律の駆使となにか一対一で対応するわけではないが、ちょうど賢治の詩行で定型的音律の部分とそれに比較すれば「散文的」な部分とが交錯するように、スナイダーの英訳では、アクセント中心の自由詩に定型的な音律が混ざり、詩行の運動と停止の感覚を伝える。スナイダーがここで賢治のことばの音楽性をともかく聴きとったことは、確かと思われる。

それ以降も、しばらくはスナイダーの英語は賢治の日本語に基本的に忠実でありつづける——つまり個々の語句の意味というより（その水準では疑問の訳もある）、詩句のリズムの全体的な動きにおいて。

賢治はこう続けていた。

いかりのにがさまた青さ／四月の気層のひかりの底を／唾《つばき》し　はぎしりゆききする／おれはひと

りの修羅なのだ／（風景はなみだにゆすれ）（一八―九）

この詩行も手短に分析するなら、一行めは「七・五」だが「いかりの―にがさ―またあおさ」という三ブロックの切れ方が意味的に強く、その影響でつぎの「八・七」も「しがつの―きそうの―ひかりのそこを」と息が継がれ、そのために行の後半に加速がくるだろう。それはただちに三行めの動的な「四・四・五」に引き継がれ、それが続く行の「おれは―ひとりの―しゅらなのだ」（それ自体は「七・五」）の断言の迫力を可能にする。それを、「‖ふう―けい―は○‖なみ―だに―ゆす―れ○‖」の定型的な「五・七」が引き取り、切迫した詩句の進行はまた一度塞がれる。

さてスナイダー（以降は強勢のみ表記する）――

the bítter táste of ánger, the blúeness.
at the dépths in the brílliance of this ápril áir
spítting, gnáshing, pácing báck and fórth
I am an Áshura!
(the scéne gets blúrred by téars)

この部分では、強勢の有無に一定の型が現れないわけではないが――ここの一行めに弱強、三行めに強弱が見えないわけではない——、冒頭の六行と比べれば、一行での四つのアクセントの等間隔での生起が詩行の基本の構成要素であると思われる。そして冒頭の六行からこの部分に移るときのリズムの質の変化は、——スナイダーが意識したかは分からないが——賢治の原詩での動きを裏切っていないと感じられる。なお、ここの四行めから五行めにかけては、一強勢の第四行から第五行へと連続してゆく呼吸になっている（ただし意味のうえでは、外界と内面のあえかな同調をあらわす詩行「風景はなみだにゆすれ」の訳として、"the scene gets blurred by tears" はちょっとがっかりだが）。

それに続く部分で、賢治の詩はおおむね「五・七」や「七・五」の音数律で進行するが、タイポロジーの効果により、下降しまた上昇する無類の疾走の感覚を達成する。音数だけ見れば定型的な詩行は作品の構成が要求する疾駆を支え、その両者の緊張がことばを屈曲させしなわせる、と言えるだろうか。まず詩行は下降する（周知の箇所なので圧縮した表記を続ける）。

砕ける雲の眼路《めぢ》をかぎり／れいらうの天の海には／聖玻璃《せいはり》の風が行き交ひ／ZYPRESSEN 春のいちれつ／くろぐろと光素《エーテル》を吸へば／その暗い脚並からは／天山の雪の稜さへひかるのに／（かげろふの波と白い偏光）

ついで、底からの上昇。

まことのことばはうしなはれ／雲はちぎれてそらをとぶ／ああかがやきの四月の底を／はぎしり燃えてゆききする／おれはひとりの修羅なのだ／（玉髄の雲がながれて／どこで啼くその春の鳥）

（一九―二〇）

それに対するスナイダーの英語は、主に四ないし三のビートの強度を打ち鳴らすことで応える――

smáshed bíts of clóud cróss my vísion,
　a hóly crýstal wínd swéeps
　the translúcent séa of the ský.
　Zypréssen—óne líne of spríng
　bláckly dráws in éther,
　—thróugh those dárk fóotsteps
　　the édge of the móuntain of héaven shínes.
　(the shímmering míst, whíte pólarizátion)
the trúe wórds are lóst.
túrn, clóuds flýing
áh, in the rádiant dépths of ápril

gnáshing, BÚRNING, wánder
Í am óne of the Áshuras:
(chalcédony clóuds flówing
　where is that sínging, that spríng bírd?)

ここでも、意味のうえで不正確な部分はある。たとえば「砕ける雲の眼路をかぎり」は文語的で曖昧な表現だが、雲のかけらが視界をよぎるのではなく、砕ける雲が散る視界の果てまで、の意味であろうし、「まことのことばはうしなはれ／雲はちぎれてそらをとぶ」の扱いでは、対句の感覚が失われ、原詩にはない自己への呼びかけのような"turn"が導入されている。だが、括弧に入ってことばの流れを一度止める二つの定型的な詩句はここでも巧妙に訳され、繰り返せば、全体としてこれは賢治の詩の動きに忠実である。

ところが、残念ながらつぎの箇所ではその構成の連続性が崩れ、意味の面でもちぐはぐな詩句になってしまう――というより、賢治のかなり強引に歪みひずんでゆく語法をスナイダーは追えなかったようだ（かれは理解できなかったようだし、日本人の協力者も説明できなかったのだろう）。詩句はまず下降する。

日輪青くかげろへば／修羅は樹林に交響し／陥りくらむ天の椀から／黒い魯木《ろぼく》の群落が延び／そ

の枝は悲しくしげり

ついで上昇。

すべて二重の風景を／喪神の森の梢から／ひらめいてとびたつからす／（気層いよいよすみわたり／ひのきもしんと天に立つころ）（二〇）

Sún Whéel shimmering blúe
áshura echóing in the fórest
héaven's bówl gíddily tílting óver
clústers of gíant cóal-fern strétch up towárd it.
    pítifúlly dénse—thóse bránches
this whóle dóuble scéne.
flásh of a crów flápping
        úp from a tréetop
    —spíritless wóods—
—the átmosphere cléarer and cléarer

cýpress trées stánding to héaven
in a déad húsh——

まず、原詩の最初の四行がたしかに難解だが、これは、突然日の光が翳り風景の様相が一変し、空の高さが一気に消えうせ天空が落下する感覚が起こり、そこに（初版本の形なら）「黒い木の群落」（二巻二三）が新たな無気味さで屹立する、と散文的には言い換えられるだろう。屹立する樹木は、印刷原稿での「雲の魯木の群落」（同）なら雲の比喩となる（岩波文庫形は両者の合成となっている）。スナイダーの英語は、そのあたりが、どうも判然としない。だが、それよりも重大な困難が起きたのは、「その枝はかなしくしげり／すべて二重の風景を／喪神の森の梢から／ひらめいてとびたつからす」という詩句の続きであり、ここで「二重の風景を」の助詞「を」は、それに続く動詞をすぐ見出せず、行き場がなくなる（二行あとの「とびたつ」に続くと読むことはできるが、それでも捩れた語法にちがいない）。賢治の詩行は、その意味のひきつれを、リズムの疾走する流れに強引に乗ることで跨ぎ越え、ともかくも「ひらめいてとびたつからす」という「五・七」の定型的な一行になだれこむ——それはまた前行の「五・三・五」からの繋がりで「五・四・三」と切れ、急激に減速して惰力を引き受ける。

これは、みずからを修羅として捉える意識の鬱屈したエネルギーが、読者にとっては（おそらく詩人にとっても）解きほぐしがたい混濁のうちに沸き立つさまの、ひとつの局面である。天沢退二郎は『宮沢賢治の彼方へ』（六八年、引用は九三年本）でこれについて、「ここでは詩人はおのれに発見し名づけ断定した修羅意識という自我の分裂相からくる憂悶《シャグラン》に動顛し気負いたったあげく、それを記録することしかできず」（九七）と記し、また作品の終わり近くの「（このからだそらのみぢんにちらばれ）」の詩句については、その「内的叫び声は、究極相を先取りすることで逆に自我の分裂を救おうとする、詩人の一時的な収束でしかありえない」（九八）と述べていた。

スナイダーのそれに対応する部分は、まず「すべて二重の風景を」に対応する行までは疾走感を保つが、そのあとにピリオドが入って詩句の勢いが停まる。そのあとは賢治の「ひらめいてとびたつからす」の一行が訳詩の二行になるなど構成の感覚が崩れ、原詩では括弧内の二行とその外にある語句が、ダッシュで繋がれて四行、なにかただ並んでいる感じで置かれてしまう。（もっとも、かりにスナイダーがここの賢治の語法を理解したとして、ある名詞が目的語であってそれを受ける動詞があとに見つからない関係を、英語にそのまま移すのは不可能である。なにかほかの非文法的な捩れによって、ここでの詩句の動きの感覚を伝えることができるとしても、筆者にそれが思いつくわけではない。）

詩「春と修羅」のそのあとの部分のスナイダー訳は、もういちどそれなりに勢いを恢復してゆくが、それを詳しく見るのは省略する。

*

先に述べたように、スナイダーの訳詩の選び方は、賢治の詩の多彩さを伝えるものであり、「国立公園候補地に関する意見」（「どですかこの鎔岩流は／殺風景なもんですなあ／……」）、「命令」（「マイナス第一中隊は／午前一時に露営地を出発し／……」）など賢治の想像力の奇抜さを示す作品を含み、また「春と修羅」第三集や「詩ノート」からの「はるかな作業」や「政治家」などの社会問題への意識が見える詩も訳している。だが、本章の目的は、賢治とスナイダーの二人の詩法の接触の様相であり、その面での観察の主眼はすでにあらかた書いたので、それらに具体的に触れることは省く。

ただし、スナイダーの翻訳が、賢治の中心的な諸作をそれほど取り上げていないなかで、「無声慟哭」詩篇のうちの「松の針」は訳されている。とはいっても、その「無声慟哭」章の主な三篇のなかで「松の針」は相対的に弱い作品である。その理由は、天沢退二郎も言うように、それが、前後の二篇ほどには妹の死と同時に進行する作品という異様な設定によっていないせいであり、天沢によれば、「高村光太郎の『レモン哀歌』あたりとはけた違いな純一さ」（一八七）をもつすぐれた詩ということになる。

そしてスナイダーの訳は、清冽さに欠けるわけではない。だが賢治のこの詩は、ある印象的な一節、愛する妹の末期を心から見取る兄がそれでももつ疾しさ、いや、およそ生者と死にゆく者という非対称的な関係が孕まざるをえない生き残るものの負い目を示す部分、

おまへがあんなにねつに燃され／あせやいたみでもだえてゐるとき／わたくしは日のてるところでたのしくはたらいたり／ほかのひとのことを考へながらぶらぶら森をあるいてゐた（六六八）

を含んでいた。ところがスナイダーではこれが（一四九）、

burning with fever
tormented by sweat and pain

And me working happily in the sunlight
Thinking of you, walking slowly through the trees

となってしまう（イタリックは筆者）。これは要するに、間違いである（詩の翻訳の途中で思い込みが混ざると、ずっとそれに気づかないこともあるとは理解できるが）[4]。——とは言っても、スナイダーは、たとえば

わたくしにいつしよに行けとたのんでくれ／泣いてわたくしにさう言つてくれ／おまへの頬の
けれども／なんといふけふのうつくしさよ（六六—七）

の箇所を

ask me to go with you
crying—ask me—
your cheeks however
how beautiful they are.

と、簡潔かつみごとに英語に移す技量を欠いてはいないが。

注

1 その「技術」の問題について、田崎英明はハイデガー的な問題設定の論考、「テクネーとピュシス、モダニズムにおける」（九五年）で、「賢治において顔を出すポイエーシスやテクネー（芸術）というものがもつ暴力性」を指摘し、「テクノロジーの美学化による共同体と世界の創出」の際には「誰が世界史（的必然）の担い手であるかをめぐって人々は争う」が、「賢治はその争いの外にいるのだろうか」と問うている（一三七）。

2 山里勝己の『場所を生きる』（〇六年）の第十章「場所の感覚を求めて――宮沢賢治とゲーリー・スナイダー」（初出は〇四年）は、スナイダーが賢治翻訳に至った経緯や協力者の名前などを明かし（二〇四―五）、さらに「エコロジーと仏教がその世界観の核心」にある両詩人の、地域への定住を重視する「場所の詩学」（二三六）の類縁を論じる。

3 アトリッジは、音声学的には「強勢」の知覚では「音量」loudness よりも「音高」pitch や「持続」duration が機能するという観察を紹介している（六三）。

4　ただし天沢退二郎は『イーハトヴ学事典』の「妹トシの病と死」項目で、これは「一応、誤訳であると言ってよい」が、「スナイダーにとっては、ここはそうでなければならなかったのであり、スナイダーによる訳詩とはすなわちスナイダーの詩として英語読者たちは広く享受した」（四四）と記している。

＊　スナイダーの英訳の韻律については、エズラ・パウンド研究の若手の俊才であり、現在東京女子大学准教授のアンドルー・ハウウェン（Andrew Houwen）氏のご意見を伺うことができた。本章内容の文責はもちろん筆者にあるが、記して感謝したい。

第九章　T・S・エリオットと宮沢賢治

宮沢賢治とT・S・エリオットは同時代人であり、『春と修羅』中の作品の日付、一九二二—二三年は、『荒地』*The Waste Land* 刊行の二二年とまさに同時期である。経歴の表層を見れば二人の違いは大きい。賢治は、幼時からの宗教環境、盛岡中学以来の文学経歴、盛岡高等農林学校での科学教育を経て、その三領域での深い素養をもち、死後すぐに全集が出たことに明らかなように、そう望めば先鋭的文学者のあいだで活躍できたはずだが、文学世界の表舞台を避けた。他方、エリオットはハーヴァード出の哲学専攻の秀才で、イギリスに移り生活に苦労しつつも詩人の地位を確立し、生前に英語圏の文学世界の覇権を握った。だが二人には、根幹において「宗教」詩人という共通性がある。その二人の詩作品は、その構成の具体的な特徴において顕著な類似を示すと言えるが、その源泉にはやはり両者の宗教性が、ただしその非常に特異な現れ方が存在する。

二人の詩の特徴について、まずリズムの面に触れるなら、英米の自由詩には、伝統的韻律を暗黙の雛形とする型と、はっきり離脱する型との二つがある、という批評家ハートマンなどの展望は、本書第二章や前章で参照したが、エリオットの自由詩はまさに前者の典型だった。賢治の詩も、その詩語の伝統に対して同様の関係をもつことは、本書の諸所で分析した。賢治でもエリオットでも、その韻律の自在な使用は、ことばの楽節の構成としての詩作品の実現を助けた。

賢治の詩の音楽的構成について、はやくに慧眼を示したのは草野心平だったが、ここで『新校本全集』に所収のその「宮沢賢治論」（一九三一年）の観察を紹介するなら——「日本には無数のヴァイオリン　ソロがある。その中で「春と修羅」は少なくともシムフオニー的である。チエロとヴアイオリンと小太鼓とビール瓶に風を吹き入れるときのブウブウと何かキラツと光る音と太鼓と遠くに聞える針の啼き声」（一六巻（上）補遺・資料篇四四三）。

賢治の詩の韻律と伝統の定型との関係については多くの例を見てきたが、エリオットの初期の代表作「J・アルフレッド・プルーフロックの恋歌」"The Love Song of J. Alfred Prufrock"は、自由詩ではあるが、伝統的な音歩 foot の型も聴きとれる。G・S・フレーザー（G. S. Fraser）の七〇年の本 *Metre, Rhyme and Free Verse* での、その冒頭の分析を、表記法は若干変更して紹介しよう（七五—六）。

Lét ūs/ gó thēn,/ yóu ānd/ Í,
Whén thē/ évenīng/ īs spréad óut/ āgáinst/ thē ský
Líke ā/ pátīent/ éthēr/īzed ūpón/ ā táble;
Lēt ūs gó,/ thrōugh cért/āin hálf-/dēsért/ēd stréets,
Thē mútt/ēríng/ rētréats

Ōf rést/lēss níghts/ īn óne-/nīght chéap/ hōtéls
Ānd sáw/dūst rést/āuránts/ wīth óys/tēr-shéls:

フレーザーはまずアクセントだけを表記する分析を示したのち、音脚に分割するこの分析を示している。つまりエリオットの詩は、アクセントのみを統御する自由詩として聴けるが、アクセントとシラブルの双方を統御する定型律、その強弱や弱強の型が背後に感知できる詩なのである。

「J・アルフレッド・プルーフロックの恋歌」は、雑誌掲載は一九一五年だが、一〇―一一年頃に書かれたという。日本でも知られてきた詩だと思うが、引用部分を訳すなら――「さあ行こう、きみとぼくと／夕暮れが空いちめんに広がるとき、／手術台で麻酔をかけられる患者のように。／さあ行こう、なかば見捨てられた通りを抜けて、／ぶつぶつとつぶやく隠れ家／一夜かぎりの安ホテルの落ちつかない夜や／牡蠣殻がちらばりおが屑の撒かれるレストラン」。夕暮れが徐々に空に広がるさまを、麻酔台のうえの男の薄らぐ意識に重ねる巧みな比喩は有名だが、場末の裏町の散策などが語られて、はじめはなにが恋歌かよくわからない。だが、いまの一節のあとは

街路は退屈な議論のように続く、
陰険な意図をもち
きみをある圧倒する問いへと導いてゆく……

ああ「それがなにか」訊かないでくれ。
　ぼくたちは出かけて訪問をしよう。

と続き、「ある圧倒する問い」が仄めかされる。だがその正体はすぐに明かされず、部屋を行き来しミケランジェロを語る女たちを示す二行や、夕暮れの町の霧の動きを猫に喩える一節などが、楽節のように展開される。そのあと、冒頭から四十行ほど待たされてようやく、その「問い」は、さる女性を口説くべきか、それとも拒絶されて安定した日常の平静を失う危険は冒さないでおくか、という悩みだとわかる。それは卑小な悩みだが、ある男の自己保持の根幹にかかわることが徐々に明かされる。さてこれは、音調はかなり異なるが、「青森挽歌」での「考へださなければならないこと」を「わたくしはいたみやつかれから／なるべくおもひださうとしない」という主題が、ドイツ語の歌曲の引用やらギルちゃんとナーガラの件を語る一節やらが挟まり、さまざまなことばの楽節が演じられ、ようやく三十八行すぎて、「かんがへださなければならないことは／どうしてもかんがへださなければならない／とし子はみんなが死ぬとなづける／そのやりかたを通つて行き……」と回帰することと、非常に近い。
「プルーフロックの恋歌」に戻れば、「ある圧倒する問い」が徐々に示される途上の謎めいたことばの連なりの一つは、

そしてじっさい　時があるだろう
通りをすべる黄色い煙のための時、
背中を窓ガラスでこすってゆく。
時があるだろう、時があるだろう、
きみが会う顔たちに会う顔を用意するための時、
殺害し創造する時があるだろう。

だった（霧を猫に喩える一節はこの前に登場）。これは、旧訳聖書のかつては「伝道者の書」現在は「コヘレトのことば」と訳される書中の「すべて物事には然るべき時がある」という諺的な表現の変形だが、パロディの軽薄さを装いつつ、主観的な抒情とは異質のことば、あらゆる人間の運命という非日常の次元となっている。エリオットの宗教性は、一九二七年に正統キリスト者の立場を宣言した以降の諸作品に優れて認められるはずだ、と想定されるかもしれないが、むしろそれ以前の『荒地』に至る諸篇に、ただし反語的に歪められ転位された形で、より鮮烈に感知される。

同じく初期作品の「序曲集」“Preludes”は、十から十六行ほどの短かい断章四つからなるが、「冬の夕暮れが落ちつく／路地のステーキの匂いとともに」と、語り手の心象風景を淡々と描き出して始まる。だが、それが展開する第二セクションでは、やはりあらゆる人間の営みという視野が現れる。

時が再開する
ほかの仮装舞踏会とともに、
ひとはあらゆる手たちを考える、
煤けた日覆いを巻き上げている
千もの家具つきの貸し部屋で。

ここには、大都市の個室に住まう無数の個人たちを統合すべき全体への希求が潜んでいる。そして第四の「序曲」の後り近くの詩行は

ぼくはこれらのイメージのまわりに
巻きつけられた空想に心動かされ、しがみつく、
なにか無限にやさしく、無限に
苦しむものという観念。

「無限」は、「絶対」と同じく神の哲学的な別名であり、「無限に苦しむ（受苦する）もの」がキリスト教圏で何を指すかは自明だろう。この詩は、それまでは「客観的」提示に徹していたが、ここで初めて「ぼく」が登場する。だが、その主観性の生の表出は、すぐに皮肉で辛辣な自分にむけた台詞、「おま

えは手で口を拭って、笑うがいい。／世界は老婆たちのようにぐるぐる回る／薪を空き地で集めながら」により打ち消され、詩は終わる。その結末は、やや大げさに言えば、キリスト教の終末に向かう線的時間の否認である。だがこうした否認は、いずれ正統の宗教に戻る運命を示しているとも言える。

他方、賢治においては、本書第二章で見たように、「序」の「（あらゆる透明な幽霊の複合体）」や、「無声慟哭」での妹のことば「（あめゆじゆとてちてけんじや）」などの行は、ほとんど「宗教的」なものの飛躍や断絶を孕む介入、として機能していた。

ただしそれらの宗教性は、詩作品の内外で社会や政治の文脈に接続されれば、種々の問題に絡まる。エリオットの詩と散文には、ユダヤ人嫌悪や排除の発想が見られ、かれが理想とする等質的なキリスト教社会はたとえばユダヤ人をどう扱うのか、は問題とされてきた。[1] 宮沢の場合それは、本書第一、三章が触れた諸問題である。

さてエリオットの五部からなる長詩「荒地」は、日本でも、その世界観を第二次大戦後の自分たちの精神状況に擬えた詩人批評家たちが「荒地派」を名乗ったこともあり、よく知られている。冒頭は「四月はもっとも残酷な月だ、ライラックを／枯れた土地から育て」と、どこのだれともわからぬ声が季節の生命力の消長を語ることで始まるが、それは別の声に変わりミュンヘン近郊の保養地の記憶などを語り……万華鏡のように展開する。その音楽的構成については、『エリオット詩集』（六七年）での田村隆一の「解説」を引こう。「『荒地』は、欧米の批評家の多くのものによって、現代の「神話」のスタイルを最高度に示した作品だとされている。［……］五部よりなる長詩は、ベートーヴェンのシンフォニイを想起させる。［……］ぼくにとっては、きわめて高度なたのしみをあたえてくれるミュジカル・プレイである。舞台は一九二〇年代のロンドン市内、およびテムズ河畔。［……］登場人物は旧約の時代から現代にいたる［……］おびただしい不死の「声」である。その「声」は［……］ヨーロッパ文学文明の断片と、コロキアルな会話だ。テーマは死と再生と復活である。だが、このミュジカル・プレイでは、あくまでネガティヴな形をとる」（一六七―八）。

　第一部冒頭の先の引用のすこし後で、断片的に追憶する声たちは唐突に、聖書的、預言者的な声に遮られる――「しがみつくこの根はなんだ、いかなる枝が／この石だらけの屑のあいだに育つのか、人の子よ／おまえは言うことも、推測することもできない、おまえは／壊れた像の堆積しか知らないから」。ここにも、曖昧で模造品めいてはいるが、宗教の次元を伝える声がある。またそこには、“*Frisch weht der Wind/ Der Heimat zu/ Mein Irisch Kind, / Wo weilest du?*”というドイツ語の歌曲の一節（ワーグナーのオペラから）も登場する――「青森挽歌」と同じように。

　「青森挽歌」は、妹の死後の行方を探りつつ、いくつかの主題を交差させ、非連続を孕むことばの楽節を紡ぎ続けたが、その終盤は三つの「お告げ」の声の侵入と、それへの必死の応答だった。三つの声とは確認すれば、「《おいおい　あの顔いろは少し青かつたよ》」、「《もひとつきかせてあげやう／ね　じつさいね／あのときの眼は白かつたよ／すぐ瞑りかねてゐたよ》」、「《みんなむかしからのきやうだいなのだから／けつしてひとりをいのつてはいけない》」だった。はじめの二つは、からかい脅すような不気味な声であり、第三は、それらと同じ位置からの仏の諭しのごときものであり、そこに不思議があることはすでに述べた。

「荒地」でも、終幕近くに三つの謎のことば、「ダー」が鳴り響く。それは、注釈なしでは英米人にわからないが、古代インドの聖典ウパニシャッドの一つが伝える創造主の送った雷鳴であり、それを神々は「ダッタ＝与えよ」と、魔たちは「ダーヤドゥヴァム＝共感せよ」と、人間は「ダーミヤタ＝統御せよ」と解したという。[2] 詩篇は、それらへの答えを、断片的で謎めいた、しかし鮮烈に記憶に残る詩句として示してゆく。はじめの「与えよ」への応答は、「ダー／ダッタ。わたしは何を与えたか？／わが友よ、心臓を揺るがす血流／身を委ねる一瞬の恐るべき大胆／賢慮の老年もそれを決して撤回できない……」であり、「身を委ねる」は種々の意味にとれるが、性的な含蓄が確かにある。つぎの「共感せよ」への答えは、独我論の恐怖のようであり、「ダー／ダーヤドゥヴァム。わたしは鍵が扉で一度／一度だけ回るのを聞いた／わたしたちは鍵のことを考える、それぞれがじぶんの牢獄で／鍵のことを考え、それぞれ牢獄を確かにする……」。

そして「青森挽歌」でと同様、ここでも第三のお告げ、「統御せよ」はより肯定的に受けとられ、答えは、自然との秩序ある協和を示唆する。「ダー／ダーミヤタ。小舟は応えた／快活に、帆と舵に熟達した手に／海は穏やかで、きみの心も応えただろう／穏やかに……」。こうして「荒地」終盤でも、はじめの二つの応答は緊迫し、第三のものは調和的である。（ただし「荒地」では、そのあとさらに諸言語からの詩句の断片がかき混ぜられる九行が続き、最後にサンスクリット語の二行、「ダー」の三つの敷衍を繰り返す一行と「平安」を意味する「シャンティ」が三度繰り返される一行、がきて詩は終わる。）

それにしても、三つの声の侵入とそれへの応答というこの形態は、二つの長詩で不思議に一致している。賢治はクラシック音楽のレコードの愛好家だったが、両詩人が親しんだ交響曲のジャンルによくある劇的な結末の感覚が、これを導いたのだろうか。あるいは、三つの声という設定に、なにか原型的なものが潜むのだろうか。ともあれ、通念ではエリオットに日本で対応する存在は「荒地派」の詩人となるかもしれないが、賢治の詩は、その韻律の性質と、主題を楽節のように展開させ、高まる緊張を動的な終幕へと収束させる手腕において、エリオットにより近くないだろうか。

注

1　この問題については、たとえば拙論「悪意と偏見――の防腐保存」（拙編著『アメリカン・モダニズム』（〇二年）所収）を見よ。

2　大塚常樹は『宮沢賢治　心象の宇宙論』（九三年）の序論第四章（初出九二年）で、詩「原体剣舞連」の掛け声「dah-dah-dah-dah-dah……」がこの『ブリハド・ウパニシャッド』に影響された可能性を、「断ずるつもりはない」と留保しつつ示唆している（四九―五一）。

あとがき

本書はこうして、「青森挽歌」ほかの賢治詩の音律性と楽曲的な構成、それらへのスナイダーの英訳での応答、そうした局面でのエリオット詩との近さ、をひとつの系列として扱った。そこにはまた、英米なら「モダニズム芸術」の像が一般に予期させる、表現の断片性や不連続性をも迫られれば辞さない先鋭的な実践を、賢治文学が（直接的影響によらず）共有したことが関わる。

その芸術形態が成立した経緯には仏教思想のいくつかの要素が関与したのでは、という問いが、本書の考察のもうひとつの系列を成した。賢治作中のキリスト教思想の複数の文脈を読み分けつつ、作品の逆説性や反語性の源泉に東アジア仏教における「本覚」的なものの持続を見出したが、それについて若干の確認をするなら、その宗教的性向を賢治は青年期以降に意識的に奉じた、と筆者は主張していない。

悟り・救いは瞑想修行により得るべき境地か、つねにすでに在ると了知すべき自然な状態か、または集団的実践により現世に実現すべき理想か、という選択肢を置くなら、賢治は意図の水準では第三を選んだことになるに違いない。だが繰り返せば、第二の「本覚」的な発想は、一九二〇年代始めに政治的日蓮主義に転向したはずの時期の「めくらぶだうと虹」に、「善悪不二」を伴って認められる。晩年の三〇年代始めには、それは改作「マリヴロンと少女」では消されるが、文語詩「不軽菩薩」や「〔流れたり〕」には現れる。そのことは、第二の性向の日本思想史における強い存続力の一端であろうが、賢治が日蓮のものとして受容した文書もそれを含んだ。また、一個人に同時に併存する複数の発想や志向はときに主観的自覚を経由せずにおのずから働き語る、とはいわゆる「ポスト構造主義」の基本認識のひとつではある。

その一般的な事態が賢治作品では通例より顕著に生じるとすれば、それは、「心象スケッチ」が近代的な主観性の表現から外れる動因を含むからだろう。そこには、科学的・客観的な記録への志向と、異世界も日常的現実と相互浸透して心の世界に現れるとする仏教思想とが合流した帰結としての開放性、多元性がある。言うまでもなく、賢治詩一般に、またふつう童話や児童文学や少年小説として受容される諸作品に、主題の水準でその仏教教説がつねに関係するわけではない。だが、子どもも（さまざまな種類の）大人も惹きつける、それらの多彩に発露する心象の世界は、十界互具や一念三千に由来する特異な芸術観が可能とした（『注文の多い料理店』の「広告ちらし（大）」は、その童話集を「作者の心象スケッチの一部」と呼ぶ（十二巻校異篇一〇））。

単著の「あとがき」だから私事を若干記させていただくなら、筆者は、仏教を信仰し実践するわけでなく、その専門的学識を衒うつもりもない。第一章の初出を書いた九六年ころは、作中に感知したものを「現象の不可避の自明性」「価値の階層の無化」「諸世界の相互浸透」「善悪の彼岸」といったことばで表そうとしたが、今はそれらは諸法実相や十界互具などによって言い換えられると理解している。ただし学習とは別の水準で、そうした諸観念がある理路により展開する性向は、筆者には直観的に「腑に落ちる」ものではある。

とはいえ、筆者にはそれを「民族」の「伝統」の現れとしてDNAなどに喩えて語るつもりはなく(「精神風土」を否定はできないだろうが)、むしろ特定の思想のウィルスをどこかで保持するに至った、といった喩えを好む。その自覚のある報告者として語るなら、筆者の専門はアメリカ詩研究であるが、振り返ればそこで二〇世紀のウォレス・スティーヴンズや一九世紀のウォルト・ホイットマンなどに特定の反応をしたとき、そのウィルスに影響されたらしいと今は了解される(うすうす感知はしていたが)。

筆者は(珍しい話ではないだろうが)、小学生の終わりころ親鸞の教説の一端に触れて、よく納得した記憶はある。また、筆者の祖父は東京の下町出身だが、一九二〇年代始めには仙台の旧制高校にいて、その後は理系の技術者となった。筆者が中学のとき亡くなり、さして中身のある会話をした記憶はない。ただ、仙台時代の友人の追悼録中の祖父の文章を見ると、市内の寺院にあった自治寮にいたとあり、「歎異抄の講読があった」「当時有名だった近角常観先生も、よく東京から見えられた」といった記述はある。言外の雰囲気などによる感化はあったのだろうか。

本書は多くの先行研究を参照しているが、本書中でそれらに包括的に言及することは当然ながらできない。今後はツイッターの筆者のアカウント@bankahangoで、扱えなかった研究文献の論点を補足紹介し、私見を示す予定である。ご興味があれば参照いただきたい。

筆者が賢治研究に深入りしたのは、九六年ころ同じ学部にいた天沢退二郎氏のお誘いをうけ、花巻市に本拠をもつ「宮沢賢治学会イーハトーブセンター」に加わった経緯による。国際研究大会の準備委員、編集委員、ビブリオグラフィー作成委員(内容要約つきの研究文献一覧を毎年作成し続けている)、理事などを務めてきたが、そこに集まる賢治の多面性にふさわしい多分野の研究者や愛好者の諸氏からは大きな刺激を受けてきた。

なお、本書で未言及の著者の賢治を扱った文章のなかには、『宮沢賢治文語詩の森　第三集』(宮沢賢治研究会編、柏書房、〇二年)所収の「病中幻想」がある。

本書出版に際しては、奉職する明治学院大学の学術振興基金より補助をいただいた。記して感謝したい。
本書は、せりか書房編集長の船橋純一郎氏のご理解とご厚意の賜物である。

二〇一九年三月　富山英俊

参照文献

赤江達也（一三年）『「紙上の教会」と日本近代』岩波書店
秋枝美保（九六年）『宮沢賢治　北方への志向』朝文社
秋枝美保（九八年）「「春と修羅　第二集」における女性──詩「〔北上川は熒気をながしィ〕」を中心に」『「春と修羅」第二集研究』宮沢賢治学会イーハトーブセンター・編、思潮社
秋枝美保（〇四年）『宮沢賢治の文学と思想』朝文社
芥川龍之介（九一年）『奉教人の死・煙草と悪魔他十一篇』岩波文庫
暁烏敏（七七年）『暁烏敏全集　第八巻』暁烏敏全集刊行委員会
暁烏敏（八一年）『歎異抄講話』講談社学術文庫
浅野晃（五四年）『愛と土の詩人　宮沢賢治』楷成社
浅野晃（八二年）「「青森挽歌」論」『国文学　解釈と鑑賞』至文堂、一二月号
天沢退二郎（七六年）『《宮沢賢治》論』筑摩書房
天沢退二郎（九三年）『宮沢賢治の彼方へ』ちくま学芸文庫
天沢退二郎（九七年）『《宮沢賢治》注』筑摩書房
天沢退二郎（一〇年）「妹トシの病と死」「歩行詩法」『宮澤賢治イーハトヴ学事典』天沢退二郎・金子務・鈴木貞美・編、弘文堂
荒木亨（八二年）『木魂を失った世界のなかで』朝日出版社
アリエス（フィリップ・）（八〇年）『〈子供〉の誕生』杉山光信・杉山恵美子訳、みすず書房
アリエス（フィリップ・）（九〇年）『死を前にした人間』成瀬駒男訳、みすず書房

安藤恭子（九五年）「『薤露青』――〈喪失〉の行方」『国文学　解釈と鑑賞』至文堂、九月号
池澤夏樹（一三年）『言葉の流星群』角川文庫
石原莞爾（〇一年）『最終戦争論』（改版）中公文庫
井上洋治（九九年）『まことの自分を生きる』ちくま文庫
今村仁司（〇三年）『清沢満之の思想』人文書院
彌永信美（〇五年）『幻想の東洋（下）』ちくま学芸文庫
入沢康夫（九一年）『宮沢賢治　プリオシン海岸からの報告』筑摩書房
岩田文昭（一四年）『近代仏教と青年――近角常観とその時代』岩波書店
上田哲（八五年）『宮沢賢治――その理想世界への道程』明治書院
上野修（〇五年）『スピノザの世界』講談社現代新書
宇佐美圭司（九三年）『心象芸術論』新曜社
内村鑑三（八二年）『内村鑑三全集　第二四巻』岩波書店
梅原猛（六七年）『地獄の思想』中公新書
遠藤祐（〇六年）『宮澤賢治の物語たち』洋々社
大浦庸介・編（一七年）『日本の文学理論アンソロジー』水声社
大澤真幸（〇五年）『思想のケミストリー』紀伊國屋書店
大沢正善（八二年）「「心象スケッチ」「修羅」の源流」『日本文芸論叢』東北大学文学部国文学研究室、第一号
太田愛人（〇五年）『天に宝を積んだ人びと』キリスト教新聞社
大谷栄一（一二年）「近代法華信仰にみる浄土観の一断面」『冥顕論』池見澄隆・編、法蔵館
大谷栄一（一三年）「宮沢賢治の法華信仰」『仏法僧論集　第二巻』山喜房佛書林

大塚常樹（九三年）『宮沢賢治　心象の宇宙論』朝文社
大塚常樹（九九年）『宮沢賢治　心象の記号論』朝文社
大貫隆（一〇年）『聖書の読み方』岩波新書
大平宏龍（一〇年）「「法華経と宮沢賢治」私論」『文藝月光』勉誠出版、第二号
大室幹雄（〇六年）『宮沢賢治「風の又三郎」精読』岩波現代文庫
奥山文幸（九七年）『宮沢賢治『春と修羅』論』双文社出版
小野隆祥（七九年）『宮沢賢治の思索と信仰』泰流社
小野隆祥（九〇年）「青森挽歌とヘッケル博士」『群像日本の作家12宮沢賢治』小学館
『御義口伝　日向記』（一九一五年）加藤文雄・編、日宗新報社
恩田逸夫（七一年）「注釈」『日本近代文学大系36　高村光太郎・宮澤賢治集』角川書店
恩田逸夫（八一年）『宮沢賢治論1人と芸術』東京書籍
恩田逸夫（八一年）『宮沢賢治論2詩研究』東京書籍
ＫＡＧＡＹＡ（〇九年）『画集　銀河鉄道の夜』河出書房新社
加藤隆（〇六年）『『新約聖書』の「たとえ」を解く』ちくま新書
金関寿夫（七七年）『アメリカ現代詩ノート』研究社
柄谷行人（〇九年）『日本近代文学の起源　原本』講談社文芸文庫
川本皓嗣（九一年）『日本詩歌の伝統』岩波書店
カーン（テモテ・）（一〇年）「キリスト教［賢治と］」『宮澤賢治イーハトヴ学事典』天沢退二郎・金子務・鈴木貞美・編、
弘文堂
菅野博史（九二年）『一念三千とは何か』レグルス文庫

清沢満之（一二年）『清沢満之集』安富信哉・編、岩波文庫
草野心平（九一年）『宮沢賢治覚書』講談社文芸文庫
工藤哲夫（一〇年）『賢治考証』和泉書院
栗原敦（八三年）「「心象スケッチ」の思想」『日本文学研究資料叢書宮沢賢治Ⅱ』日本文学研究資料刊行会・編、有精堂
栗原敦・編注（八三年）「〈宮沢賢治周辺資料〉金沢大学暁烏文庫蔵暁烏敏宛宮沢政次郎書簡集」『日本文学研究資料叢書宮沢賢治Ⅱ』日本文学研究資料刊行会・編、有精堂
栗原敦（九二年）『宮沢賢治　透明な軌道の上から』新宿書房
栗原敦（九六年）「歌・口語・文語——昭和三年の宮沢賢治」『言語文化』明治学院大学言語文化研究所、一三号
栗原敦（〇五年）「解題」斎藤宗次郎『二荊自叙伝　下巻』岩波書店
栗原敦（一〇年）「宗教的環境1—4」『宮澤賢治イーハトヴ学事典』天沢退二郎・金子務・鈴木貞美・編、弘文堂
栗原敦・監修＋宮沢明裕・編（一七年）『屋根の上が好きな兄と私——宮沢賢治妹岩田シゲ回想録』蒼丘書林
黒川知文（一二年）『内村鑑三と再臨運動』新教出版社
『国訳大蔵経論部　第一一巻』（一九二〇年）国民文庫刊行会
小林康夫（九五年）『出来事としての文学』作品社
子安宣邦（一四年）『歎異抄の近代』白澤社
近藤晴彦（〇一年）『宮沢賢治への接近』河出書房新社
今野勉（一七年）『宮沢賢治の真実』新潮社
雑賀信行（一五年）『宮沢賢治とクリスチャン　花巻篇』雑賀編集工房
斎藤宗次郎（〇五年）『二荊自叙伝　下巻』栗原敦編、岩波書店
貞廣真紀（一七年）「意識ある蛋白質の砕けるとき——宮沢賢治、存在の連鎖、自死と意思について」『言語文化』明治

学院大学言語文化研究所、三四号
佐藤恵子（一五年）『ヘッケルと進化の夢』工作舎
佐藤泰正（九六年）『佐藤泰正著作集6宮沢賢治論』翰林書房
柴山雅俊（〇七年）『解離性障害』ちくま新書
島薗進（一二年）『日本人の死生観を読む』朝日新聞出版
島地大等（一九一四年）『漢和対照妙法蓮華経』明治書院
島地大等（七六年）『日本仏教教学史』仏教書林中山書房
志村正雄（九八年）『神秘主義とアメリカ文学』研究社
生野幸吉＋入沢康夫（七八年）「賢治——詩の韻律」『國文學　解釈と教材の研究』學燈社、一二月号
生野幸吉（七九年）「アンケート　私が選ぶ宮澤賢治の詩」『現代詩読本　宮澤賢治』思潮社
生野幸吉（八二年）「春と修羅の「序」について」『国文学　解釈と鑑賞』至文堂、一二月号
白木健一（一〇年）「「めくらぶだうと虹」」『かまくら・賢治』鎌倉・賢治の会、第六号
親鸞（五七年）『教行信証』金子大栄・校訂、岩波文庫
親鸞（八三年）『日本の名著6親鸞』石田瑞麿・編、中公バックス
末木文美士（九六年）『日本仏教史』新潮文庫
末木文美士（〇九年）『仏典を読む』新潮文庫
末木文美士（一〇年）『増補　日蓮入門』ちくま学芸文庫
末木文美士（一〇年）『近代日本の思考・再考Ⅲ』トランスビュー
末木文美士（一七年）『思想としての近代仏教』中公選書
菅谷規矩雄（七五年）『詩的リズム』大和書房

菅谷規矩雄（七八年）『詩的リズム・続篇』大和書房
菅谷規矩雄（八〇年）『宮沢賢治序説』大和書房
杉浦静（七四年）「賢治文学における「死」のイメージと〈臨終正念〉」『近代文学論』近代文学論同人会、第七号
杉浦静（九六年）『宮沢賢治　明滅する春と修羅』（二刷）蒼丘書林
杉浦静（一六年）「宮沢賢治とダルケ」『文学』岩波書店、一七巻一号
鈴木健司（九四年）『宮沢賢治　幻想空間の構造』蒼丘書林
鈴木健司（〇二年）『宮沢賢治という現象』蒼丘書林
鈴木貞美（〇七年）『生命観の探求』左右社
鈴木貞美（一〇年）「転生」「ヘッケル」『宮澤賢治イーハトヴ学事典』天沢退二郎・金子務・鈴木貞美・編、弘文堂
鈴木貞美（一五年）『宮沢賢治　氾濫する生命』左右社
スナイダー（ゲーリー・）（九二年）「インタビュー　亀の島の詩人」（聞き手・原成吉）『へるめす』岩波書店、三六号
関井光男＋村井紀＋吉田司＋柄谷行人（九七年）「共同討議　宮澤賢治をめぐって」『批評空間』太田出版、第Ⅱ期第一四号
関口安義（一五年）『続　賢治童話を読む』港の人
宗左近（七九年）「アンケート　私が選ぶ宮澤賢治の詩」『現代詩読本　宮澤賢治』思潮社
宗左近（九五年）『宮沢賢治の謎』新潮社
竹内康浩（九六年）「解放する掟――ハックルベリー・フィンにおける人間を消す三つの方法」『読み直すアメリカ文学』渡辺利雄・編、研究社
田崎英明（九五年）「テクネーとピュシス、モダニズムにおける」『文藝』河出書房新社、秋季号
田中智学（一九一七年）『日蓮聖人乃教義』（十二版）國柱産業株式会社書籍部

田中智学（九三年）『日蓮主義教学大観　五巻』真世界社
谷口正子（〇七年）『仏教とキリスト教のなかの「人間」』国文社
田村芳朗・他編（七三年）『日本思想大系9天台本覚論』岩波書店
田村芳朗＋梅原猛（九六年）『仏教の思想5　絶対の真理〈天台〉』角川ソフィア文庫
田村隆一（六七年）「解説」『エリオット詩集』弥生書房
丹治昭義（九六年）『宗教詩人　宮沢賢治』中公新書
寺田透（七七年）「宮沢賢治論――詩と童話の間で」『文芸読本　宮澤賢治』河出書房新社
富山英俊・編著（〇二年）『アメリカン・モダニズム』せりか書房
中川秀夫（〇三年）『異空間の探求と仏教』新風舎
中沢新一（九五年）『哲学の東北』青土社
中沢新一（〇二年）「解説」吉本隆明『最後の親鸞』ちくま学芸文庫
中嶌邦（〇二年）『成瀬仁蔵』吉川弘文館
中島岳志（一七年）『親鸞と日本主義』新潮選書
中谷俊雄（一二年）「語注、作品の成立について」『雲の信号』千葉賢治の会、第九号
中野新治（一八年）『宮沢賢治の磁場』翰林書房
中村節也（一七年）『宮沢賢治の宇宙音感』コールサック社
中村稔（七四年）「注釈」『日本の詩歌18宮沢賢治』中公文庫
中村稔（九四年）『宮沢賢治ふたたび』思潮社
中村三春（〇六年）『係争中の主体』翰林書房
中村三春（〇六年）『修辞的モダニズム』ひつじ書房

成瀬仁蔵（八一年）『成瀬仁蔵著作集　第三巻』日本女子大学
西田良子（九五年）『宮沢賢治　その独自性と同時代性』翰林書房
西谷修（〇〇年）『世界史の臨界』岩波書店
日蓮（六七年）『霊艮閣版日蓮聖人御遺文』（重刻）山喜房仏書林
日蓮（六八年）『日蓮文集』岩波文庫
日蓮（七〇年）『日本思想大系14日蓮』岩波書店
萩原孝雄（一一年）「宮沢賢治における近代の超克（第二回）」『賢治研究』宮沢賢治研究会、一一四号
萩原昌好（八三年）「修羅と宇宙」『日本文学研究資料叢書宮沢賢治Ⅱ』日本文学研究資料刊行会・編、有精堂
萩原昌好（九四年）『宮沢賢治「修羅」への旅』朝文社
浜垣誠司「宮沢賢治の詩の世界」(http://www.ihatov.cc/)
浜垣誠司（一六年）「宮沢賢治のグリーフワーク――トシの死と心の遍歴」『宮沢賢治研究 Annual』宮沢賢治学会イーハトーブセンター、二六号
浜垣誠司（一七年）「「青森挽歌」における二重の葛藤――トシの行方と一人への祈り」『言語文化』明治学院大学言語文化研究所、三四号
原子朗・編著（八九年）『宮澤賢治語彙辞典』東京書籍
原子朗（一三年）『定本宮澤賢治語彙辞典』筑摩書房
平尾隆弘（七八年）『宮沢賢治』国文社
廣瀬正明（一五年）「「青森挽歌」における「ありがたい証明」とはなにか」『賢治研究』宮沢賢治研究会、一二五号
廣瀬正明（一七年）「「銀河鉄道の夜」における妹トシの描写」『賢治研究』宮沢賢治研究会、一三一号
分銅惇作（九〇年）「塵点劫の旅人・宮沢賢治」『国文学解釈と鑑賞』至文堂、六月号

『碧巌録』中巻（九四年）岩波文庫
別宮貞徳（〇五年）『日本語のリズム』ちくま学芸文庫
ヘッケル（エルンスト・）（一九〇六年）『宇宙の謎』岡上梁・高橋正熊訳、有朋堂
ヘッケル（エルンスト・）（一九一七年）『宇宙之謎』栗原古城訳、玄黄社
ヘッケル（エルンスト・）（一九一八年）『生命之不可思議』栗原元吉訳、玄黄社
ヘッケル（エルンスト・）（一九二八年）『生命の不可思議』後藤各次訳、岩波文庫
ヘッケル（エルンスト・）（六一年）「宇宙のなぞ」田辺振太郎・山口潜訳『世界大思想全集　社会・宗教・科学思想篇34』
　河出書房新社
『摩訶止観　上・下』（六六年）関口真大・校注、岩波文庫
「摩訶止観（抄）」（八八年）村中祐生訳『大乗仏典中国・日本篇6』中央公論社
正岡子規（八三年）『歌よみに与ふる書』岩波文庫
正木晃（一〇年）「倶舎論」「本覚思想」『宮澤賢治イーハトヴ学事典』天沢退二郎・金子務・鈴木貞美・編、弘文堂
松岡幹夫（〇六年）「宮沢賢治における仏教的共生倫理」『東洋学術研究』東洋哲学研究所、第四五巻第一号
松岡幹夫（一五年）『宮沢賢治と法華経——日蓮と親鸞の狭間で』昌平黌出版会
マルチネ（マルセル・）（九一年）「夜」築地小劇場文芸部訳編、『築地小劇場検閲上演台本集　第七巻』ゆまに書房
丸谷才一＋山崎正和（九九年）『二十世紀を読む』中公文庫
水野達朗（〇六年）「『春と修羅』の世界観とダルケ受容」『宮沢賢治研究 Annual』宮沢賢治学会イーハトーブセンター、
　一六号
見田宗介（〇一年）『宮沢賢治　存在の祭りの中で』岩波現代文庫
宮沢淳郎（八九年）『伯父は賢治』八重岳書房

宮沢賢治（五〇年）『宮沢賢治詩集』谷川徹三・編、岩波文庫
宮沢清六（九一年）『兄のトランク』ちくま文庫
宮澤哲夫（一六年）『宮澤賢治――童話と〈挽歌〉〈疾中〉詩群への旅』蒼丘書林
宮元啓一（九七年）『インド死者の書』鈴木出版
森荘已池（七四年）『宮沢賢治の肖像』津軽書房
森荘已池（七五年）「『春と修羅』私観」『宮沢賢治研究叢書3「春と修羅」研究Ⅰ』天沢退二郎・編、學藝書林
八木誠一（〇〇年）『パウロ・親鸞＊イエス・禅［増補新版］』法藏館
山里勝己（〇六年）『場所を生きる』山と渓谷社
山根知子（〇三年）『宮沢賢治　妹トシの拓いた道』朝文社
山根知子（一二年）「宮澤賢治「或る心理学的な仕事の仕度」と同時代の心理学との接点」『宮澤賢治の深層――宗教からの照射』プラット・アブラハム・ジョージ＋小松和彦・編、法藏館
山根知子（一五年）「宮沢賢治の根底なる宗教性」『宮沢賢治の切り拓いた世界は何か』佐藤泰正・編、笠間書院
吉田司（九七年）『宮澤賢治殺人事件』太田出版
吉本隆明（九六年）『宮沢賢治』ちくま学芸文庫
吉本隆明（九七年）『悲劇の解読』ちくま学芸文庫
吉本隆明（一二年）『宮沢賢治の世界』筑摩選書
ラキュア（ジョン・）（八八年）「賢治とスナイダー」『賢治奏鳴』ジェイムズ・R・モリタ・編、有精堂
龍佳花（八五年）『宮沢賢治をもとめて――「青森挽歌」論』洋々社
『臨済録』（八九年）岩波文庫
Attridge, Derek. *The Rhythms of English Poetry*. Longman, 1982.

Deal, William E. & Brian Ruppert. *A Cultural History of Japanese Buddhism*. Wiley Blackwell, 2015.

Eliot, T. S. *The Waste Land and Other Poems*. Ed. Frank Kermode. Penguin, 1998.

Fraser, G. S. *Metre, Rhyme and Free Verse*. Methuen, 1970.

Funk, Robert and the Jesus Seminar. *The Five Gospels: the Search for the Authentic Words of Jesus*. Macmillan, 1993.

Haeckel, Ernst. *The Riddle of the Universe*. Tr. Joseph McCabe. Harper & Brothers, 1900.

Haeckel, Ernst. *The Wonders of Life*. Tr. Joseph McCabe. Harper & Brothers, 1904.

Hartman, Charles O. *Free Verse*. Princeton UP, 1980.

Miyazawa, Kenji. *Spring and Asura*. Trans. Hiroaki Sato. Chicago Review Press, 1973.

Parkinson, Thomas. "The Poetry of Gary Snyder." Patrick D. Murphy. Ed. *Critical Essays on Gary* Snyder. G.K.Hall & Co, 1991.

Snyder, Gary. *The Back Country*. New Directions, 1968.

Snyder, Gary. *The Real Work: Interviews and Talks 1964-1979*. New Directions, 1980.

Vendler, Helen. Ed. *The Harvard Book of Contemporary American Poetry*. Harvard UP, 1985.

Yamazato, Katsunori. "Snyder, Sakaki, and the Tribe." Jon Halper. Ed. *Gary Snyder: Dimensions of a Life*. Sierra Club Books, 1991.

著者紹介

富山英俊（とみやま・ひでとし）

1956年生れ、東京出身。東京都立大学大学院人文科学研究科博士課程中退。現在、明治学院大学文学部英文学科教授。アメリカ詩研究、宮沢賢治研究。宮沢賢治学会イーハトーブセンター理事（2000-04、14-16年）、代表理事（16-18年）。編著書に『アメリカン・モダニズム』（せりか書房、2002年）、訳書にウォルト・ホイットマン『草の葉　初版』（みすず書房、13年）、ウィリアム・カーロス・ウィリアムズ『代表的アメリカ人』（みすず書房、16年）などがある。

挽歌と反語――宮沢賢治の詩と宗教

2019年　3月20日　第1刷発行

著　者　富山英俊

発行者　船橋純一郎

発行所　株式会社 せりか書房　〒112-0011 東京都文京区千石1-29-12 深沢ビル

電話：03-5940-4700　振替 00150-6-143601　http://www.serica.co.jp

印　刷　中央精版印刷株式会社

装　幀　工藤強勝＋勝田亜加里

カバー・表紙用資料提供　宮沢賢治記念館

ISBN 978-4-7967-0380-2